ro
ro
ro

Patrick entfacht in Nicola ein Feuer, das sie mit ihrem Ehemann nie erlebt hat. Sie kann es kaum erwarten, ihren Geliebten wiederzusehen. Erst nach und nach erfährt Nicola, dass Patrick nicht nur eine Affäre mit ihr hat, sondern sich ausgiebig mit anderen Frauen vergnügt. Sie will Patrick bestrafen – ihre Fitnesstrainerin, eine Videokamera und eine Tube Selbstbräunungscreme sind dabei behilflich, dass sie bei der lustvollen Rache auf ihre Kosten kommt.

Toni Lee

Bettlektionen

Erotischer Roman

Deutsch von
Christiane Schott-Hagedorn

Rowohlt Taschenbuch Verlag

Die Originalausgabe erschien 2000
unter dem Titel «Bare. Lust, Lies and Hot Wax»
bei HarperCollins Publishers, New Zealand

Deutsche Erstausgabe
Veröffentlicht im
Rowohlt Taschenbuch Verlag,
Reinbek bei Hamburg, Dezember 2003

Umschlaggestaltung any.way, Andreas Pufal
(Foto: Photonica)
Gesetzt aus der Stempel Schneidler PostScript
bei Pinkuin Satz und Datentechnik, Berlin
Druck und Bindung Druckerei C. H. Beck, Nördlingen
Printed in Germany
ISBN 3 499 23537 4

Die Schreibweise entspricht den Regeln
der neuen Rechtschreibung.

Inhalt

Verlangen

Ich habe dich nie abstoßend gefunden. Irgendwann einmal habe ich dich sogar für den Mann meines Lebens gehalten. Das muss ich ja wohl, auch wenn ich mich inzwischen nicht mehr daran erinnern kann. Ich entsinne mich nicht, jemals diese Glut im Leib gehabt zu haben, die ich jetzt verspüre. Oder dass ich zusammengefahren wäre, wenn das Telefon klingelte. Vielleicht kommt es mir deshalb so seltsam vor.

Vielleicht bin ich jetzt zum ersten Mal richtig verliebt. Schon bei diesem Gedanken fühle ich mich wie eine komplette Versagerin. Schlimmer, eine Betrügerin. Wenn es wirklich so ist, was war dann unsere Ehe, unsere naiven Träume vom Schaukelstuhl auf der Veranda? Wie konnte ich so mit fliegenden Fahnen auf dein billiges Angebot eingehen, wenn es nichts war gegen diese Liebe?

Und du kannst jetzt auch nichts mehr tun, um das zu ändern. Es ist irreparabel. Jedes Mal, wenn du mich berührst, flackern all die Jahre des Schmerzes und der Sehnsucht auf wie verlöschende Kerzen, sodass ich keinerlei Vergnügen daran finden kann. Ich wünschte, ich könnte für dich empfinden, was ich jetzt für ihn fühle. Aber ich wünsche mir auch, im Lotto zu gewinnen, und es wird wohl weder das eine noch das andere geschehen – jedenfalls nicht diese Woche.

Dabei hättest du gar nicht viel zu tun brauchen, weißt du. Er tut auch nichts, was über die Fähigkeiten eines ganz normalen Mannes hinausgeht. Er hat keinen besonderen Körperbau und sieht auch nicht aus wie ein griechischer Gott. Er ist ein Durchschnittstyp, ein ziemlich schmächtiges Bürschchen, das einem in der Menge gar nicht auffallen würde. Er rennt mir nicht die Tür ein, schickt mir nicht zweimal am Tag Rosen, schreibt mir keine Liebesgedichte und führt mich nicht in Nobelrestaurants aus. Das würde er auch dann nicht tun, wenn die Dinge anders lägen und wir uns in der Öffentlichkeit sehen lassen könnten. Er hat einfach nichts dafür übrig. Ich würde es sowieso nicht wollen – naja, jedenfalls nicht oft. Ein- oder zweimal im Jahr wäre vielleicht ganz nett. (Vielleicht rede ich mal mit ihm darüber.) Er will mich einfach, das ist der Unterschied, und er hat keine Angst, es zuzugeben. Bei ihm muss ich mich ergeben. Bei dir muss ich betteln. Besser gesagt: musste ich. Der schnellste Weg, meine Leidenschaft zu töten, war der, mir zu zeigen, dass du sie nicht erwiderst.

Du gibst mir das Gefühl, kein bisschen begehrenswert zu sein. Wenn du mich überhaupt noch wahrnimmst, dann als grauhaariges Hausmütterchen, das sich mit Kindern, Küche, Kirche zufriedengeben sollte. Wasch die Wäsche, fahr den Kombi, wo ist die Fernbedienung? Was gibt's zum Tee? Ach nein, nicht schon wieder. Ich kann mich einfach nicht mehr erinnern, wann du mich zum letzten Mal als Frau angesehen hast.

Hast du mich jemals wirklich begehrt? Oder wolltest du bloß jemanden, der da weitermacht, wo deine Mami aufgehört hat? Hätte es jedes andere treusorgende Frauchen nicht auch getan?

Diese Farce einer Ehe, Richard – das genügt mir nicht mehr. Wenn ich damals gewusst hätte, was ich heute weiß, wäre ich zwölf Jahre älter gewesen und hätte ein oder zwei Stunden lang ein bisschen mit dir herumgespielt und keine Minute länger. Hätte nicht meine besten Jahre mit dir verschwendet, meine Zukunft in den Wind geschlagen und drei untrennbare Bande mit dir geschaffen, die bedeuten, dass nichts mehr zu machen ist. Ich wünschte, ich wünschte, ich wünschte. Ich wünschte, ich könnte dich genauso einfach aus meinem Leben auslöschen, wie ich dich aus den Fotoalben herausreißen kann.

Es ist nicht so, dass ich dich hasse. Nicht einmal, dass ich dich nicht mehr liebe, sondern dass du nichts für mich empfindest, und das ertrage ich nicht mehr. Ich habe mich unsagbar einsam gefühlt. Ich wollte mich einfach nur noch zumachen und alles abschalten. Das Leben mit dir war wie ein kleiner Tod. Er hat meinen Panzer wieder aufgeknackt und mir vor Augen geführt, wie viel mir fehlt.

Wenn ich bei ihm bin, sieht er mich mit so viel Liebe und Zärtlichkeit an, dass mein Magen einen Hüpfer macht wie ein Schulkind. Wenn er mir übers Haar streicht, atmet er tief ein und schwelgt in meinem Duft. Er hebt mein Kinn an, schaut mir ins Gesicht und schüttelt verwundert den Kopf. Und wenn er schließlich meinen Hals oder meine Schulter berührt, durchläuft ihn ein Schauer. Er begehrt mich, und dafür begehre ich ihn umso mehr. Er sieht mich als Frau. Das ist der Unterschied.

Seine Liebe, seine aufrichtige Liebe hat mir alles zurückgegeben, was du hast vertrocknen lassen. Auf einmal ist wieder Musik in meiner Welt. Ich schaue in den Spiegel, und mir gefällt, was ich sehe. Es bedeutet mir etwas, wie ich aussehe, wie ich mich fühle, wie ich rieche. Ich möchte wieder Kleider kaufen gehen und mit meinen Freunden beim Kaffeeklatsch zusammensitzen. Ich möchte am Strand loslaufen und die fünfzehn Pfund loswerden, für die ich mich in den letzten zehn Jahren immer geschämt habe. Ich möchte mir die Haare färben, die Nägel lackieren, ein neues Auto kaufen. Ich möchte zuerst und vor allem ich sein, nicht das Hausmütterchen oder die unsichtbare Waschfee. Ich liebe die Kinder immer noch, versteh mich nicht falsch – aber ich will um meiner selbst willen geliebt werden.

Kein Rosenstrauß könnte daran etwas verbessern, Richard. Allenfalls eine Gehirnoperation könnte unsere Ehe noch retten, und die müsste ich natürlich machen lassen. Du zeigst ja nicht die geringste Bereitschaft zur Veränderung. Wenn überhaupt, dann wirst du nur von Tag zu Tag starrsinniger und zänkischer. Ich wünschte, ich hätte deinen Vater noch vor seinem Tode kennen gelernt. Ich wette, er war ein streitsüchtiger alter Knochen und nicht der Heilige, den du immer aus ihm machst. Ich wette, du wirst einmal genauso. Ich bete nur, dass ich das nicht mehr miterleben muss.

Du wärst entsetzt, wenn du wüsstest, dass ich nachts wachliege und mir deinen Tod vorstelle. Also, nicht direkt deinen Tod, sondern eher, was ich mit dem Geld von der Lebensversicherung machen, was ich zur Beerdigung anziehen würde und so weiter. Ich wünsche mir eigentlich nicht, dass du tot wärst, aber wenn es zufällig so käme, würde ich mich sicher schnell wieder davon erholen. Und das Schlimmste ist, dass ich nicht mit dir darüber reden kann, über gar nichts. Der eine Versuch war schon zu viel.

Bei dieser Auseinandersetzung habe ich zu hören bekommen, dass alles, was in unserer Ehe und unserem Liebesleben nicht stimmt, meine Schuld ist. Du bist der Märtyrer, und ich bin die alte Nörgelsuse, die gar nicht weiß, was sie für ein Glück hat. Die Tatsache, dass es mir schon hundeelend gehen musste, um diesen Beratungstermin zu vereinbaren, war für dich vollkommen unerheblich. Du bist ein hoffnungsloser Fall, Richard. Völlig hoffnungslos.

Vielleicht geht es ja vorbei. Vielleicht blicke ich in einem Jahr zurück, lese das hier und denke, wie albern ich doch war. Vielleicht lache ich dann über mich selber und schiebe das Ganze auf das PMS oder die Midlife-Crisis. Vielleicht liege ich dann sogar irgendwo mit dir am Strand in der Sonne, und wir lachen und trinken rosé Champagner. Aber ich hoffe doch, dass ich stattdessen mit Patrick am Strand liege.

Es wäre herrlich, wenn ich dir heute einfach sagen könnte, dass du Leine ziehen sollst und ich dein boshaftes kleines Gesicht nie wieder sehen will. Aber ich weiß, dass es so nicht geht. Ich glaube nicht mal, dass du froh wärst, wenn ich fortginge. Dann müsstest du ja erst mal den Haushalt selber machen, und das würde dir gar nicht behagen.

Aber ich kann das sowieso nicht. Da ist der Schlamassel, in dem Patrick mit dieser bedauernswerten Frau steckt. Wenn er das erst mal in Ordnung gebracht hat, wird alles für uns einfacher sein. Es muss schrecklich für ihn sein, mit einer Frau zusammenzuleben, die er nicht ausstehen kann, und mit ihr ins Bett zu gehen, nur um sie zufrieden zu stellen. Wenigstens ist das bei uns nicht so, Richard. Jedenfalls nicht, was mich angeht. Die Zeit unserer Liebesnächte ist schon lange vorbei. Es kommt mir ja schon fast wie eine Vergewaltigung vor, mit dir das Schlafzimmer zu teilen.

Ich glaube, es läuft alles auf eine Liebesgeschichte hinaus. Es geht um die Verbindung, die Seelenverwandtschaft. Es ist nicht nur Sex, auch wenn er großartig ist, sondern geht weit darüber hinaus. Vertrautheit. Verständnis. Sehnsucht. Das Verhütungsmittel der denkenden Frau.

Patrick versteht es, mit mir zu reden, wenn er tief in mir ist, und damit meine Seele an die Oberfläche zu ziehen, damit er auch sie liebkosen kann. Er weiß, dass ich in manchen Nächten gestreichelt werden will wie ein Kätzchen und in anderen verwüstet wie eine Hure. Noch besser, er sieht mir an, in welcher Stimmung ich bin, bevor er mich auch nur berührt, nicht, dass wir bis jetzt viel Gelegenheit gehabt hätten. Sagen wir mal, er läuft auf hundert Prozent, und ich habe vor, diesen Zustand aufrechtzuerhalten. Auch für ihn war es außergewöhnlich. Diese Ausdauer. Höchst beeindruckend.

Noch ein Punkt für meinen nagelneuen Wunschzettel:

Einen Abzug davon an Richard schicken von irgendwoher, wo es warm ist und die Sonne scheint. Den Brief mit einem leuchtend roten Lippenstiftkuss versiegeln. Ihn von Patrick in den Briefkasten werfen lassen und hinterherwinken.

Als du mich letzten Muttertag gefragt hast, habe ich gesagt, mir fehle nichts, und jetzt will ich immerzu. Ich will ihn unentwegt, kann es ohne ihn nicht aushalten. Und er will mich auch. Ich wette, in deinem ganzen vertrockneten Leben hast du noch nie für irgendwen solche Empfindungen gehabt, Richard. Du wirst nicht die leiseste Ahnung haben, was ich meine, wenn ich dir sage, dass ich so nicht weitermachen kann. Irgendetwas wird sich ändern müssen.

Und das werde nicht ich sein.

Richards Frau

Die Flügeltür öffnete sich auf den Balkon hinaus. Unten auf der Straße schleppten sich Jogger mühsam am Ufer entlang. Sie lächelte. Manche Dinge waren überall gleich.

Es war ein kleines Zimmer mit einem riesigen französischen Bett und zwei Nachttischen. Der Schreibtisch diente gleichzeitig als Schminkkommode. Die beiden Leuchten waren auf den Spiegel gerichtet. Zwei Sessel, bezogen in einem altmodischen Sheridan-Blumenmuster, waren das einzige Mobiliar, das außerdem noch in den Raum passte, wenn die Bewohner sich nicht gegenseitig auf den Füßen stehen sollten.

Sie öffnete die Minibar und nahm sich eine halbe Flasche Chardonnay heraus. Dann ließ sie sich in den nächststehenden Sessel fallen und schraubte gemächlich den dünnen Aluminiumdeckel ab. Das Glas war kalt vom Kühlschrank und ein wenig trüb vom vielen Spülen.

«Prost!», sagte sie ins Leere. «Viel Glück.» Sie schenkte sich ein und nahm einen riesigen Schluck. Der Wein zog ihren leeren Magen zusammen, und sie spürte, wie ihre Nackenhärchen kribbelten und sie die Oberschenkel anspannte. Sie nahm noch einen Schluck.

«Wo hab ich denn meine Tasche hingetan?», fragte sie sich, und ihre Selbstgespräche beunruhigten sie nicht im

Geringsten. Nach so vielen Jahren der Einbahnstraßenkonversation war sie daran gewöhnt. «Ich dachte, ich hätte sie aufs Bett gelegt.» Dann erspähte sie sie unter ihrem Mantel, den sie achtlos auf den Stuhl geworfen hatte, der unter dem Schreibtisch hervorragte. Das Durchwühlen der Handtasche erwies sich jedoch als Enttäuschung. Sie dachte angestrengt nach und versuchte sich zu konzentrieren. Da kam ihr die zündende Idee.

«Ah, himmlische Labsal ...» Als sie die Manteltaschen durchforstete, fand sie endlich ihre Zigaretten. «Aber wo, zum Teufel, ist mein Feuerzeug?» Im Geiste sah sie es zu Hause auf dem Fensterbrett liegen, neben Richards Autoschlüsseln.

«Mist», sagte sie. «Wie konnte mir das passieren?»

Die Hotelstreichhölzer waren dünn wie Papier. Sie brauchte drei davon, bevor endlich ein zartes Rauchfähnchen durchs Zimmer schwebte. Sie inhalierte tief. Der ungewohnte Luxus, drinnen zu rauchen, erzeugte einen Anflug von Schuldgefühlen. Ihr Herz war noch vom Streit am gestrigen Abend wund.

«Ich hasse diesen widerlichen Gestank», hatte er sie angeschrien. «Er ist überall, die ganze Zeit. Ich kann das nicht ausstehen!»

«Aber ich rauche immer nur draußen», entgegnete sie. «Das ist mein ungeschriebenes Gesetz, und ich halte mich daran.»

«Du stinkst aber danach», sagte er bissig, «und davon wird mir schlecht. Mir wird übel von deinem Geruch.»

Die alte Wut und Beschämung stieg wieder in ihr auf, und sie nahm den angeschlagenen Aschenbecher und ging auf den Balkon. Dort setzte sie sich auf den Plastikstuhl und rauchte gierig, das Weinglas wackelig neben sich auf dem Plastiktisch.

«Soll er doch ersticken», sagte sie und wünschte sich, sie hätte den Mut, ihm das ins Gesicht zu sagen. «Bring dich am besten gleich selber um. Leck mich doch!»

Irgendwo rief eine altmodische Kirchturmglocke mit drei Schlägen nach den Gläubigen. Sie schaute auf die Uhr. Hitze in den Lenden und Schmetterlinge im Bauch wie ein Backfisch. «Herrgott», sagte sie. «Herr-gott noch-mal.»

Die Dusche befand sich über der Badewanne. Der kleine Raum bestand ganz aus weißen Fliesen und weißen Handtüchern. Während sie darauf wartete, dass das Wasser kochend heiß war, wie sie es gern hatte, betrachtete sie ängstlich eine besonders große Pore. Sie beugte sich vor und zupfte an einem Haar, das möglicherweise grau aussah, es aber ganz bestimmt nicht war, denn ihre Mutter war sechzig und immer noch blond und sie schließlich erst dreiunddreißig. Eine flüchtige Inspektion ihres nackten Körpers fand wenig Beifall. Sie schnitt eine Grimasse, holte tief Luft und stürzte sich in die dampfenden Fluten.

Die unberührte Seife in dem kleinen Päckchen verströmte einen dezenten Mandelduft, für Männer und Frauen gleichermaßen geeignet, wie sie vermutete. Ihr eigenes schäumendes Duschgel hatte sie zu Hause liegen lassen. Karl Lagerfeld würde sich fragen, was wohl mit ihr geschehen sei. Systematisch rasierte sie sich die Beine und strich dabei viel länger als nötig über die zarte Haut ihrer Oberschenkelinnenseiten. Dabei glitt ihre Hand ein bisschen weiter nach oben, begierig, der sich sammelnden Feuchtigkeit freien Lauf zu lassen. Die Achselhöhlen ließ sie so, wie sie waren, mit leicht gekringelten hellbraunen Härchen, die weicher waren als ihr Schamhaar. Das war dunkler und auch nicht zurechtgestutzt.

Mit nassem Haar, glühenden Wangen und erhitzter Haut stieg sie vorsichtig auf die Badematte und frottierte sich rosig. Als sie fertig war, fand sie es tröstlich, sich in ihren schäbigen alten weißen Bademantel zu kuscheln. Sie musste lächeln über den Gegensatz zwischen dem, was sie sonst darin tat – Richard Frühstück machen, den Kindern Frühstück machen, Betten machen, die Waschmaschine anmachen –, und dem, was sie jetzt in diesem gewöhnlichsten aller gewöhnlichen Hotelzimmer vorhatte, ein paar Hundert Kilometer von dem Ort entfernt, den sie als Zuhause kannte.

Der Hotelfön im kompakten Kunststoffgehäuse war viel handlicher als der, den ihr Richard am Anfang ihrer Ehe gekauft hatte. Er erfüllte auch seinen Zweck, blies ihr das wilde Haar aus dem Gesicht, zog ihr da die Haare glatt, wo sie es wollte, und machte Locken, wo sie welche haben wollte. Nur diesen Wirbel, der so störrisch war wie ihr zweites Kind Simon, ihr einziger Sohn und Stammhalter, konnte er leider auch nicht beseitigen. Das Haargel, das sie sich extra noch mit ihrer gemeinsamen Kreditkarte besorgt hatte, steckte noch in der grünen Verpackung vom Friseur. Sie wickelte es aus wie ein Kind ein neues Spielzeug am Weihnachtsmorgen. Es war in einem kleinen weißen Töpfchen, und sie las sorgfältig die Gebrauchsanweisung, bevor sie es aufschraubte.

«Verteilen Sie eine kleine Menge davon im trockenen Haar und stylen Sie es dann ganz nach Wunsch», näselte sie in bester Schwulenmanier, über die sich alle bei der Betriebsfeier am Jahresende schier kaputtgelacht hatten (alle außer Ri-

chard natürlich, diesem alten Spießer). «Und alle Wünsche werden wahr.» Sie wurde rot, weil sie sich ziemlich albern vorkam.

Sie warf den Kopf in den Nacken und schmierte die dickflüssige weiße Pomade in ihr kastanienbraunes Haar. Ihr Mund öffnete sich ein wenig, während sie sich durchs Haar strich, so wie es in einer Stunde die Hände eines anderen tun würden. Ihre Lippen waren trocken, und sie leckte sie sich mit übertriebener Geste, während sie in den Spiegel sah. Ihr Spiegelbild hatte so leuchtende Augen, dass sie erschrak.

«Himmel, ich kann gar nicht glauben, was ich da tue.»

Wieder raschelte Einwickelpapier. Vorsichtig nahm sie die weiße Plastikschachtel heraus und legte sie wie eine Oblate auf die flache Hand. «Ich kann's einfach nicht glauben.»

Die Schachtel war noch nie geöffnet worden. Der durchsichtige Klebestreifen war noch völlig intakt und das Diaphragma unberührt und jungfräulich. Sie schwankte hin und her, ob sie es einsetzen sollte, bevor er da wäre. Würde sie ihm dann vorkommen wie eine Schlampe? Oder wirkte so etwas eher raffiniert? Würde er es begrüßen, oder würde ihn der ganze Aufwand abstoßen? Und wusste sie überhaupt noch, wie man damit umgeht?

«Aber haben Sie mir nicht erzählt, dass Richard sich hat sterilisieren lassen?», hatte ihr Gynäkologe argwöhnisch gefragt, während er sich die weißen Gummihandschuhe überstreifte. «Beine weit auseinander wie ein Frosch, danke sehr.»

Sie hatte Blut und Wasser geschwitzt. «Nein», hatte sie gelogen. «Nein, er hatte nur darüber nachgedacht, aber am

Ende hat er doch gekniffen. Wir haben bis jetzt Kondome benutzt, aber wir finden das so ernüchternd ...» Ihr war die Stimme weggeblieben, als das kalte Metallspekulum ihrer vernachlässigten Scheide ungewohnte Aufmerksamkeit verschafft hatte.

«Er sollte es machen lassen», hatte sie Mr. Harlows Stimme zwischen ihren Beinen vernommen. «Ist bei weitem die einfachste Methode. Ich hab's schon vor Jahren getan, und es ist das Beste. Sagen Sie ihm, er soll mich fragen, wenn Sie wollen.»

Sie schüttelte sich bei der Erinnerung daran und betete, dass ihm seine ärztliche Schweigepflicht heiliger sein möge als die Logenbruderschaft, die ihn mit Richard verband. Sie trafen sich jeden vierten Montagabend, dem besten Abend des ganzen Monats.

«Ich überleg's mir», hatte sie beklommen geantwortet. «Ich werde ernsthaft drüber nachdenken.»

Die Schachtel blieb ungeöffnet. Das Spermizidgel zierte ein ausgesprochenes Siebziger-Jahre-Bild einer gelockten Brünetten. Sie legte beides fein säuberlich auf den Nachttisch. Die Kirchenglocken läuteten erneut, bim-bim-bim. Ihr Magen rebellierte.

«Mist verdammter», keuchte sie. «Mist, Mist, Mist!»

Die Zeit war ihr davongelaufen. In wilder Panik leerte sie ihr Schminktäschchen auf den Schreibtisch aus. Der Inhalt war ein komisches Sammelsurium glänzender neuer Farben und verstaubter, abgegriffener Röhrchen. Die Grundierung schmierte beim Auftragen, und sie verrieb krampfhaft den dunklen Streifen um ihren Unterkiefer. Sie trug den Lidschatten dicker als gewöhnlich auf. Das tiefe Marineblau war ganz anders als ihre gewohnte Farbe. Auch er war in grünes Papier eingewickelt gewesen, das jetzt zusammengeknüllt neben dem verbeulten silbernen Papierkorb lag.

«Ganz ruhig, ganz ruhig», redete sie sich selber zu, denn sie wusste nur zu gut, dass flüssiger Eyeliner und verrückt spielende Hormone sich nicht gut vertrugen, wenn die Zeit knapp war. Eine Schicht Wimperntusche, so dick wie möglich. Rouge, rosé-natur, damit ihre Wangenknochen mehr schimmerten, als hervorzustehen. Zweite Schicht Wimperntusche, für mehr Dichte. Ein zarter Hauch Lippenstift, nicht zu viel. Dritte Schicht Wimperntusche, für den aufregenden Schwung und noch mehr Dichte. Ihr Spiegelbild starrte sie an. Kein Zweifel, sie sah aus wie eine alternde Nutte. Sie streckte dem Spiegel die Zunge heraus und drehte sich mit gestraffter Brust um.

Jetzt holte sie noch ein Päckchen aus der Handtasche, diesmal ein blaues. Sie legte es auf den Tisch, bevor sie den kleinen schwarzen BH anzog und in ein enges weißes Top und einen kurzen schwarzen Rock schlüpfte. Ein Spritzer *Opium* zwischen die Schenkel, wo es feucht und heiß war. Das leichte Brennen erregte sie noch mehr, beruhigte sie aber auch irgendwie. Sie hatte das Gefühl, in den nächsten Gang geschaltet und damit ihre Drehzahl heruntergeschraubt zu haben.

«Okay», sagte sie, und ihre Stimme war noch immer ein wenig zittrig. «Alles in Ordnung. Noch jede Menge Zeit.»

Aus dem blauen Päckchen kamen ein Strapsgürtel und ein Paar hauchdünne Strümpfe zum Vorschein, die feinsten, die sie hatte auftreiben können. Sie öffnete die Umhüllung, nahm einen heraus und befühlte das zarte Gewebe. Dann schob sie unendlich behutsam die ganze Hand hinein. Quälend langsam zog sie ihn an, und er glitt widerstandslos über ihr frisch rasiertes Bein, bis sie ihn auf dem Oberschenkel ruhen ließ, um seinen Gefährten ebenfalls in Richtung ihrer Feuchtigkeit zu befördern. «Mist», keuchte sie, und ihre Hand schwebte über ihrem nackten Schoß. Die Versuchung war fast zu groß, aber sie hatte Angst, dass sie nicht mehr würde aufhören können, wenn sie erst einmal anfinge. Alles musste perfekt sein, bevor er kam. Dann hätte sie immer noch jede Menge Zeit, jede Menge.

Sie musste den Strapsgürtel erst noch verstellen. Er war ihr zu weit, und die Strapse waren zu lang, um die Strümpfe richtig festzuhalten. Sie fummelte vorsichtig daran herum, um sich keinen Fingernagel abzubrechen.

Sie hatte keinen Nagellack in der Handtasche, nicht einmal eine Nagelfeile. Die hatte sie zum letzten Mal gesehen, als ihre jüngere Tochter Melanie entdeckt hatte, dass sie damit der Puppe ihrer älteren Schwester die Augen herauspolken konnte. Sally, die Erstgeborene, hatte die Barbiepuppe wieder an sich gerissen und die Feile unter großem Geschrei konfisziert.

«Du blödes Gör!», hatte sie wie üblich geschimpft. «Ich wünschte, sie hätten dich nie bekommen! Ich weiß schon, warum sie nach dir aufgehört haben!»

«Und du hast einen fetten Hintern und bist potthässlich», kam prompt die Retourkutsche. «Sie haben es eben versucht, bis sie dich wieder wettgemacht hatten, du Missgeburt!»

«Miststück!» Dann war sie dazwischengegangen. Die Nagelfeile war seither spurlos verschwunden. Nichts war jemals sicher in ihrem Schlafzimmer. Es gab nichts, was jemals ihr gehört hatte, nur ihr allein.

Sie fragte sich, wie sie wohl jetzt ihren Sonntagnachmittag verbrachten. Einen Augenblick lang fehlten sie ihr schrecklich, aber dann verscheuchte sie ihre Gesichter. Darüber wird jetzt nicht nachgedacht, sagte sie sich. Sie haben es gut bei Richard. Er ist nett zu ihnen. Zu Simon weniger, aber zu den Mädchen ist er nett.

Die Frau im Spiegel sah plötzlich besser aus. Die Kleidung rundete das Make-up ab, und die hochhackigen Schuhe, in die sie jetzt schlüpfte, machten sie ein paar Zentimeter größer und enorm selbstbewusst. Wenn sie doch nur Richard so einfach ein paar Zentimeter mehr verpassen könnte, dachte sie, dann wäre die Welt viel besser. Nicht, dass sein Schwanz zu klein gewesen wäre, ganz im Gegenteil. Nur wenn er schlapp war, war er winzig. Und das war jahrelang jede Nacht so gewesen.

Das Zimmer war jetzt ein einziges Durcheinander von weiblichen Utensilien: Pinsel, Puder und abgelegte Kleider. Sie rannte hin und her und verstaute die Sachen. Mit einer schnellen Armbewegung fegte sie das ganze Zeug in die Schreibtischschublade. Ihr Mantel wirkte jetzt völlig deplatziert, in seinem biederen Graubraun, wie man es bei einer braven Hausfrau erwarten konnte. Sie versteckte ihn im Kleiderschrank, bevor sie das Bad aufräumte. Sie musste lachen, als ihr bewusst wurde, dass sie gerade dieselben Handgriffe gemacht hatte wie zu Hause, nur in einem Bruchteil der Zeit. Und es hatte ihr sogar Spaß gemacht.

Fertig.

Viertel nach vier.

Noch schnell ein Glas Wein.

Sie leckte sich die Lippen, bevor sie das Glas an den Mund führte, damit sie sicher sein konnte, ihr perfektes

Make-up nicht zu ruinieren, falls er früher käme und sie keine Zeit mehr hätte, den Lippenstift aufzufrischen.

Zwanzig nach vier.

Ein Tropfen Schweiß sickerte aus ihrer Achselhöhle herab. Sie schaltete den Fernseher ein und suchte nach CNN. Wenn er jetzt käme, würde er glauben, sie wäre intellektuell und hätte einen weiten Horizont wie die Frau, die ihn ihr vorgestellt hatte, die Schriftstellerin, die ihre Begegnung bei der Signierstunde im Einkaufszentrum unwissentlich herbeigeführt hatte. Er war zu einer Konferenz dort gewesen. Die Autorin war einer der Hauptredner. Als er feststellte, dass sie für das Büchersignieren noch eine helfende Hand brauchten, hatte er sich freiwillig zur Verfügung gestellt. Ohne dieses schlichte Entgegenkommen hätten sie sich vielleicht nie kennen gelernt.

Wenn Richard arbeiten war, stöberte sie gern in der Universitätsbuchhandlung herum. Sie mochte diese besonderen Bücher. Vollmundige Poesie und harscher Feminismus, großartige Fotografien und feinste Radierungen kämpften dort um Aufmerksamkeit. Ein zarter Hauch von Räucherstäbchen schaffte es beinahe, die Ausdünstungen des ärmlichen Studentenlebens zwischen Studiendarlehen, Stipendium und inbrünstigen Hoffnungen zu überdecken. Eines Tages wollte sie auch dort studieren. Wenn die Kinder erst einmal groß wären. An diesem Freitag hatte sie bemerkt, dass es wieder eine Signierstunde gab, aber es hatte sie nicht gekümmert. Sie interessierte sich nicht für Altenglisch, geschweige denn für Altfranzösisch. Sie blätterte in der Postersammlung und hielt bei einem hübschen Schwarzweiß-Akt inne. Sie überlegte, ob sie das Bild kaufen sollte, vielleicht für – für nirgends, sagte sie sich dann. Richard würde ihr nicht erlauben, es aufzuhängen.

Da war ihr Leben zu Ende. Und da fing es an.

Es brauchte nur zwei Sätze, zwei Augenaufschläge und einen zu tiefen Blick. Jahre der hingebungsvollen Fürsorglichkeit, der Höflichkeitsfloskeln und des pflichtbewussten Wohlverhaltens verflüchtigten sich wie losgelassene Luftballons. Sein Lächeln öffnete ihre Schleusen und ließ ihr die Knie weich werden. Kaffeekochen schien ihr noch das Geringste zu sein, was sie konnte. Am nächsten Morgen um halb elf kam sie in seinem Mund. Er erforschte ihren Körper mit der Zunge, dann nahm er Besitz von ihren Gedanken. Um zehn vor elf tropften lange Fäden ihrer Lust seine Finger hinab. Er hatte ihr den G-Punkt erklärt, bevor er ihr genau gezeigt hatte, wo er bei ihr saß. Es war beinahe halb zwölf, als sie ihn endlich eindringen ließ. Sie schluchzte die ganze Zeit, während sie die Stöße eines Mannes spürte, der ihren Körper genoss und sich einfach fallen ließ. Um fünf vor drei stand sie frisch geduscht und völlig benommen vor der Schule und wartete auf die Kinder. Am nächsten Morgen rief er an, um ihr zu sagen, dass er sie liebe.

Ihre Armbanduhr zeigte vier Uhr fünfundzwanzig. Ihr Herz hämmerte jetzt laut vor Angst und Lust, ihr Körper war vollständig entflammt. Sie war so nass, dass es ihr direkt peinlich war. Es tropfte ein wenig. Sie hatte kein Höschen an, um die Feuchtigkeit aufzufangen.

Vier Uhr achtundzwanzig. Ihre Brustwarzen spannten schmerzhaft, während sie im Zimmer auf und ab ging und sich dabei im Spiegel beäugte. Als sie sah, dass der Rand ihrer nagelneuen Strümpfe unter dem kurzen Rock hervorschaute, zog sie ihn ein wenig herunter. Ihre Hand verlangte unstillbar danach, sich noch einmal zu berühren, aber in all den Jahren mit Richard hatte sie gründlich gelernt, sich zu beherrschen.

Als ihr neues kleines Handy klingelte, setzte ihr Herzschlag sekundenlang aus. Sie musste sich erst räuspern, bevor sie sprechen konnte.

«Hallo?»

«Hi.»

Simons Mutter zog krampfhaft an ihrem Rocksaum. «Hallo, mein Schatz! Wo bist du? Alles okay?»

Der Achtjährige fing an zu weinen. «Wann kommst du wieder, Mum? Du fehlst mir. Es ist schrecklich ohne dich!»

Ein kleiner Messerstich traf sie mitten in ihr treuloses Herz. «Ist etwas passiert, Schätzchen? Wo ist Daddy? Ist Daddy da?» Dann hörte sie im Hintergrund Richards Stimme fragen, mit wem, zum Teufel, Simon da reden würde. Sein üblicher Jähzorn drang durch die Leitung.

«Wer ist da?»

Ihr gefror das Blut in den Adern. «Seine Mutter natürlich.»

Richard fluchte. «Das ist ein Ferngespräch, du Dummkopf. Geh in dein Zimmer! Ich werd dir gleich was erzählen.»

Sie unterbrach ihn, versuchte es zumindest. «Richard», rief sie erfolglos.

«Er kann morgen mit dir reden, wenn du wieder da bist», fuhr er sie an. «Ich nehme an, du kommst wieder.»

Richards Frau schloss die Augen. «Natürlich komme ich wieder», sagte sie fest. «Ich bin nur eine verdammte Nacht lang weg, du Idiot. Was denkst du denn, was ich mache? Mit einem anderen durchbrennen oder was?»

Schweigen im Walde.

In Auckland klopfte es an der Tür.

«Was war das denn?», fragte Richard. «Ist da jemand?»

Ihr zitterten die Hände. «Das will ich hoffen», sagte sie ruhig. «Ich warte schon fast eine halbe Stunde auf den Zimmerservice. Höchste Zeit, dass endlich jemand kommt.»

«Komische Tageszeit, um den Zimmerservice kommen zu lassen, oder?»

Sie hasste ihn. «Keine Angst, mein Lieber», sagte sie sanft, «es ist ja nicht dein Geld. Und sei nett zu Simon, sonst bin ich eine ganze Weile gar nicht nett zu dir.» Er nörgelte und wetterte immer noch leise, als sie einhängte und das Telefon ausschaltete.

Es klopfte noch einmal, diesmal eindringlicher. Langsam strich sie ihren Rock glatt, strich vorsichtig über das Oberteil, fuhr mit dem Finger über ihre Zähne und nahm einen letzten Schluck Wein. «Ich komme», rief sie.

Als sie mit weichen Knien zur Tür ging, drang das Gelächter eines kleinen Jungen von der Straße herauf. Joggerbeine dröhnten auf dem Gehweg, und ein Auto hupte wütend. Sie hielt einen Augenblick inne, die Hand auf dem Türknauf, und lauschte dem Leben um sie herum, das weiterging wie gewohnt. Und dann griff sie energisch zu, drehte ihn trotzig um und öffnete die Tür, so weit es ging.

«Hallo», sagte sie heiser, und ihre Stimme zitterte. «Möchtest du reinkommen?»

«Mit Vergnügen», sagte er.

Aufgewühlt

Hier regnet es in Strömen. Die Katze hat sich auf dem nagelneuen Schlafzimmerteppich übergeben. Simon hat heute Nacht wieder ins Bett gemacht, und das schmutzige Geschirr stapelt sich in der Spüle (der Geschirrspüler hat den Geist aufgegeben). Bei dem Kombi ist die Betriebszulassung abgelaufen, und ich sollte mich schleunigst darum kümmern, aber ich weiß, dass er zwei neue Reifen braucht und wir dafür im Moment einfach kein Geld haben. Richard hat schlechte Laune, weil ich gesagt habe, wir könnten uns vor Weihnachten auf gar keinen Fall einen neuen Grill leisten, und der alte ist so gut wie hinüber. Aber es kommt noch viel schlimmer: Gestern Abend bekamen wir einen Anruf aus Dunedin – Richards Mutter will über die Feiertage herkommen, Gott sei mir gnädig. Und heute Morgen hat Sally ein Riesentheater mit Melanie abgezogen, bevor ich sie alle ins Auto gestopft und zur Schule gefahren habe. Den ganzen Weg lang waren sie alle drei die reinsten Nervensägen.

Alles in allem ist es ein herrlicher Tag. Ich kann das alles noch gar nicht fassen, Patrick. Es kommt mir immer noch ganz unwirklich vor.

Gestern Abend hätte ich beinahe meiner Schwester von dir erzählt. Es war so verlockend und wäre so einfach gewesen. Sie hat auch Probleme mit diesem Arschloch, mit dem sie verheiratet ist, und ich habe das komische Gefühl, dass sie einiges verheimlicht.

Wir saßen noch zusammen, als die Kinder schon im Bett waren (Richard war, o Wunder, in die Kneipe gegangen) und unterhielten uns fast bis Mitternacht, wie wir es schon seit Jahren nicht mehr getan hatten. Ich glaube, Deb hat auch gemerkt, dass irgendetwas in mir vorgeht. Sie hat mich immer so seltsam angesehen und gefragt, wie ich es geschafft hätte, so abzunehmen. Ich musste mir direkt auf die Zunge beißen. Man kann ja schließlich nicht einfach sagen: Ich hab mich rasend verliebt und kann an nichts anderes mehr denken als an den Mann, der mein Leben auf den Kopf gestellt hat, und er ist das Einzige, worauf ich zurzeit Appetit habe, oder?

Himmel, ich wünschte, du wärst hier. Ich wünschte, alles wäre einfacher und wir lebten näher beieinander. Ich wünschte, wir müssten uns nicht herumdrücken wie zwei ungezogene Kinder, sondern wären einander begegnet, als wir beide noch frei waren. Es zerreißt mich, von dir getrennt zu sein, Patrick – jeder Atemzug tut weh. Und es fällt mir so schwer, mich hinzusetzen und auf irgendetwas anderes zu konzentrieren. Du müsstest mal sehen, wie es hier aussieht. Richards Mutter hätte ihre helle Freude daran. Jede Menge Gelegenheit, an mir herumzunörgeln. Ich kann die alte Hexe jetzt schon hören: «Den Frühjahrsputz hast du wohl dieses Jahr ausfallen lassen, was?» Mir graust schon vor Weihnachten. Vier Wochen lang ihr Gezeter. Da werde ich ja verrückt.

Es kommt mir vor, als wäre es schon eine Ewigkeit her, seit wir zusammen waren, Patrick. Ich kann gar nicht glauben, dass es erst vier Tage her ist. Und ich weiß wirklich nicht, wie ich die nächsten neunzehn Tage und Nächte ohne dich überstehen soll, ganz zu schweigen davon, den Mund zu halten.

Das Komische an dem Ganzen ist, dass ich nicht die leisesten Schuldgefühle in mir entdecken kann. Ich muss direkt lachen, weißt du – wenn ich an all die Jahre denke, in denen ich die treusorgende Hausfrau gespielt habe. All die Jahre, in denen ich ein fröhliches Gesicht aufgesetzt und mir nicht eingestanden habe, wie unglücklich ich in Wirklichkeit war, all die Jahre, in denen ich meine Gefühle und meine Selbstverleugnung verdrängt habe. Nie habe ich auch nur daran gedacht, etwas mit einem anderen Mann anzufangen, kein einziges Mal – jedenfalls nicht ernsthaft. Jede Frau riskiert mal einen Blick, weißt du – genau wie du.

Und auf einmal – peng! bum! – ist alles vorbei. Ich bin wieder die, die ich einmal war, und alles nur deinetwegen. Ich kann es immer noch nicht fassen. Ich dachte immer, sowas tun nur andere Frauen, und dass sie sich dafür schämen sollten. Hätte nie gedacht, dass ich es einmal selber machen könnte. Ich habe meinen Treueschwur ernst gemeint und ihn auch gehalten. Und Richard auch, nehme ich an. Armer Richard.

Es ist verrückt, weißt du – ich wünschte, er würde fortgehen und sich eine andere suchen. Ich wünschte, ich fände einen verlorenen Ohrring in seinem Auto oder er hätte einen Fleck auf dem Hemd, der nur Lippenstift sein kann. Ich wünschte, es würde jemand auflegen, wenn ich mitten in der Nacht ans Telefon gehe. Ich wünschte, er würde auch jemanden finden. Dann könnte ich zu ihm sagen: Na schön, was du kannst, kann ich auch, und es würde an ihm hängenbleiben. Ich habe keine Schuldgefühle, versteh mich nicht falsch, ich wünsche mir nur irgendeine Entschuldigung, abgesehen von der Tatsache, dass ich mich unsterblich und rasend in dich verliebt habe. Denn das scheint mir heutzutage auf wenig Verständnis zu stoßen.

Noch neunzehnmal schlafen, Patrick. Neunzehn Nächte, in denen ich neben seinem rumorenden, wabbeligen Körper liegen und mir anhören muss, wie er im Schlaf furzt und schnarcht. Neunzehn Morgen, an denen sein Geruch im Badezimmer hängt, wenn ich unter die Dusche gehe. Neunzehn Tage, an denen ich wie eine Schlafwandlerin im Haus herumlaufen werde, nass und geil und unfähig, an etwas anderes zu denken als an dich.

Ich schwöre dir, ich weiß nicht, wie ich das überstehen soll, wirklich nicht. Wenn das Geld nicht gerade so knapp wäre, würde ich noch eine Tagung erfinden und mich morgen ins Flugzeug setzen. Aber es geht einfach nicht, und das macht mich ganz fertig. Ich habe mir eben das Haushaltsbudget angesehen und überlegt, wo ich noch etwas abknapsen könnte, um das Geld zusammenzukriegen, aber es ist unmöglich. Ich habe nicht einmal etwas, das ich verkaufen könnte. Denk nicht, ich wäre kaltschnäuzig, aber ich habe mich sogar erkundigt, ob ich meinen Verlobungsring versetzen könnte. Nach Aussage der Versicherung ist er ein Heidengeld wert, aber der Juwelier hat keinerlei Interesse daran. Völlig unmodern, hat er gesagt. Zugegeben, da musste ich grinsen. Wie passend. Genau wie mein Mann.

Gestern Nacht lag ich neben Richard im Bett, während er ganze Wälder abholzte, und dachte an dich. Ich musste daran denken, wie du aussiehst, wenn du kommst, wie du den Kopf zurücklegst und die Augen so fest zukneifst, dass kleine Tränen in deinen Augenwinkeln glitzern. In Sekundenschnelle war ich feucht, und meine Brüste kribbelten. Fast konnte ich deinen Schwanz in mir spüren, so angeschwollen war ich. Als ich die Augen schloss, war es, als wärst du bei mir. Irgendwie habe ich es geschafft, seinen Krach und Geruch und seine widerlich kratzenden Zehennägel lange genug aus meinem Kopf zu verbannen, um mich an jenen geheimen Ort zu flüchten, an dem ich mit dir zusammen bin. Wir sind gestern nacht zusammen zum Strand gegangen, Patrick, und es war wunderschön.

Eine heiße Sommernacht irgendwo in den Tropen. Du stecktest in weißen Hosen mit nacktem Oberkörper, ich in einem hauchdünnen, fast durchsichtigen Kleidchen. Wir waren beide barfuß, und die Muscheln knirschten unter unseren Zehen. Die Nacht war dunkel und undurchdringlich. Das Rauschen der Wellen, der Geruch des Meeres. Du zogst mein Kleid so weit hinab, dass meine Brüste nackt waren, und beugtest dich hinunter, um an meiner linken Brustwarze zu lecken. Deine Zunge schleckte an mir wie eine Katze, und dann spürte ich den festen Biss deiner scharfen Zähne. Deine linke Hand umspielte kreisförmig meine rechte Brust und massierte sie wie ein Kätzchen, das an den Zitzen seiner Mutter Milch tritt. Dann kroch deine Rechte zwischen meine Beine, rieb meine Klit und spürte Hitze und Wollust. Du schobst mich gegen eine Palme, knietest vor mir nieder, und deine Zunge öffnete mich. Mit weichen Knien sank ich über dich und ließ dein Gesicht meinem Bedürfnis nachhelfen. Muscheln knirschten unter meinen Füßen, als ich kam. Sie waren hart und gezackt, und der Schmerz brachte mich über die Klippe. Und dann hast du deine Hose aufgemacht, deinen Schwanz herausgeholt und zugestoßen, so hart du konntest.

Ich spüre noch immer, wie er in mir pulsiert, Patrick. Gestern Nacht bin ich gekommen, ohne mich überhaupt zu berühren. Der Gedanke an dich genügte, um dich wieder zu spüren. Richard ahnte nichts. Heute morgen hatte mein Laken einen großen feuchten Fleck. Er riecht ein bisschen nach Meer. Wenn ich nachher Simons Bett neu beziehe, sollte ich mein Laken lieber auch wechseln, bevor Richard ihn entdeckt und auf Ideen kommt. Dass er denkt, ich habe feuchte Träume, und annimmt, sie hätten etwas mit ihm zu tun, wäre das Letzte, was ich will. Mit ihm zu schlafen würde mich in einen Aufruhr stürzen, den du dir gar nicht vorstellen kannst.

Ich halte es ohne dich nicht aus. Ich habe das Gefühl, als wäre ich aus dem Haus gegangen und hätte irgendetwas vergessen, aber ich wüsste nicht so ganz, was es ist. Kennst du dieses Gefühl? Diese unbestimmte Nervosität, wenn du weißt, dass da etwas in deinem Hinterkopf ist, an das du nicht herankommst und das dich den ganzen Tag lang beunruhigen wird, bis du es benennen und ad acta legen kannst? Ich hasse dieses Gefühl, und im Moment habe ich es dauernd. Das Komische ist, dass ich gleichzeitig darin schwelge.

Es wundert mich nur, dass es so vielen anderen Leuten auch schon so ergangen ist. Es muss so sein, denn sämtliche Songs im Radio zeugen von der Art und Weise, wie ich für dich empfinde. Es ist beinahe so, als hätte die Welt die ganzen Jahre lang ein riesiges Geheimnis vor mir bewahrt, und jetzt bin ich selber ein Teil davon. Ich weiß nicht genau, ob ich mich jetzt unglaublich lebendig fühle oder so hundeelend, dass ich am liebsten sterben möchte. Manchmal denke ich, es ist beides gleichzeitig. Ach, Patrick – was sollen wir bloß tun?

Neunzehnmal schlafen. Vor einem Monat hätte ich es noch nicht für möglich gehalten, dass ich einmal die Tage zählen würde, bis ich meinen Mann wieder betrügen kann. Wie schnell sich die Dinge doch ändern. Ich sage ein Monat, aber es ist noch nicht einmal so lange her – nur drei Wochen und fünf Tage.

Wenn ich an diese Nacht in Auckland zurückdenke, dann kann ich immer noch nicht glauben, dass ich sie wirklich erlebt habe. Kann nicht glauben, dass ich alles so schnell aufgegeben habe, ohne dich überhaupt richtig zu kennen. Und was mich noch viel mehr erschreckt, ist die Vorstellung, wie leicht wir uns beim ersten Mal hätten verpassen können. Wenn du nach Ansett geflogen wärst, wenn Sara nicht die Grippe bekommen hätte und du nicht angeboten hättest, für sie einzuspringen – so viele kleine Zufälle mussten aufeinander treffen, um uns überhaupt zusammenzubringen. Ich habe schnell meine Meinung über dieses gan-

ze Schicksalszeug geändert. Gottes Wege sind rätselhaft, und (ich kann's mir nicht verkneifen) du machst eine großartige Figur.

Niemand hat mich je so auf Touren gebracht wie du. Niemand hat mich nur, indem er mich angesehen hat, so nass und geil werden lassen. Ich habe noch nie jemanden auf diese Weise hineingelassen wie dich, und ich weiß immer noch nicht, warum. Aber eins weiß ich genau – dieser erste Freitag war der unglaublichste Tag in meinem Leben. Das macht insgesamt zwei Dinge, die ich genau weiß – das zweite ist, dass ich ihn keinen Moment lang bereue.

Das muss ich zurücknehmen – es ist die erste Gewissheit, nicht die zweite. Vielleicht war es auch der zweitunglaublichste Tag meines Lebens. Der erste müsste der letzte Sonntag gewesen sein. Ich komme schon fast, wenn ich nur daran denke (was ich praktisch ununterbrochen tue). Gestern musste ich bei drei verschiedenen Gelegenheiten die Unterwäsche wechseln. Und Richard wurde richtig komisch, als er heute Morgen in den Wäschekorb sah. Ich habe ihm gesagt, ich hätte eine Pilzinfektion. Damit habe ich hoffentlich zwei Fliegen mit einer Klappe geschlagen. Er hat nämlich einen ausgesprochenen Hygienefimmel, besonders, was mich betrifft. Will sich nicht an mir schmutzig machen. Wie anders das doch bei dir ist.

Mir ist heute immer noch ein bisschen flau, aber wenigstens muss ich mich nicht mehr übergeben. Habe beim Apotheker ein paar nette kleine Migränepillen bekommen. Er war ganz reizend und hat sie mir sogar ohne Rezept verkauft. Allerdings ist die Anwendung unheimlich blöd – man muss sie sich unter die Oberlippe klemmen und ganz langsam auflösen lassen. Zum Schluss schmecken sie scheußlich, und es bleiben dicke Klümpchen übrig, die einem den Mund austrocknen, aber es ist immer noch besser als die ständige Übelkeit. Ich könnte meine Ärztin umbringen.

Sie hat Stein und Bein geschworen, dass die Pillen für den Morgen danach keine Übelkeit verursachen. Selbst im Beipackzettel ist sie lediglich als seltene Nebenwirkung aufgeführt. Viele Frauen nehmen sie, ohne irgendwelche Beschwerden zu bekommen, sagte sie, und ich solle mir keine Gedanken machen. Ha! Ich schätze, ich bin eine dieser Frauen, die in der Nullkommanullnullnullirgendwas-Kategorie zu finden sind – die Ausnahme, die die Regel bestätigt. Oder fünfundzwanzig Tabletten auf einmal und zwölf Stunden später nochmal fünfundzwanzig waren ein bisschen viel für meinen Organismus, zusätzlich zu allem andern, womit er in letzter Zeit fertig werden musste.

Wie der Kater, der die ganze Woche angehalten hat. Wie das völlige Schlafdefizit. Wie die Hormone, die in mir getobt haben wie in den letzten zehn Jahren nicht mehr. Systemüberlastung könnte man das nennen. Jedenfalls hat das Erbrechen jetzt aufgehört, und das ist eine große Erleichterung, auch wenn mir noch ein bisschen flau ist. Ich kann gar nicht glauben, dass wir ein solches Risiko eingegangen sind, Patrick. Aber ich schätze, ich habe daraus gelernt, dass ich das Diaphragma einsetzen muss, bevor ich dich das nächste Mal sehe. Nächstes Mal! Wie können zwei einfache Wörter so einen Zauber enthalten? Nächstes Mal. Noch neunzehnmal schlafen. Noch neunzehn Wäscheladungen. Noch drei Elternabende, zwei Fahrten zur Autowaschanlage, eine Regelblutung, dann sind wir wieder zusammen. Ich kann es kaum erwarten, Patrick. Wie um alles in der Welt soll ich so lange durchhalten?

Das Erschreckende an all dem, und das ist etwas, dessen ich mir bis Sonntagabend nicht sicher war, ist, dass dieses Gefühl nicht einfach wieder verschwindet. Ein Teil von mir fragte sich bis dahin noch, ob wir nicht einfach nur ein paar Stunden lang unglaublichen, zufälligen, unvergesslichen Sex gehabt hatten, und das war alles. Aber als ich wieder zu Hause war (und in diesem Wort liegt jetzt eine Lüge begraben, über die ich gar nicht nachdenken will), dämmerte es mir langsam, dass das Ganze Folgen haben wird. Und das macht mir große Angst. Ich weiß jetzt, dass unser Kennenlernen Kummer in sich birgt, nicht nur für dich und mich, sondern auch für Richard und die Kinder. Ich will ihnen nicht wehtun, nicht einmal Richard, aber ich kann nicht mehr so vor mich hin vegetieren und es Leben nennen.

Die Nacht mit dir, in der wir geredet, miteinander gespielt und alles ausprobiert haben, was uns Spaß machte, hat mich etwas erkennen lassen. Wenn du in mir bist, atme ich deinen Atem. Dein Puls schlägt in meinen Adern. Deine Gedanken sind meine, und mein Geist greift nach den Sternen, wenn wir explodieren. Das ist Leben, Patrick – und nicht die leere Hülle eines Daseins, die mich umgeben hat, bis ich dir begegnet bin. Es geht nicht nur um Sex; es ist viel mehr als das. Es ist Nähe, Verbundenheit, es geht über jedes Begreifen hinaus. Wenn ich in deinen Armen tanze, bin ich ein Kind des Universums. Es macht mir große Angst, es zuzugeben, Patrick, aber es muss einfach gesagt werden. Und leck mich, es muss jetzt sofort sein, bevor mich wieder der Mut verlässt – außerdem klopft jemand an die Tür.

Einmal tief Luft geholt. Tapfer sein.

Ich liebe dich, Patrick. Mit Leib und Seele, Herz und Kopf. Ich liebe dich, wie ich noch nie zuvor jemanden geliebt habe. Ich hätte nie gedacht, dass ich so etwas einmal erleben würde. Und das erschreckt mich.

Ich liebe dich, Patrick.

Scheiße.

«ABSCHICKEN»

Unser kleines Geheimnis

«Mein Geliebter», las Chris theatralisch vor und raschelte nachdrücklich mit dem Papier. «Naja, nicht gerade originell, oder?»

Fiona biss die Zähne zusammen und wünschte, Chris würde sich ein bisschen beeilen und bei der Sache bleiben. Sie kannte den Brief inzwischen in- und auswendig.

Chris' Lippen bewegten sich kaum merklich, während sie vor sich hin las. Fiona fand das albern, es war, als sähe man sich einen schlecht synchronisierten japanischen Spielfilm an. Sie hatte Chris den Brief eigentlich allein lesen lassen wollen, aber irgendwie konnte sie sich nicht überwinden, aus dem Zimmer zu gehen. Stattdessen trat sie näher und schaute ihrer besten Freundin über die Schulter, um zu sehen, wie weit sie gekommen wäre.

Das ist wirklich lächerlich. Eine erwachsene Frau und Mutter sitzt wie ein Schulmädchen da und wartet darauf, dass das Telefon klingelt. Ich weiß, wo du bist, und es ist eine halbe Weltreise entfernt, aber irgendein Teil von mir wartet jeden Augenblick darauf, dass du an die Tür klopfst und in meine Nacht einbrichst.

Er ist endlich über Ostern weggefahren, zu seiner boshaften Mutter, um darüber zu lamentieren, dass unsere Ehefarce zu Ende ist, und ihr sein Gift ins Ohr zu blasen. Sie wird es aufsaugen wie ein Schwamm. Sie hat ja schon immer gewusst, dass so etwas wie

Liebe für ein Kind von ihr unmöglich war, und das war jetzt der Beweis. Die alte Hexe konnte mich noch nie leiden, und ich muss gestehen, das Gefühl beruht auf Gegenseitigkeit. Gott helfe den Kindern. Immerhin ist er ihr Vater und muss sich anstrengen, das nicht zu vergessen; ich muss mich inzwischen anstrengen, um es mir vorzustellen! Natürlich kommt niemand anders in Frage, denn die jungfräuliche Empfängnis gab es meines Wissens nur einmal, bei der Mutter Maria. Aber wie ich das zuwege gebracht habe, weiß ich beim besten Willen nicht mehr. Ich glaube, ich habe – nach dem Motto: «Denk an England!» – schlichtweg dreimal den Weltfrieden geplant, und nicht mehr als das.

Chris schüttelte den Kopf. «So weit hört sich's ja nicht schlecht an», bemerkte sie. «Irgendeine arme Frau weit weg von hier in einer lieblosen Ehe. Nicht besonders aufregend, oder?» Sie griff nach ihrem Brandy. «Im Bett ist wahrscheinlich auch nicht mehr viel los.»

Fiona zog die Augenbrauen hoch und kippte ihren zweiten Gin, dabei wirkte sie wie die Ansagerin eines Home-Shopping-Senders, die hätte komisch sein können, wenn es nicht so unpassend gewesen wäre. «Wart's ab!», befahl sie. «Es kommt noch mehr.» Sie füllte ihr Glas wieder auf. «Lies weiter, Macduff.»

Wie anders es doch mit dir ist.

«Ach du Scheiße», murmelte Chris.

Zum ersten Mal in meinem ganzen erbärmlichen Leben weiß ich, was Liebe ist. Weiß sie in meinem Herzen und in deinem, sie breitet sich in meinem Körper aus wie Feuer. Im Moment sind meine Brustwarzen weich, aber während ich an dich schreibe, werden sie hart.

Fiona musste ihr kräftig auf den Rücken klopfen, um den Hustenanfall zu lindern.

«Muss was in den falschen Hals gekriegt haben», keuchte Chris mit rot angelaufenem Gesicht und tränenden Augen.

«Ich wette, nicht nur du», sagte Fiona zynisch, während sie nach einer Zitronenscheibe griff und sich im Kopf notierte, dass sie die Flaschen mit Leitungswasser auffüllen musste, bevor ihre Mutter nach Hause kam. Patricks scharfer Blick hätte den Farbunterschied sofort bemerkt, aber Fiona wusste, dass sie Alison problemlos hinters Licht führen konnte, solange er unterwegs war.

Chris' Augen weiteten sich, als sie stumm weiterlas.

Heute morgen lag ich träge im Bett. Melly hatte bei uns geschlafen und selig geschnarcht. Ich bin vor ihr aufgewacht und war verlockt, mich in Gedanken an dich zu verlieren, aber es ging nicht. Stattdessen das sanfte Schmusen meines Kindes – immer diese Mutterrolle.

Schließlich rannte sie los, um nach Froot Loops zu suchen, und ich hielt den Atem an, bis das Dröhnen des Fernsehers im Esszimmer mir sagte, dass ich jetzt mit dir sicher sein konnte. Die Dusche rauscht, Richard ist auch beschäftigt, und wir sind endlich allein.

Chris war rot angelaufen. «Ich will nicht mehr», sagte sie und machte Anstalten, die Papierbögen wieder in ihrer ursprünglichen Form zusammenzufalten. «Das ist mir zu persönlich. Da komme ich mir komisch vor.»

«Ich will aber, dass du weiterliest», sagte Fiona verbissen und starrte mit leerem Blick in ihr Glas. «Ich werde allein nicht mehr damit fertig. Ich musste es einfach jemandem zeigen.»

Chris legte die Blätter auf den Schoß, die Schrift nach unten. «Aber, Fi», sagte sie, und auf ihren Wangen prangten große rote Flecke, «das ist doch peinlich.»

Fiona lachte laut auf. «Peinlich?» Sie trank ihr Glas aus, packte den gläsernen Eisbehälter und lief in die Küche. Chris hörte Eis knirschen, das aus dem nagelneuen Edelstahlkühlschrank herausfiel. «Du findest es jetzt schon peinlich? Lies weiter – bitte, lies weiter. Ich will, dass du alles gelesen hast, bevor du mir etwas von *Peinlichkeit* erzählst.»

Die Blätter lagen noch immer umgedreht auf dem Schoß ihrer Freundin, als Fiona zurückkam. Der Eisbehälter knallte auf den marmornen Kaffeetisch, und Fiona drehte das knisternde Papier um und drückte es Chris in die Hand. «Lies. Wenn du wirklich meine Freundin bist, dann lies.»

Chris schloss einen Moment lang die Augen und betete um Mut. Sie nahm einen Riesenschluck Brandy, spürte, wie er in ihren Eingeweiden brannte und ihre Nasenlöcher weitete. Ihr wurde langsam ein bisschen übel, sie wusste nur nicht, ob es vom Alkohol oder von den dicken schwarzen Buchstaben kam. Die kurzsichtige Fiona druckte ihre Dokumente immer in 16-Punkt-Schrift aus. Sie starrte die Wörter an, ohne sie zu begreifen, und die Wörter starrten zurück.

«Tut mir Leid, Fi», flüsterte sie, «ich kann einfach nicht.»

Die Ginflasche war inzwischen zu zwei Dritteln leer. Fiona schwankte ein bisschen, als sie Chris die Blätter aus der Hand riss wie ein Bündel geraubter Banknoten. «Dann muss ich es dir wohl vorlesen, nicht wahr?», sagte sie und rückte dichter ans Feuer.

Chris stützte die Stirn auf die Fingerspitzen und stellte sich vor, sie wäre irgendwo anders, weit weg, an einem Ort, wo Grausamkeit und Betrug noch nicht erfunden worden waren. Eine Südseeinsel vielleicht, ohne Elektrizität, Telefon, Computer und schreckliche E-Mails.

Fionas Stimme war seltsam ruhig.

Ich begann mir mit hauchzarten Fingern über den Oberschenkel zu fahren (meine Brustwarzen sind übrigens gleich wieder hart geworden, während ich das schreibe). Meine Schenkel sind jetzt straff und glatt wie die kräftigen Beine einer Zehnjährigen. Ein kleines bisschen höher weiche Haut. Ich fahre mit der Hand sanft vom Hintern (auch straff) die Vagina entlang, deren Lippen wie Küsse sind und immer noch schmerzen, das ist dein Werk. In mir pulsiert es. Ein Schlagzeuger trommelt in meiner Fotze.

Fiona drehte sich zu ihrer Freundin um. Irgendwie sieht sie aus wie ein Spitz, dachte Chris sekundenlang und schämte sich augenblicklich dafür. Ein seltsames Lächeln lag auf Fionas Gesicht, es bereitete Chris Magenschmerzen. Unbeholfen suchte sie nach Worten.

«O Gott, ich kann es nicht ausstehen, wenn die Leute dieses Wort benutzen. Es ist so – so ordinär.»

«Nur wenn es Männer sagen», nuschelte Fiona. «Wie in ‹alte F…›»

«Bitte, nicht nochmal!», bettelte Chris. «Bitte! Das ist vollkommen unnötig.»

«Soll ich es beim Vorlesen rausstreichen?», fragte Fiona spitz. «Hättest du lieber die jugendfreie Ausgabe oder die unzensierte fürs Nachtprogramm?»

Chris kaute auf ihrer Unterlippe herum und brauchte eine Weile, um zu antworten. «Naja, solange es wirklich dasteht und du es nicht aus reiner Effekthascherei dazuerfindest», sagte sie schließlich.

«Oh, es steht wirklich da», sagte Fiona bestimmt. «Und es kommt noch viel schlimmer – glaub mir.»

Chris wand sich ein bisschen. Es wurde langsam unerträglich heiß im Zimmer. An der Innenseite ihrer Schenkel hatten sich Schweißperlen gebildet. «Dann mach am besten weiter.»

So weich, mein Fell. Ich zupfe daran, ein winziger Schmerz, der meine Augen glitzern lässt. Dann ziehe ich ein bisschen kräftiger, ein Griff, der mich aufreißt, ich öffne mich mit einem Schmatzen, und ein Luftbläschen streicht kühl an meiner Feuchtigkeit entlang. Ich tropfe wie du, bevor du in meinem Mund kommst.

«Arrrr!» Chris schlug die Hände vors Gesicht. «Wie kann man so was bloß schreiben? Wie kann einem so was Spaß machen?»

«Alles Übungssache», sagte Fiona. «Jede Menge Übung. Noch Brandy?»

«Nein», sagte Chris, den Kopf noch immer in den Händen vergraben. «Lies zu Ende, damit ich weiß, wie schlimm es ist.»

Ich bin heiß, schmerzhaft angeschwollen und geil auf dich. Aber meine Hand ist so klein und der Winkel völlig falsch. Der Mittelfinger taucht in mich ein und kommt tropfnass wieder zum Vorschein. Ich hebe ihn wie einen Pokal hoch und koste meinen Geschmack. Ich lutsche an meinem Finger, drehe ihn in meinem Mund hin und her, und meine Zunge liebkost und melkt ihn, wie ich genüsslich deinen Schwanz melke.

Dann schiebe ich ihn mir zusammen mit seinem Gefährten wieder so tief ich kann hinein. Mit der anderen Hand ziehe ich mich weit auseinander, sodass ich einen Kilometer breit bin, eine Schlucht, ein tiefer Spalt, und ich gäbe die Welt dafür, deinen Schwanz in mir zu haben. Ich schaukle auf meiner Hand und kneife mir in die Brustwarze, dabei hebe ich die Brust an, über die du immer lachst, und drücke sie so fest, dass es wehtut. Mein Körper ringt als Antwort nach Atem. Er erinnert sich daran, wie es sich anfühlt, wenn du dich in mir vergräbst.

Ich mag den Augenblick, wenn du mich weit auseinander spreizt und auf mich herabschaust, bevor du mich fickst. Dein Schwanz tropft dann immer schon ein bisschen – der feuchte Rest aus meinem Mund. Und wie du den Moment hinauszögerst, in der Vorfreude schwelgst auf die Dinge, die wir gleich tun, die Stellen, die wir erkunden werden, die unglaubliche Tiefe der Gefühle, die wie der Tod über uns hereinbrechen wird. Deine Hände umkreisen meine Klit, dabei flüsterst du mir Dinge zu, die mich aufregen, öffnest meine Lippen und bahnst dir einen Weg durch meine Nässe. Ich bäume mich auf, zitternd, und bettle wie ein Kind.»

«Was meinst du, wie alt diese Frau ist?», fragte Fiona unvermittelt. «Erst sind ihre Schenkel zehn Jahre alt, jetzt bettelt sie wie ein Kind. Ist doch alles ein bisschen krass, oder?»

«Was?», fragte Chris ungeduldig. «Ist das alles?» Entsetzt musste sie feststellen, dass ein Teil von ihr bedenklich erregend fand, was Fiona da zum Besten gab.

Fiona schnalzte angeekelt mit der Zunge. «Ich glaube kaum. Bis jetzt ist noch niemand gekommen.» Spöttisch lehnte sie sich an den Kamin und spreizte leicht die Beine wie eine Straßenhure. «Aber merk dir meine Worte.» Sie machte einen lasziven Schmollmund. «Es wird bald jemand kommen.»

Chris starrte sie an, verblüfft über die Selbstherrlichkeit ihrer Freundin. Wenn sie versehentlich so eine Nachricht empfangen hätte, würde sie den Arzt ihrer Mutter bitten, ihr so viel Prozac zu verschreiben, dass er davon einen

Schreibkrampf bekäme. Sie hielt es nicht aus, noch weiter zuzuhören.

«Gib es mir wieder», sagte sie zu Fiona. «Ich lese es lieber selber zu Ende.»

Fiona stand hinter ihr und las über ihre Schulter hinweg mit. Sie war so kurzsichtig, dass sie sich weit vorbeugen musste. Chris spürte ihren Atem im Nacken, und der zarte Luftzug machte ihr eine Gänsehaut.

Und du bist ein Quälgeist. Du liebst es, mich warten zu lassen, nicht wahr? Liebst es, wenn ich vor Erwartung ganz aus dem Häuschen und klitschnass bin und an nichts anderes mehr denken kann als an dich. Wenn du mich leckst, will meine Klit dich zurückdrängen. Ich will dich zu meinem Mädchen machen, meinem Püppchen, und dich reiten, wie du mich reitest, und dir zeigen, wie glücklich du mich machst.

«Das war Nummer drei», erklärte Fiona, aber Chris hörte gar nicht hin.

Und wenn sich deine Zunge in mir verliert, dann möchte ich am liebsten deinen ganzen Kopf verschlingen und mich in dir verlieren. Während ich das schreibe, tropfe und klebe ich schon wieder vor Verlangen. Der beste Moment ist immer – wenn dein Penis meine Lippen berührt und du mich wie von Sinnen anschaust und ich sehen kann, dass du dich gleich vergisst. Der zweitbeste Moment – der Schmerz des Eindringens. Es ist jedes Mal das erste Mal.

Fiona reckte wortlos den vierten Finger.

Und wenn du dich ergibst, wenn du spürst, wie nass ich bin, möchte ich am liebsten in deinen Armen sterben. Wir passen ineinander wie ein Puzzleteil zum andern; die kaum sichtbare Krümmung deines Schwanzes bewirkt Wunder in mir, denn sie entspricht haargenau meiner eigenen Krümmung. Du bist nicht im Entferntesten zu groß oder zu klein für mich. Du bist Mama Bärs Schmusesessel, und ich bin Goldlöckchen, das sich hineinkuschelt.

Ihre Blicke trafen sich im Spiegel. Chris' Miene sprach Bände. «War das Nummer fünf?», fragte sie.

«Fünf Metaphern der Erweckung einer Jungfrau», gab Fiona zurück. «Na wenn schon.»

«Ogottogott», stöhnte Chris, als sie die nächsten Zeilen überflog. «Das ist ja …»

«Was denn?», wollte Fiona wissen. «Was!»

Chris schaute hoch. «Ich kann das nicht weiterlesen», sagte sie kläglich. «Das ist ja mehr als peinlich.»

Fiona zeigte auf die andere Seite des Sessels, in dem Chris saß. «Gibst du mir bitte meine Tasche?», fragte sie höflich. «Danke sehr.» Sie kramte in dem geräumigen Lederbeutel herum und brachte schließlich ein goldglänzendes Etui zum Vorschein.

«Was ist denn das?», fragte Chris.

Fionas hübsche haselnussbraune Augen sahen ganz seltsam aus, als sie hinter den Gläsern der nagelneuen, sündhaft teuren Brille auftauchten. «Meine Augen haben in letzter Zeit ein bisschen nachgelassen. Zu viel gelesen, schätz ich.» Sie nahm den Brief wieder an sich, streckte sich auf der Chaiselongue aus und las laut und deutlich vor.

Diesmal verschloss Chris nicht die Augen.

Spreize meine Schenkel. Stütz dich mit den Händen darauf. Hebe meinen Po an, öffne mich weit. Vergrab dich in mir, schaukel dich in mir. Wirf den Kopf zurück, sodass ich den herrlichen Bogen deines Unterkiefers sehen kann, wenn du in ungläubiger Anbetung den Kopf schüttelst. Wälz dich in meinen Säften und fick mich, fick mich, fick mich.

Du mich auch!, dachte Chris und unterdrückte ihre Lust auf eine Zigarette.

Ein anderer schönster Augenblick – wenn du völlig vergisst, dass noch jemand da ist, und dich genau in die richtige Position bringst. Ganz ungeniert, ehrlich und gierig. Und jedes Mal findest du meinen magischen Punkt. Hat es jemals irgendjemand so gut gehabt?

Fiona spähte über ihre Brille hinweg wie eine alte Oma. «Ich will ja nicht abschweifen, aber hat eigentlich jemals irgendjemand festgestellt, ob die Sache mit diesem G-Punkt überhaupt stimmt?» Als Chris mit den Schultern zuckte, senkte sie wieder den Kopf. «Ich mein ja nur.»

Du machst da etwas, wenn du dich, immer noch in mir, auf die Seite wälzt. Ich habe noch nie jemanden so tief in mir gespürt, mich noch nie so weit offen gefühlt. Und dann schaust du auf mich herab, fast so, als wärst du böse oder würdest gleich anfangen zu lachen, als wüsstest du nicht, ob du weinen oder mich bekämpfen sollst, als hättest du deine Seele in mir vergraben und hättest Angst, sie nie wieder zurückzubekommen.

Und dann nimmst du mich richtig dran, ziehst mich auf und bringst mich auf Trab, weil ich so faul bin, wenn mich die Macht deiner Liebe betäubt. Das Wunder dabei ist, dass es klappt. Stoß auf Stoß revanchiere ich mich, gebe dir die Härte zurück, mit der du in mir bist, und spüre dabei die Gewalt der Liebe.

Ich sauge dich ein wie Treibsand, und du ziehst dich heldenhaft zurück, drehst mich um, streichst mir mit dem Finger über den Arsch, feuchtest ihn an und fährst abermals darüber. Und ich stöhne, weil ich weiß, was du willst und wie deine Stimme klingt, wenn du mich darum bittest – wie ein kleiner Junge, der sich aufs Schmeicheln versteht, wenn er etwas haben will, und die Bonbons stiehlt, wenn alle nein sagen.

«Nummer sechs!», riefen sie im Chor, und Chris musste ein Kichern unterdrücken. Schluss mit dem Brandy, dachte sie schuldbewusst. «Wovon redet sie eigentlich?», fragte sie verwirrt.

«Ich erklär's dir später», meinte Fiona. «Viel später. In einem anderen Leben.»

«Ich versteh's immer noch nicht», sagte Chris stirnrunzelnd.

«Auch gut», erwiderte Fiona. «Ich glaube, es wird Zeit, das Ganze ein bisschen zu straffen.» Sie nahm das Blatt Papier und bewegte flüchtig die Lippen, als sie weiterlas. «Aha», murmelte sie und blätterte um. «Aha, aha, aha.»

»Was denn?", fragte Chris. «Was heißt ‹aha›?»

«Sieben», erwiderte Fiona kryptisch. «Und acht. Und neun.»

«Fi?» Chris lief rot an, ohne zu wissen, was sie so verrückt machte. «Was heißt das mit dem Jungen und den Bonbons?»

Fiona sah sie an wie eine Mutter, die ihre Vierjährige dabei beobachtet, wie sie sich ernsthaft mit dem Nikolaus unterhält. Sie beugte sich herüber und flüsterte Chris etwas ins Ohr.

Der fiel förmlich die Kinnlade herunter. «Du bist ekelhaft. Das ist nicht dein Ernst!»

Fiona nickte mit großen Augen.

«Und so was mögen die Leute?»

Fiona beugte sich erneut vor. «Dein Bruder mag es doch auch, oder?»

Chris wurde stocksteif und presste die Lippen aufeinander.

«Okay, wir überspringen das», meinte Fiona. «Fast fertig.»

Gott sei Dank, dachte Chris, die am liebsten geflüchtet wäre, aber nicht wusste, was sie dann tun sollte.

Verlier dich in mir. Bleib für immer in mir, sodass ich mich dem Gefühl deiner Liebe ausliefern kann. Mein Engel, wenn du in mir kommst, lerne ich Tod und Leben und Liebe zugleich kennen. Die letzte Sünde, das ultimative Vertrauen, diese äußerste Seligkeit ist so überwältigend, dass es wie eine Andacht ist. Ich weiß, was du meinst, wenn du sagst, ich bete dich an. Ich möchte meine Hände schützend über dich halten und mit gebeugtem Haupt vor dir niedersinken wie eine Büßerin. Ich möchte dich mir zu Füßen sehen und das Werk genießen, das ich vollbracht habe. Ist das Blasphemie, oder habe ich Gott geschaut? Das Wunder der Freude, der Schöpfung, des Lebens. Und der Liebe.

«Einen Eimer, bitte», säuselte Fiona. «Mir kommen gleich die Kekse wieder hoch.»

«Ist ein bisschen dick aufgetragen, was?» Chris zog die Nase kraus. «Schwer vorzustellen, Patrick als Erweckungsnummer.»

«Naja, wenn man's so sieht …», witzelte Fiona und lachte lauthals, als Chris ihr einen leichten Klaps versetzte. Das Nachlassen der Spannung machte sie übermütig, und Chris liefen die Lachtränen übers Gesicht, als Fiona mit krampfhafter Beherrschung den Rest des Briefes vorlas.

Heute morgen habe ich meine Klit so lange massiert, bis ich kam. Nebenan lärmten die Kinder, und mein abscheulicher Ehemann sang unter der Dusche so falsch wie immer. Es hat mich aber kein bisschen erleichtert. Ich wollte wieder mit dir vögeln. Als ich reichlich spät aus dem Bett kam, war draußen ein herrlicher Tag – heiß für einen Herbst, beinahe schwül. Ich habe Kaffee aufgesetzt, den Toaster angeworfen und bin die Auffahrt hinuntergegangen, um die Zeitung zu holen.

Dabei habe ich irgendwo Halt gemacht, um an den letzten Rosen zu schnuppern. Ihr Duft ist nicht stark, aber lieblich. Der Jasmin blüht, die Dahlien sind fast schon verwelkt, und überall duftet es so berauschend und sinnlich wie das Parfum, das ich extra für dich trage.

Unwillkürlich schnieften sie beide.

Ich bückte mich, um die Zeitung aufzuheben, dabei hielt ich meinen weißen Morgenmantel zu (die Nachbarn brauchen immer etwas, um ihre Phantasie anzuregen!). Als ich mich wieder aufrichtete, schoss ein mächtiger Schwall heißer, schlüpfriger Lava aus mir heraus. Ich kam noch einmal, schlampig und ungekämmt in meinem alten Frotteebademantel vor dem Briefkasten, mit deinem Bild vor Augen. Und deshalb, mein Liebling, zieht mich meine nasse Unterwäsche den ganzen Tag auf. Mit meiner Schwäche, meinem Kranksein und meinem vor Ehrfurcht benebelten Kopf. Sie schilt mich, weil ich jetzt nicht bei dir bin und wir uns lieben, wie nur wir beide es können.

«Liegt das an mir, oder ist es wirklich so heiß hier?», fragte Chris und fächelte sich wie wild Luft zu.

«Es ist heiß hier», erwiderte Fiona in Mae-West-Manier. «Verdammt heiß sogar. Wo war ich stehengeblieben?» Ihr Finger fuhr suchend die Zeilen entlang.

«‹Lieben, wie nur wir beide es können›», zitierte Chris traumverloren. «Da war's, glaub ich.»

Ich halte es nicht mehr aus, mein Liebling. Ich habe eine Idee. Es ist wirklich ganz einfach. Ich muss nur Richard eine kleine Notlüge auftischen, und du musst Alison noch einmal entwischen.

Wir treffen uns wie immer, nachdem du mit Lichtgeschwindigkeit durch die Gegend gesaust bist. Und ich werde wie immer darin schwelgen, die Freude in deinem Herzen, in deinen Augen zu spüren. Wir gehen auf unser Zimmer, du zeigst sie mir, und ich finde sie wunderbar. Ich lege meine Handtasche hin und muss dich nur einmal ansehen. Du ziehst mich an dich und küsst mich, und ein Kribbeln steigt in mir auf. Aber diesmal werde ich stark sein.

Diesmal werde ich meine Brustwarzen ganz hart werden lassen. Ich werde dich wiederküssen und deine Eier streicheln, und dann werde ich auspacken. Alles. Ganz langsam, zielstrebig und mit Bedacht.

Dann küsse ich dich wieder. Öffne vielleicht deinen Reißverschluss und streichle die weiche Haut deines harten Schwanzes. Beuge mich vielleicht sogar herab und koste dich, lecke seine Spitze. Dann ziehe ich mich aus, einen Knopf nach dem anderen. Keine Tricks mehr, keine nuttenhaften Verführungskünste, es gibt nur mich. Dann bitte ich dich, die Weinflasche zu öffnen, während ich dusche. Und wie ich duschen und mich dabei streicheln werde. Ich werde mir das Haar shamponieren, die Haut schrubben und dann Make-up auftragen und unser Lieblingsparfum.

Du wirst die ganze Zeit ungeduldig auf und ab gehen, und ich werde darüber lachen. Ich werde hören, wie du den Sportkanal einschaltest (oder einen Pornofilm, wenn es einen gibt) oder eine CD einlegst, und ich werde mich fragen, wie lange es wohl noch dauert, bis du wütend zu mir unter die Dusche kommst und dich über meine Trödelei beschwerst.

Aber ich kenne dich inzwischen. Du hast Geduld. Du wirst vor dich hin brüten, bis ich mich dir präsentiere, und ich werde jetzt so weit sein, mich ganz auf dich zu konzentrieren. Du bist ein kluges Bürschchen und wirst es mir ansehen, in meinen Augen, in der Art, wie ich mir die Haare trockne und vor dir niederknie, um dir Wein einzuschenken (Ich denke, diesmal nehmen wir Chablis). Du wirst wissen, dass es diesmal nicht der Reiz der Vorfreude ist, sondern die Konzentration aller Gedanken, Träume und Gefühle zu einem einzigen Sprengsatz, der jeden Augenblick über dir explodieren kann. Und während ich noch feucht bin vom heißen Duschen und Tränen der Liebe in meinen Augen glitzern, werde ich deinen Schwanz kosten wie ein Geschenk und dich lieben.

Du fehlst mir so, mein Liebling. Vielen Dank für deinen wundervollen langen Brief. Ich habe ihn in der Schublade mit den Sachen versteckt, die ich als Hausfrau und dreifache Mutter trage. Unser kleines Geheimnis.

Fiona sah ihre Freundin an. «Unser kleines Geheimnis. Das war's.»

Es war Chris, die das Schweigen brach. «Und was willst du jetzt damit machen?»

Fiona schüttelte ratlos den Kopf. «Ich weiß nicht», sagte sie leise. «Darum wollte ich es ja jemandem erzählen. Was würdest du denn tun?»

Chris überlegte eine Weile hin und her, dann sagte sie treuherzig: «Ich bin froh, dass ich die Entscheidung nicht fällen muss.»

«Entscheidung?», rief Fiona. «Ich bin mir nicht mal über die verschiedenen Möglichkeiten im Klaren!»

Chris atmete bedächtig aus. «Weiß Patrick, dass du die Mail gesehen hast?»

Fiona schüttelte den Kopf. «Und ich habe sie auch gelöscht, sodass er es nie erfahren wird.»

Chris war entsetzt. «Aber ist das nicht Diebstahl, wenn man die E-Mail von jemandem löscht, bevor er sie gelesen hat?»

«Keine Ahnung», sagte Fiona nachdenklich. «Ich glaube nicht.»

Chris dachte angestrengt nach. «Also, wenn ich du wäre», meinte sie schließlich, «würde ich sie verbrennen.»

«Verbrennen?»

Chris nickte eifrig. «Du musst das verdammte Ding loswerden. Tu so, als hättest du es nie gesehen, als hättest du überhaupt keine Ahnung von der Sache. Business as usual.»

Fiona kaute an ihrer Unterlippe. «Aber wie könntest du an meiner Stelle so tun, als sei nichts geschehen? Wenn du weißt, jemand anders denkt in dieser Weise an ihn. Und er muss ja schließlich auch irgendwas denken!»

Darauf fiel Chris keine Antwort ein. Also kehrte sie zurück auf den erprobten Pfad seligen Vergessens. «Es ist das Einzige, was du tun kannst», sagte sie unerschütterlich. «Schaff sie dir vom Hals, schlag sie dir aus dem Kopf und tu so, als hättest du sie nie gesehen.» Sie stand auf. «Gib her», sagte sie und streckte die Hand aus.

Fiona hielt die Blätter noch fester. «Wozu?»

Chris zeigte auf das Feuer. «Wir machen es gemeinsam, jetzt gleich. Dann ist es erledigt und vergessen. Ganz einfach.»

Fiona starrte den versehentlich heruntergeladenen Brief an.

«Komm schon, Fi», sagte Chris aufmunternd. «Lassen wir alles in Rauch aufgehen. Bring's hinter dich.» Fionas Hand zitterte. Chris legte den Arm um sie.

«Es ist das einzig Vernünftige», sagte sie sanft. Dann führte sie ihre Freundin behutsam zum Kamin, beugte sich tiefer über die künstlichen Kohlen, die eine Gasflamme zum Glühen brachte, und spürte die Hitze an den Waden. Die Blätter verwandelten sich blitzschnell in Rauch und Asche.

Chris richtete sich wieder auf und fühlte sich benommen vom Brandy und vor Erleichterung. Fionas Gesicht war tränenfeucht.

Chris umarmte sie fest. «Alles in Ordnung?»

Fiona schüttelte den Kopf. «Nicht so richtig», sagte sie heiser. «Ich hab den Brief schon seit zwei Wochen und wusste einfach nicht, was ich tun sollte. Ich wusste nicht, ob ich ihn zur Rede stellen sollte oder nicht.»

Chris nickte verständnisvoll. «Du hast genau das Richtige getan», sagte sie tröstend.

Jetzt schluchzte Fiona hemmungslos. «Ich konnte ihn nicht mehr ansehen vor lauter Ekel, und er wusste gar nicht, was los war. Gestern abend hatten wir einen Riesenkrach, und ich wäre beinahe losgerannt und hätte den Brief geholt.»

«Hast du aber nicht», sagte Chris ruhig. «Du hast selbst da gewusst, dass es falsch gewesen wäre, es ihm zu sagen.»

Fiona schüttelte wütend den Kopf, und Tränen fielen zischend ins Feuer. «Das war's ja gar nicht», stieß sie hervor. «Das war's nicht.»

«Was dann?», fragte Chris verdutzt.

Fiona nahm die hässliche Brille ab und wischte sich mit dem Ärmel über die Augen. «Wir haben eine Party gegeben. Es waren Leute da.»

Chris sah sie überrascht an. «Was war denn der Anlass?»

Fionas Gesicht spiegelte sich in dem Glas, mit dem das riesige Familienporträt an der Wand gerahmt war. «Sie hatten ihren zweiten Jahrestag», flüsterte sie tonlos. «Es ist genau zwei Jahre her, seit Patrick eingezogen ist.» Chris' Mund verzog sich zu einem perfekten kleinen «O».

Sie betrachteten das Familienbild. Fiona würde nie den Tag vergessen, an dem es aufgenommen worden war – es war einen Tag, bevor sie ihre erste Regel bekommen hatte.

Patrick mit seinem breiten Grinsen. Alison stand liebevoll an seiner Seite, und Honey lag geduldig zu ihren Füßen und spielte mit seiner Leine. Fiona schaute verschämt durch die alten dicken Brillengläser.

«Es hätte Mum das Herz gebrochen», sagte sie bekümmert. «Wie hätte ich ihr das antun können vor all ihren Freunden? Sie sagt immer, Patrick ist das Beste, was ihr je passiert ist – immer wieder sagt sie, sie wisse gar nicht, wie sie ohne ihn leben könnte. Sie ist völlig verrückt nach ihm. Ich schätze bloß, bei ihm liegt die Sache anders», sagte sie leise. Als der Feuerschein ihr tränenfeuchtes Gesicht rot färbte, sah Fiona für einen Moment aus wie eine alte Frau.

«Er ist eben ein Mann», sagte sie zynisch. «Genau wie Dad. Sie sind doch alle Mistkerle.»

Chris biss sich auf die Lippe und sagte nichts.

Fiona lächelte schmallippig. «Und weißt du was? *Das* ist das bestgehütete Geheimnis auf der ganzen Welt.»

Auf ein Wort, Liebster

Auf ein Wort, Liebster. Hier ist ein Bild, das ich für dich gemalt habe.

Heute Abend sind meine Hände warm. Wenn ich damit über deine Jeans streiche, fühlt sich der Stoff an wie weiche, lebendige Haut. Ich liebe deine Schenkel. Auf der Rückseite ist eine Stelle, in die ich am liebsten hineinbeißen würde. Aber dafür muss ich dich erst mal so positionieren, dass ich sie erreiche – vielleicht könntest du dich irgendwo mit nacktem strammem Hintern auf die Kante einer Bank setzen. Ich brauche Platz, weißt du? Keine störenden Stuhlbeine im Weg, wenn ich unter dich rutsche, um dich zu schmecken, einen heißen Zentimeter nach dem andern, vom Knöchel bis zur Schmerzgrenze. Und wenn du ein braver, gelehriger Junge warst, legst du mir als Nächstes ein Bein über die Schulter, eine leichte Drehung in der Hüfte, und deine empfindlichste Stelle ist vor mir ausgebreitet.

Spürst du meine Zunge, Liebster? Angefangen beim letzten Wirbel, das Steißbein auf und ab. Ich spüre, wie du erschauderst, ein Stöhnen, eher ein Wimmern als ein Keuchen. Behutsam spreize ich deine Backen, als bräche ich ein Siegel, kribbelnde Fingerspitzen umspielen babyweiche Haut, meine heißen Atemstöße überziehen dich mit einer Gänsehaut.

Jetzt kommen meine Hände ins Spiel. Fingerspitzen halten dich lange genug auseinander für einen ausgiebigen Kuss und eine winzige Kostprobe. Die kleine Zungenspitze wandert den großen Muskel bis zu deinen Lenden hinab wie der Funke, der die Maschinerie in Gang setzt. Ich spüre wie du dich anspannst und zusammenziehst, mein Liebster, oh ja, ich spüre es. Du bist jetzt schon ganz hart. Ich werde dich noch härter machen.

Hier ist mein Handteller. Er passt perfekt, wie der Deckel auf den Topf. Hier ist meine Faust. Schau, wie sie sich öffnet und schließt, als ich dich zu einem Teil von mir mache. Unter deinen Stößen bewegst du dich jetzt wie eine große Schlange, und ich bin warm und lebendig, und mit einem kleinen Dreh bist du in meinem Mund, ein gewaltiger Strom männlicher Hitze und Moschus vermischen sich mit meinem eigenen Geschmack.

Du ergänzt mich, mein Mund verstummt, während du mich reitest, meine Kehle steht bis in dunkle Tiefen für dich offen.

Ich schmecke dich, und du steuerst nicht mehr. Jetzt bist du mein Beifahrer, und ich werde dich in rasender Fahrt zu den Sternen entführen.

Muskelspiele

Rückenlage.

Lang ausgestreckt.

Tief und gleichmäßig durchatmen.

Bauchmuskeln anspannen, loslassen, anspannen, loslassen.

Beugen.

Jeder Teil ihres Körpers ist warm und erwartungsvoll. Die eingerosteten Gelenke, von frischem Blut durchströmt, beschweren sich. Ihr Rücken ist verspannt, und sie kämpft gegen einen leichten Schmerz an. Die alte Schulterverletzung macht sich wieder bemerkbar, und ihre rechte Brust ist schlaff dagegengesackt wie ein müdes Kind, das im Auto seiner Mutter auf dem Rücksitz eingeschlafen ist.

Jahrelang hatte sie sich über Frauen lustig gemacht, die ins Fitness-Studio gehen. Schon die Vorstellung, ihre mütterlichen Rundungen in hautenges Lycra zwängen zu müssen, hatte sie sofort panisch nach Schokolade und Kartoffelchips suchen lassen. Ihr Körper war zum Funktionieren da, nicht zum Imponieren, auch wenn sie inzwischen nur noch die Zigaretten, nach denen sie seit fünfzehn Jahren zwei Dutzend Mal am Tag griff, davor bewahrten, völlig aus dem Leim zu gehen. Sie wäre nie auf die Idee gekommen, ihre Lycra-Phobie zu überwinden, wenn es nicht für ihren Liebsten gewesen wäre. Keine Zeit, kein Geld, wichtigere Dinge zu tun – sie hatte sämtliche üblichen Ausreden benutzt und auch aufrichtig daran geglaubt. In Wahrheit hatte sie nie die Motivation gehabt, auf ihre Figur zu achten. Schließlich schien ja auch sonst niemand darauf zu achten.

Rücken lang machen.

Beine ganz lang.

Knie an die Brust und halten, und halten.

Er hatte nie lange nachdenken müssen, um ihr zu sagen, wie sehr er sie begehrte, im Bett und außerhalb davon. «Reinigung, Straffung und Feuchtigkeit», hatte er in ihrer vierten gemeinsamen Nacht doziert. «Mit deinem Gesicht machst du es doch auch, oder? Natürlich. Und du denkst nicht einmal darüber nach, dass du es tust. Stell dir dein Gesicht als Metapher, als Mikrokosmos vor. Es ist nicht das einzige, worauf du achten solltest – dein Körper braucht das auch, von innen und außen.»

An diesem Punkt war er damit fortgefahren, ihr Feuchtigkeit zu spenden, jedenfalls von außen. Begierig hatte sie den Mund geöffnet und geschnurrt wie eine Katze, als er anfing zu zucken und zu spritzen. Hinterher hatten sie Champagner getrunken, sich zurückgelehnt und ausgeruht, bevor sie es noch einmal taten. Die Feuchtigkeit war eines der wichtigsten Dinge beim Bau des Tempels seiner Göttin. Ein so göttlicher Schwanz wie der seine würde sich nicht mit einer dürftigen Kultstätte begnügen.

Seit sechs Monaten lag er ihr in den Ohren, mehr Wasser zu trinken. «Das ist gut für den Teint, und es hilft dir, die ganzen Gifte wieder herauszuspülen. Verstehst du jetzt, wie der Kreislauf funktioniert? Feuchtigkeit führt zur Reinigung. Verstehst du?»

Jetzt hatte sie es verstanden. Der Spiegel zeigte ihr, dass sie schlanker aussah und ihre Haut schimmerte; die Reaktionen ihres Körpers auf die leisesten Sinnesreize sagten ihr, dass sie auch sonst vorankam. Und die Veränderung erstreckte sich nicht allein auf ihren Körper. Ihr Kopf war klarer und gleichzeitig berauschter denn je. Wenn sie sich vorstellte, wie sein heißer Mund sie in den Nacken biss, während er den Schwanz so hart er konnte in sie hineinstieß, dann gelang es ihr, dieses Gefühl eine ganze Weile aufrechtzuerhalten. Für gewöhnlich brauchte sie nur zwei oder drei Minuten, dann schüttelten ihren zuckenden Körper gewaltige Orgasmen, bis sie keuchend und erschöpft dalag.

Womit sie allerdings nicht gerechnet hatte, war, dass sich ihre Seele ebenso entfalten würde. Sie spürte wieder Lebenslust und Energie in sich aufkeimen, und Bereiche ihres Ich, die im Dornröschenschlaf gelegen hatten, seit sie irgendwann einmal «Ja» gesagt hatte, erwachten wieder zum Leben, reckten und streckten sich. Die gekräftigten Muskeln ihrer Schenkel fanden ein Ebenbild in ihrem Herzen. Die meiste Zeit fühlte sie sich wie ein großer Schmetterling, der in einem winzigen Kokon gefangen ist. Schillernde Flügel, die einst dazu gedient hatten, sie einzuhüllen und vor der gewalttätigen Außenwelt zu schützen, schmerzten und brannten nun und verlangten nach der Freiheit.

Beim Training genoss sie den Schmerz, den sie ihrem Körper zufügte. Hinterher war sie durchgeschwitzt, ihr tat alles weh, und sie ging in dem Bewusstsein nach Hause, dass sie sich verändert hatte. Ein paar Stunden lang konnte sie die Sehnsucht, die sie den übrigen Tag lang marterte, leichter ertragen. Doch sobald die Wirkung der Endorphine nachließ, fühlte sie sich wieder nervös und zerrissen, konnte weder essen noch schlafen und an nichts anderes denken als das nächste Mal, wenn sie wieder zusammen sein würden. Sie hatte sich angewöhnt, früh zu Bett zu gehen, allein.

Zuerst hatten ihr die Ausdünstungen der vielen herumstrampelnden Leute, die alle streng nach Schweiß und billigem Deodorant rochen, fast den Magen umgedreht. Auch der Anblick der schweißtriefenden oder vor Anstrengung rot angelaufenen Teilnehmer hatte sie nicht gerade begeistert. Es gab zwar auch ein paar typische Fitness-Häschen mit Muskelpaketen und einem so verdammt perfekten Aussehen, dass einem die Worte fehlten. Aber die überwiegende Mehrheit, ob männlich oder weiblich, gehörte zu jener Platzwurstfraktion, die krampfhaft versuchte, hier die Exzesse von Tagen wieder gutzumachen, die der Erinnerung nicht einmal wert waren.

Am ersten Tag wäre sie am liebsten gleich wieder weggelaufen, um der massiven Nacktheit in den Umkleideräumen und den leeren Blicken der alten Hasen zu entfliehen, die sich in irgendeiner Ecke vor Spiegelwänden abrackerten. Doch ihre heimliche andere Hälfte hatte sie inzwischen gut genug kennen gelernt, um ihren Fluchttendenzen vorzubauen. Als er den Probevertrag für sie abgeschlossen hatte, hatte er auch gleich einen menschlichen Wachhund engagiert, damit sie nicht kneifen konnte.

Bei Tageslicht hätte man Sam für zweiundzwanzig halten können. Knapp einen Meter siebzig groß, mit straffen Brüsten und knabenhaft schmalen Hüften über unverschämt langen Beinen. Sie hatte provozierend kurz geschnittenes, platinblond gefärbtes Haar. Ihren rechten Bizeps zierte ein keltisches Tattoo, das sich um den ausgeprägten Oberarm wand wie ein blauer ägyptischer Armreif. Ihre olivenfarbene Haut hatte so dichte Poren, dass sie unmöglich einen Pickel hervorbringen konnte. Sie hatte allen Grund, unerträglich zu sein, und das war sie auch. Seltsamerweise machte sie das noch anziehender.

«Ich seh' schon, da haben wir ja noch ein schönes Stück Arbeit vor uns, Nicola», hatte sie am ersten Tag gesagt und ihre neue Klientin ungefähr mit so viel Mitleid gemustert wie ein Metzger ein frisch ausgenommenes Spanferkel. «Aber da gibt's ja jede Menge Möglichkeiten. Hier ein bisschen Geschwabbel weg, den Trizeps herausarbeiten – von den Bauchmuskeln reden wir jetzt noch gar nicht, alles zu seiner Zeit. Und jetzt – ab auf die Waage.»

O diese Schande. Welch eine Demütigung, das bis dahin ängstlich gehütete Geheimnis ihrer Badezimmerwaage, die sie ihrem Selbstwertgefühl zuliebe extra ein bisschen zurückgestellt hatte, preiszugeben.

«Du meine Güte – Sie tragen ihre Last ja tapfer, was? Aber das kriegen wir bald runter, keine Sorge.»

Und in den paar Wochen, seit Sam ihre Folterwerkzeuge angesetzt hatte, war der Zeiger zu Hause drastisch rückwärts gewandert. Inzwischen war sie so weit, dass sie zu Hause auch ohne Angst und Selbstbetrug auf die Waage steigen konnte. An ihren Schenkeln konnte sie die Veränderung zuerst sehen, sie waren jetzt fest, straff und glatt. Manchmal strich sie auf dem Heimweg sanft mit den Fingerspitzen darüber und bildete sich ein, es wären die ihres Liebsten. Manchmal kam sie sogar, wenn sie sie ein paarmal anspannte und wieder losließ.

Sam hatte sie ungerührt beobachtet, nicht anders als irgendeine andere Klientin. Sie war nur wieder mal eine dieser in die Jahre gekommenen Hausfrauen, die krampfhaft versuchten, ihren Verfall aufzuhalten. Sie hatte kein Wort gesagt, als ihr Gewicht zurückgegangen war, und hartnäckig geschwiegen, als die Muskeln unter der Haut hindurchzuschimmern begannen. Anfangs war es Nicolas Anreiz gewesen, dass sie ihrem Freund gefallen wollte; jetzt gab es noch einen zweiten Grund – nämlich Sam zufrieden zu stellen.

Als sie zum ersten Mal von ihrer Trainerin geträumt hatte, war sie schamrot aufgewacht. Eine von Sams makellosen Brüsten hatte prall und rund in ihrer linken Hand gelegen, während sie an der anderen Brustwarze saugte, wie sie es an Patricks Schwanz gelernt hatte. Sam war nur notdürftig bekleidet gewesen, ein winziges Oberteil, das ihr jetzt um den Hals hing, der BH aufgehakt zum leichteren Zugriff. Der kurze Rock hatte die Labien freigelegt, die heiß und angeschwollen waren und unter den Fingern ihrer rechten Hand pulsierten. Sie war leicht mit dem Daumen über Sams Klitoris gefahren, während ihr Mittelfinger den G-Punkt suchte. Sam hatte gebettelt, sie möge ihr die Möse lecken, das Gesicht an ihrer Muschi reiben und die Zunge tief hineinstecken. Sie war in dem Moment aufgewacht, als Sam ihren Höhepunkt erreichte, und hatte festgestellt, dass sie selbst im Begriff war, zu kommen. Als sie Stunden später wieder eingeschlafen war, waren ihr immer noch Sams verzücktes Gesicht und ihre lüsternen Lippen im Kopf herumgeschwirrt. Patrick hatte natürlich zugesehen, kurz davor mitzumachen.

Am nächsten Morgen hatte ihr Ehemann nicht so lange geduscht wie üblich. Aber seine angewiderte Reaktion, als er sie beim Masturbieren erwischt hatte, war nichts gegen den Ekel, der ihn bei der Vorstellung dessen gepackt hätte, was ihr im Kopf herumspukte. Diesmal hatte sie über Sams Gesicht gekniet und heftig gegen deren gierige Zunge gestoßen. In Nicolas Phantasie lag ein schleimverklebter Vibrator neben ihr auf dem Kopfkissen. Wem er gehörte, hatte sie noch nicht entschieden.

Glücklicherweise hatte Richard es kurz gehalten. «Du widerliche fette Kuh. Du machst mich krank», war alles, was er gesagt hatte. Dann hatte er sich fluchtartig angezogen und war unter wütendem Getrampel und Türenknallen weggegangen. Danach hatte sie keine Erleichterung mehr gefunden. An diesem Tag konnte sie zum ersten Mal, seit sie mit dem Training angefangen hatte, nicht ins Sportstudio gehen. Die Vorstellung, Sam gegenüberzustehen, trieb ihr die Schamröte ins Gesicht. In dieser Nacht träumte sie wieder von ihr. Diesmal war es noch schlimmer.

Sam stand breitbeinig vor ihr und spreizte mit den Fingern die feuchten Schamlippen, während sie daran leckte und ihre eigenen Nippel zwickte, bis sie beide kamen. Sam beugte sich übers Bett, ihre Brüste zeigten in wundersamer Verachtung der Gesetze der Schwerkraft noch immer nach vorn, ihre Vulva so prall und voll wie zwei Bälle. Sie schrie und stöhnte, schluchzte und kreischte, masturbierte vor ihr im Spiegel und bettelte darum, ihr die Brustwarzen zu lecken. Nickys Finger glitten in sie, und dann fickten sie Sam wie ein Mann mit einer schmalen Faust.

Als die Nacht in den Morgen überging, trieb sie es mit allen beiden, Patrick wie Sam. Er nahm sie eine nach der andern, dann steckte er ihr seinen Schwanz in den Arsch, während Sams Zunge über ihre Klit spazierte. Diesmal weckte sie Richard mit ihrem Stöhnen, und er schickte sie zum Schlafen ins Gästezimmer.

«Hast du auch manchmal solche Träume, Deb?», fragte sie an diesem Nachmittag ihre Schwester am Telefon.

«Sicher», sagte Deborah. «Ich träume viel.»

«Nein, ich meine *bestimmte* Träume – verstehst du?»

Deborah hatte einen Moment lang überlegt. «Was für Träume meinst du denn? Schlimme Träume?»

«Nein», antwortete Nicola unsicher. «Nicht direkt. Ich glaube auch nicht, dass sie schlimm sind. Aber sie sind sehr lebensecht.»

«Ach so», meinte Deborah treuherzig. «Natürlich habe ich solche Träume. Zum Beispiel, dass ich zum Obsthändler gehe, und dann kann ich die Früchte riechen. So was eben.»

Nicola atmete hörbar durch die Zähne ein und hätte gewünscht, ihre Schwester wäre nicht so von den *Waltons* geprägt. «Sie haben nichts mit Einkaufengehen zu tun.»

«Womit dann?», fragte Deborah. «Offensichtlich scheinen sie dich ja zu beunruhigen.»

Sie biss sich auf die Unterlippe. «Nein, eigentlich beunruhigen sie mich nicht – ich frage mich bloß, warum ich so was träume.»

Deborahs Neigung zur Schulmeisterei gehörte zu den Familienlegenden. «Freud war überzeugt, dass Träume ein Ausdruck unbewusster Wünsche sind. In Träumen bringen wir häufig unser tiefstes Wesen zum Ausdruck, ungehindert von den Beschränkungen, die uns unser Bewusstsein im Wachzustand auferlegt.»

«Du hast wieder *Oprah Winfrey* geguckt, stimmt's?»

Ihre Schwester lachte so unbekümmert wie immer.

«Quatsch», kicherte sie. «Nur die Vormittagswiederholungen von *Jerry Springer*. Aber sag's nicht weiter, okay?»

Jerry Springer lief gerade im Fernsehen, als Nicola ein paar Stunden später im Sportstudio ihre Kopfhörer aufsetzte – *«My Mother is Bisexual, and I Want to Die.»* Sie schloss die Augen und erhöhte die Geschwindigkeit des Laufbandes. Wenn sie Glück hatte, würde ihr der Schmerz, von dem sie wusste, dass er sich in ein oder zwei Minuten einstellen würde, über die Qual hinweghelfen, Sam zu sehen.

Aber es half nichts.

Sams Haare waren kürzer und stachliger, als Nicky sie je gesehen hatte. Außerdem hatte sie sich die Nase piercen lassen, und der winzige Stecker betonte die Form ihrer Nase. Ihre Augen wirkten größer und dunkler denn je, wenn auch unbeteiligt wie immer. Aber hinter Sams gepanzertem Blick erkannte sie etwas wieder, was sie bisher nur in ihrer Phantasie erlebt hatte.

«Höchste Zeit, dass wir einen Check machen», meinte Sam, als sie keuchend ihren Lauf beendete. «Das Büro ist frei – wir machen es dort.»

An der Wand lehnte ein Trainingsrad. Aktendeckel stapelten sich auf einem hässlichen grauen Schreibtisch, orangefarbene und grüne Reiter zeigten das Geschlecht des Teilnehmers an. Sam zog eine digitale Waage unter dem Schreibtisch hervor, fummelte an der Einstellung herum und sagte, sie solle die Schuhe ausziehen und sich daraufstellen. Nicolas Gesicht lief rot an, als sie sich bückte, um die Schnürsenkel zu öffnen. Sie betete, dass Sam es dem Training zuschreiben und nicht bemerken würde, wie feucht ihre Shorts waren.

Die ließ ein beifälliges «Hm-hm» hören. «Sehr schön», meinte sie. «Zwei Kilo in den letzten sechs Wochen – geht gut voran. Wollen mal sehen, wo Sie die losgeworden sind.»

Sie spielte mit der goldenen Spitze des Bandmaßes, während sie die Akte studierte. «Ich denke, wir fangen mit den Armen an. Stehen Sie gerade und entspannt, und stützen Sie die Hände in die Hüften.»

Sam duftete nach Tommy Girl und Rexona. Ihr graues T-Shirt hatte große dunkle Schweißflecken in den Achselhöhlen. Sie nahm Maß, murmelte vor sich hin, notierte und kam wieder zurück. Ihr Atem roch süß nach Pfefferminz, und ihre Wimpern waren lang und schwarz.

«Sie machen große Fortschritte», sagte sie schließlich, und ein Hauch von Stolz schwang in ihrer Stimme. «Es hat sich schon viel in den letzten Wochen verbessert. Jetzt können wir uns langsam auf die Stellen konzentrieren, die bearbeitet werden müssen.»

«Welche meinen Sie denn?»

Sam lächelte. «Die üblichen Schwachstellen bei einer Frau in Ihrem Alter. Hintern, Titten und der Bereich dazwischen. Da schlägt die Schwerkraft immer zuerst zu. Aber keine Bange – da sind keine riesigen Reparaturarbeiten nötig, nur ein paar sanfte Nachbesserungen.»

Die «sanften» Methoden ihrer Trainerin entsprachen in etwa denen eines Feldwebels. Als sie ihr den neuen Parcours zeigte, verliehen ihr der Blondschopf und ihre sadistische Ignoranz gegenüber Nicolas Unbehagen eine beunruhigend martialische Ausstrahlung.

Bizepsbeugen. Trizepspressen. Situps, bis sie um Gnade winselte. Adduktorübungen, bei denen ihre Oberschenkelinnenseiten vor Anstrengung zitterten. Ruderbewegungen, die jede Schwachstelle ihres Rückens aufspürten. Sam schaute ungerührt zu, nickte hin und wieder und korrigierte ihre Haltung, wenn sie es für nötig befand. «Ich glaube, wir nehmen noch eine Sache hinzu», sagte sie schließlich, «und das sollte dann erst mal für eine Weile reichen.»

Als sie neben dem Beinbeuger stehen blieben, war das Einzige, woran Nicky denken konnte, ihr Proktologe, der sich ihrer Hämorrhoiden annehmen musste, nachdem Patrick ihr die Freuden des Analverkehrs beigebracht hatte. «Was ist *das* denn, um Himmels willen?»

Sam ignorierte ihren Protest völlig. «Sie legen sich einfach auf den Bauch», sagte sie, während sie die Höhe des Vinylpolsters am Ende der gewölbten Apparatur einstellte. Ihr knackiger kleiner Hintern reckte sich in die Luft, die Waden waren unter dem schwarzen Zylinder eingekeilt und das Gesicht gegen die blanke Bank gepresst. «Und dann die Beine etwas auseinander.» Sie machte es vor. Auch im Schritt hatte sie einen feuchten Fleck, nur etwas kleiner als unter den Armen. Als sie sich gegen die Bank stemmte, breitete er sich ein wenig aus. «Und dann heben Sie die Fersen an. Der Bauch bleibt angespannt. Sie sollten es in den Waden und Gesäßmuskeln spüren. Wenn Sie es im Rücken spüren, sagen Sie mir Bescheid, dann nehme ich Gewicht weg. Diese Übung ist für die Kniesehnen und das Hinterteil.» Sie stieg ab und stellte sich auf eine Seite. «Gucken Sie nicht so ängstlich», sagte sie. «Es ist wirklich nichts dabei.»

«Ich hab keine Angst», protestierte Nicola, aber ihre Stimme war hoch und piepsig. «Ich glaube, ich hab einfach nur genug für heute, das ist alles.»

«Kommen Sie», sagte Sam brüsk. «Das ist die letzte Übung – danach können Sie sich unter die Dusche stürzen. Nur noch die eine. Sie werden den Unterschied bemerken.»

Es wäre unhöflich gewesen, sich zu weigern. Also legte Nicky umständlich ihr weißes Handtuch zurecht, als würde sie Simon das Bett machen. Das gepolsterte Gewicht klebte an ihren Beinen. Sie umfasste die Handgriffe, wie Sam es vorgemacht hatte, und stellte fest, dass sie feucht waren. Die Bank hob ihr Becken an, und als sie die Schenkel spreizte, fühlte sie sich schrecklich entblößt. Tief in ihr begannen die Säfte zu fließen.

Sam kniete sich neben sie. «Nicht vergessen – ganz langsam. Und wenn Sie ein Ziehen im Rücken spüren, sagen Sie Bescheid, dann nehme ich das Gewicht zurück. Also – versuchen Sie's mal.»

Beim Aufstehen fuhr Sam schnell mit dem Finger ihren Rücken entlang, bis er sich von ihrem Hinterteil abstieß. Die unerwartete Berührung schoss Nicky geradewegs in die Brustwarzen. Verblüfft schaute sie zu Sam auf und sah, dass diese zurückgrinste.

«Kitzlig?»

Sie schluckte und nickte, und dann setzte sie zum Endspurt an.

Als sie versuchte, das Gewicht anzuheben, protestierte ihr Kreuz heftig. «Es ist zu schwer», sagte Nicola schnell.

Sam nickte. «Hab ich mir gedacht», sagte sie. «Hier kann man die Einstellung ändern.»

Es war einfach. Die Gewichte wurden von einem Metallstift an einer kurzen Schnur gehalten. Sam zog ihn aus seiner Position mit der Markierung 40 heraus und steckte ihn weiter oben wieder hinein. «Probieren Sie das mal. Das müsste besser sein.»

War es aber nicht.

Sam runzelte die Stirn. «Hätte nicht gedacht, dass wir so leicht werden müssten», sagte sie und ging auf 20. Weniger bedeutete Scham und Schande. «Versuchen wir's mal damit, und wenn's dann nicht besser ist, probier ich noch was anderes aus.»

Ihr Kreuz protestierte immer noch.

Sam schüttelte den Kopf. «Okay – jetzt machen wir Folgendes», sagte sie und erklärte Nicola, was sie vorhatte.

In dieser Nacht träumte Nicky von dem Gefühl, das durch ihre Klit geschossen war, als Sam ihr kräftig die Hand ins Kreuz gedrückt hatte. Mit dem linken Arm hatte sie gleichzeitig ihre Oberschenkel herabgedrückt, damit die richtigen Muskeln gegen das Gewicht arbeiteten. Nach einem halben Dutzend Wiederholungen hatte ihr Körper den Dreh raus, und Sam konnte loslassen, aber inzwischen tat ihr der Bauch vor Verlangen nach Entspannung weh.

«Ich glaube, ich hab jetzt genug», sagte sie verzweifelt, denn sie hatte Angst, ihre Trainerin könnte merken, dass die dunklen Flecken an ihren Shorts den unverkennbaren Geruch der Erregung verströmten, und erraten, was ihr im Kopf herumging.

«In Ordnung. Dann gehen Sie mal duschen.»

Sie erhob sich ächzend und griff nach ihrem Handtuch. Sie hatte keine Ahnung, warum Sam ihr im Weggehen einen Klaps auf den Hintern versetzte. Und auch nicht, wie sie es bewerkstelligen sollte, den Umkleideraum zu erreichen, ohne zu zerfließen. All ihr Denken war auf die kleinen Hautstellen gerichtet, wo Sam ihren Körper berührt hatte. Sie kribbelten, als habe sie ein Stromschlag getroffen, und ihre Spannung setzte sich bis in ihren Unterleib fort. Auch dort kribbelte es.

Vor dem gemeinsamen Umkleideraum hatte es ihr zu Anfang gegraust. Splitternackt vor fremden Frauen dazustehen hatte sie an all die qualvollen Jahre erinnert, in denen ihr der Babyspeck zu schaffen gemacht hatte. Seit sich ihre Figur verändert hatte, sie schlanker und muskulöser war, störte es sie nicht mehr, sich auszuziehen und durch den Raum mit dem feuchten Fußboden zu schlendern. Jetzt fand sie sogar ein heimliches Vergnügen an den verstohlenen Blicken korpulenterer Frauen. Sie schaute sich auch gern um. Einige der Frauen gaben ihr das Gefühl, vergleichsweise schön zu sein. Andere hatten wiederum so makellose Körper, dass sie sie stundenlang hätte anstarren mögen.

Das Wasser prasselte über ihr Gesicht. Sie hob das Kinn und stellte sich vor, es wäre Patricks Saft. Sie fuhr sich mit der Zunge über die Lippen und ließ einen Speichelfaden aus dem Mund auf ihre Brüste tropfen. Sie wusch sich mit der linken Hand. Das fühlte sich an, als gehöre sie zu jemand anderem. Sie erschrak, als ihr bewusst wurde, dass dieser jemand, von dem sie träumte, gar nicht unbedingt Patrick sein musste, ja, nicht einmal unbedingt ein Mann. Sie schüttelte sich, stellte das Wasser ab, griff sich ihr Handtuch von der Türkante und rubbelte sich trocken.

«Na, besser?»

Vor der angrenzenden Duschkabine stand Sam, splitternackt und tropfnass. Ihre Haut war makellos braun, nicht die Spur von Fett, kleine hochaufgerichtete Brüste mit langen Brustwarzen. Sie bückte sich qualvoll langsam, und die

Rundung ihrer Schenkel und Arschbacken war eine einzige fließende Bewegung. Sie hob ein kleines weißes Handtuch auf, und ihre Brüste bewegten sich, als sie sich das Haar in langsamen Kreisbewegungen frottierte.

Sam lächelte sie an, bewegte sich und sagte etwas, das im Nebel ihres Entsetzens verschwamm. Ihr nackter Schamhügel war ebenso gebräunt wie ihr übriger Körper, die Haut glänzend und prall und ohne eine Spur von Behaarung.

«Alles in Ordnung? Sie sehen ein bisschen verdattert aus.»

«Mir geht's gut», stotterte Nicola und wandte sich ab.

Gequält trocknete sie sich die Haare. Sie hätte am liebsten vor Enttäuschung geheult. Nach und nach leerte sich der Umkleideraum, und die emsigen Fitnessanhänger gingen nach Hause, um ihren gestählten Körpern ein bisschen gesunde Nahrung zu verabreichen. Sie hasste sie alle.

«Hey, waren Sie schon mal in der Sauna?» Sam hatte sich jetzt in ein etwas größeres Handtuch eingewickelt, das vorn von einem komplizierten verschlungenen Knoten zusammengehalten wurde. «Ich schätze, das ist genau das, was Sie jetzt brauchen. Na los – ich hab Sie heute ein bisschen hart drangenommen. Setzen wir uns rein und unterhalten uns ein bisschen.»

Sie beide allein in der klebrigen Hitze. Sam spreizt die Beine und stellt sich ungeniert zur Schau. «Bitte», bettelt sie, «mach mich auf. Koste mich.»

Ihre geschmeidigen Schamlippen sind nass vor Schweiß und Erregung. Sam zieht die Knie an, sodass man die prächtigen Muskeln an der Rückseite ihrer Beine sieht, die sich bis zu ihrem kessen kleinen Arsch hinaufziehen. «Oh

Gott, leck mich», sagt Sam zu ihr. «Ich will deine Zunge in meiner Möse spüren.»

Und Nicky gehorcht und genießt den Geschmack, der ein bisschen wie Sperma ist, aber schärfer als ihr eigener. Sie drückt das Gesicht in Sams Schritt, und ihre Wangen werden taufeucht.

«He, du! Du bist heute Abend nicht ganz da, oder? Kommst du nun oder nicht?»

Sam hatte den Kopf zur Seite geneigt. Ein übermütiges Lächeln spielte auf ihrem Gesicht, und sie wippte ungeduldig, während sie auf eine Antwort wartete.

Oh ja, ja, dachte Nicky. «Ich weiß nicht, soll ich oder nicht?»

Sam zuckte mit den Schultern. «Na dann eben ein andermal.» Ihre Arschbacken lugten unter dem Rand des Handtuchs hervor, als sie davonging.

Nicola legte sich stattdessen eine halbe Stunde auf die Sonnenbank und genoss die Wärme des blauen Lichts. Als sie wieder in den Umkleideraum kam, hatte Sam die Sauna bereits verlassen. Sie zog sich schnell an, denn sie war die Letzte dort.

Das Licht war aus, als Nicola an dem Raum mit den Übungsgeräten vorbeikam, aber die Oberlichtfenster ließen noch genug Tageslicht herein, um ihr einen Blick auf das neue Gerät zu erlauben, an dem sie vorhin noch geschwitzt hatte. Zwei Körper wanden sich darauf, der eine über den anderen gebeugt. Als sich der obere aufbäumte, sah sie sein verzerrtes Gesicht im Spiegel. Nicola erkannte den Trainer, der immer so nett zu ihr war, wenn sie nicht mit ihren Kopfhörern klarkam. Die untere Gestalt war kleiner. Sie konnte das Gesicht nicht sehen und nur raten, welches Geschlecht sie hatte. Das einzige, was sie sah, war stachliges weißblondes Haar wie das von Sam. Nicky wunderte sich über ihre Enttäuschung. Sie wusste, dass sie kein Recht dazu hatte, aber sie konnte nicht anders. Sie fühlte sich irgendwie betrogen.

Dann spürte sie mehr, als sie es sah, wie jemand hinter sie trat. Im Halbdunkel tat sie so, als hätte sie nichts gemerkt, während die Vorstellung an dem Gerät weiterging.

Die untere Gestalt richtete sich auf, wälzte sich auf den Rücken und spreizte die Beine.

«Du lieber Himmel», feixte Sam, «ein Wunder, dass sie sich ihre Schwänze noch nicht aufgescheuert haben. Das ist schon das dritte Mal in dieser Woche.» Sie schüttelte angewidert den Kopf. «Hast du noch Zeit für einen Kaffee?», fragte sie. «Das Café ist schon geschlossen, aber wir könnten ja in die Stadt gehen.»

Nicola kaute auf ihrer Unterlippe, dachte an die Kinder und das Hähnchen, das sie im Ofen hatte, und an Sam in der Sauna und die beiden Männer auf dem Sportgerät.

«Wenn dir das zu teuer ist, können wir auch zu mir gehen. Es ist gleich um die Ecke.»

«In Ordnung», sagte Richards Frau. «Einen auf die Schnelle kann ich noch einschieben.»

Nackt

Heute Nacht habe ich von dir geträumt.

Du hattest den Rasierapparat in der Hand. Ich konnte ihn im Badezimmerspiegel sehen. Du warst am Waschbecken beschäftigt. Auf dem Fensterbrett stand eine Dose Rasierschaum mit einer roten Kappe. Sie schimmerte jadegrün durch die Dampfwolken. Heißes Wasser lief aus dem Hahn. Mein Schlafzimmer sah ganz verändert aus. Es war völlig leer geräumt bis auf das Bett und die Spiegel. Dicke Vorhänge in verblasstem Gold und Violett umspielten die Fenster. Die Wände waren düster, ein schwaches Licht beleuchtete die schneeweiße Bettwäsche. Dein Gesicht lag im Schatten, sodass ich es nicht sehen konnte. Du hattest eine schwarze Lederjacke und enge Hosen an. Als du dich bewegtest, wölbte sich dein Schwanz in ihrem Innern.

«Zieh dich aus. Ich will sehen, wie du jetzt aussiehst.» Du hast die Kissen am Kopfende des Bettes aufgestapelt und dich breitbeinig darin zurückgelehnt. Als du langsam mit der rechten Hand über deine Hose fuhrst, wurde die Wölbung noch größer. Dein Gesicht konnte ich immer noch nicht sehen. Das grelle Licht über dem Spiegel blendete mich. Ich wusste, dass du hinter mir im Bett warst, aber das Gegenlicht war so stark, dass ich dich nicht richtig sehen konnte. Ich konnte mich ja kaum selbst sehen.

Das neue Nachthemd, das du mir mitgebracht hattest, war strahlend weiß. Glänzende Seide, an den Seiten mit Spitzenbändern zusammengehalten. Du hattest sie zu Schleifen gebunden, bevor du es mir anzogst, und eine davon hatte sich verknotet. Ich bekam sie nicht auf.

«Komm hier rüber», sagtest du, und in deiner Stimme lag ein Tonfall, wie ich ihn noch nie bei dir gehört habe, fast ungehalten. Das erregte mich.

Ich stand still und stumm neben dem Bett, während du den Knoten löstest. Dein Gesicht konnte ich noch immer nicht sehen.

«Und jetzt geh wieder da hin und zieh dich aus. Ganz langsam. Ich will dich sehen.»

Du schobst mich weg, und deine Hand wanderte wieder zu deinem Schwanz.

Nackte Füße, ein nackter Holzfußboden, ein kahles Zimmer. Das Licht war jetzt anders, ganz hart und gleißend, und mir zitterten die Hände, als ich die Bänder endgültig löste. Schauer rannen mir von Kopf bis Fuß, schossen wie Blitze durch meinen Körper. Vom Bett aus zischtest du etwas, das ich nicht richtig hören konnte.

Im Spiegel sah ich meine Brüste, hochaufgerichtet und voll. Die harten Nippel zeichneten sich als dunkle Flecke unter dem weißen Stoff ab. An den Schultern zeichneten sich die Knochen unter der Haut ab, und die Seide leckte meine Haut, als ich die Träger löste und spürte, wie dein Geschenk meinen Körper hinab zu Boden glitt. Es umfloss meine Füße und verschwand in der Dunkelheit. Das Licht über dem Spiegel ließ mich leuchten. Mein Gesicht war jetzt ebenso diffus wie deines zuvor, aber mein Körper war deutlich zu sehen. Geschmeidig, nackt und schimmernd.

Du sagtest mir, was ich tun sollte, und ich gehorchte dir. Ich umschloss meine Brüste mit den Händen und suchte mit den Daumen die Brustwarzen. Sie waren lang, dunkel und hart. Ein heißes Kribbeln breitete sich in den Achselhöhlen aus, als würde gleich Milch fließen. Du sagtest wieder etwas, und ich ließ die Hände über meine Seiten gleiten und zog die Form meines Brustkorbs, meines Bauches und die Rundung meiner Hüften nach. Ich tat, was du wolltest, streichelte meine Arschbacken und zog sie behutsam auseinander. Meine Haut wurde prall, als du mich ansahst.

Und dann zwangst du meinen Blick hinab, dahin, wo du mich verändert hattest. Du hattest mich eingeseift und vor der Welt entblößt. Ein schmaler Streifen dunkelblonder Löckchen war noch da, aber das war alles. Nichts schirmte mich mehr vor neugierigen Blicken ab. Im Spiegel glänzten meine roten Lippen feucht. Die Klitoris war darin eingebettet wie ein rosa Edelstein. Als du mir befahlst, die Hände zu nehmen und mich dir zu zeigen, konnte ich über die Vulva hinweg im Hintergrund meine Arschbacken sehen. Das machte mich noch feuchter.

Zum ersten Mal konnte ich in mich hineinschauen. Am meisten erregte mich die Tiefe der Farben und die Schwellung meiner Haut. Als ich mich zu dir umdrehte und auf das Bett zuging, war ich so prall, dass es sich anfühlte, als wäre mir ein eigener Schwanz gewachsen. Der Saft tröpfelte mir die Schenkel hinab, ohne dass du auch nur Hand an mich gelegt hättest. Und dann, einen Spiegel vor und einen hinter mir, zeigtest du mir, wie es aussieht, wenn ich mich nach vorn beuge, so wie ich es schon tausendmal in den Filmen gesehen hatte. Riesige dicke scharlachrote Lippen, feucht, glänzend und begierig darauf wartend, gespreizt zu werden. Und eine andere, etwas dunklere Öffnung, die ebenfalls schweißnass und erwartungsvoll und schön war.

Alles was ich wollte, war, dass du mich ausfüllst, deinen Reißverschluss öffnest und dich in mich hineinrammst, so hart du nur kannst, damit das Pochen nachließe. Aber stattdessen reiztest du mich noch mehr. Du hast mein Bein ein bisschen höher gehoben und deine Zunge über die Außenseite meiner glatt rasierten Scham gleiten lassen. Als du meine Klitoris fandst, schrie ich auf. Du fingst an, mich auszulutschen, wie ich es immer bei dir tue, und fuhrst mit der Zunge rein und raus, so wie ich dich sonst bediene. Und die ganze Zeit über sah ich im Spiegel meine Lippen, rot und tropfnass vor Lust und so angeschwollen, dass sie fast so dick waren wie deine Eier.

Als ich heute Morgen aufwachte, war mein Bettzeug so nass, dass ich alles neu beziehen musste. Meine Schenkel waren klebrig und mein Hintern mit Schleim überzogen. Einen Moment lang fragte ich mich, ob du heute Nacht wohl in mich eingedrungen und auf meinem Rücken gekommen bist, aber dann fiel mir ein, wo du letzte Nacht warst, und ich wusste, dass dir nichts vorzuwerfen ist.

Für das nächste Mal habe ich eine Überraschung für dich in petto, beziehungsweise mehrere. Du wirst die Veränderung sofort bemerken. Ich habe heute im Supermarkt eine neue Packung Rasierklingen gekauft, und ich habe gar nicht erst gewartet, dass du mich bloßlegst. Das einzige Problem ist, dass ich mich vor lauter Verlangen nach dir kaum rühren kann.

Diese glatt rasierte Haut fühlt sich anders an als vorher.

Unterwäsche zu tragen ist dabei eine Qual. Jeder Schritt ruft heftige Reaktionen hervor. Ich weiß nicht, ob ich jemals wieder ein Höschen anziehen werde.

Zu schade. Ich habe heute Vormittag ein kleines Vermögen für ein reizendes weißes Négligé mit kleinen Bändchen an den Seiten ausgegeben, und sie haben mir einen dazu passenden Stringtanga verkauft. Ich schätze, er würde dir gefallen, auch wenn nicht allzu viel dran ist.

Es soll ja einfach nur die Frische meiner Haut unterstreichen.

Französischstunde

Dieses Jahr werde ich mir ein Beispiel an den Franzosen nehmen. Die wissen wenigstens, wie man eine richtige Party schmeißt. Über die Feiertage kriegen sie eine Menge Übung. Heiligabend geht es mit einem riesigen Festessen und Massenbesäufnis los. Die Mitternachtsmesse reinigt die Gallier gerade noch rechtzeitig vor der Bescherung am nächsten Tag. Und zu Silvester geht's gleich weiter mit den Geschenken, um die reine Weste zu feiern, die man sich dann in den nächsten zwölf Monaten wieder nach Herzenslust bekleckern kann. Und wer am 6. Januar in seinem Mandelkuchen eine goldene Münze findet, der wird zum König gekürt.

La Fête du Rois. Das Fest der Heiligen Drei Könige, die dem Jesuskind ihre Gaben brachten. Ich habe selten am Jahresende einen Franzmann gefunden, der immer noch das Zepter hochhielt, als ich mich auf die Jagd nach marzipanüberzogenen Schätzen machen wollte, aber einmal hatte ich Glück. Ich war immer sehr dafür, das neue Jahr mit einem Bums zu beginnen, oder auch mit mehreren, wenn ich sie ergattern konnte. Das scheint irgendwie Glück zu bringen und ein fruchtbares Jahr anzukündigen. Mit fleißigem Recherchieren ließe sich sicher irgendeine heidnische Rechtfertigung für dieses persönliche Ritual finden – aber wer hat schon Zeit für Recherchen? Ich kann mir eine Menge Dinge vorstellen, die weitaus vergnüglicher sind.

Am 30. Dezember von seinem aktuellen Traummann abserviert zu werden gehört nicht dazu. Festzustellen, dass man am 31. arbeiten muss, auch nicht. Noch weniger erhebend ist die unerwartete Nachricht, dass die riesige Party, auf der man sich ins neue Jahrtausend schwingen wollte, unvorhergesehener Umstände halber abgesagt wurde. Umstände, die etwas mit einer neunzehnjährigen Blondine zu tun haben, die genau in dem Moment auf dem Schreibtisch ihres Chefs herumturnte, als dessen viel geplagte Gattin hereinschneite.

Ich stellte mich also darauf ein, den wichtigen Silvesterabend des letzten Jahrhunderts mit meiner einzigen noch nicht verabredeten Freundin und ihrem griesgrämigen Ehemann in ihrer Stammkneipe zu verbringen und «ein bisschen nette Musik» zu hören. Entweder das, oder ich hätte allein durch die Gegend ziehen müssen, und, ehrlich gesagt, Scarlett, das brachte ich einfach nicht fertig. Mein Herz war gebrochen, und ich konnte nicht noch mehr Beulen verkraften. Meine Retterin holte mich um Punkt sieben zu Hause ab, praktisch gekleidet für einen verregneten Ausgehabend. Sie wollte in den nächsten fünf Stunden und fünf Minuten, die sie ihrem Mann hatte abringen können, so viel wie möglich erleben. Ich war todunglücklich. Bei der Arbeit hatte es länger gedauert, ich war völlig verschwitzt und hatte nicht mal mehr Zeit zum Duschen.

Keine Chance, vorher noch einkaufen zu gehen – nichts Hübsches anzuziehen. «Wir kommen zu spät», rief sie, als sie mich hinter dem Berg von Lycrasachen sah, die meine

Tür versperrten. «Nimm einfach das Erstbeste.» Sie fischte ein winziges Fähnchen heraus.

«Das kann ich doch nicht anziehen!», kreischte ich zurück. «Es ist viel zu kurz! Da erfrier ich ja.»

«Leihst du's mir dann?», fragte sie. Diese Schlampe. Sie hat viel hübschere Beine als ich, das weiß sie genau.

«Was soll's!» Ich überlegte es mir anders, um sie zu ärgern, und hielt mir den kurzen goldfarbenen Rock vors Kinn. «Es heißt schließlich, das Leben sei viel zu kurz. Wenigstens bin ich dann passend angezogen.»

Am Ende lieh ich ihr ein Oberteil. Es war sehr tief ausgeschnitten und sehr durchsichtig und unterstrich die Tatsache, dass ich viel hübschere Brüste habe als sie.

Das Lokal übertraf meine schlimmsten Vorstellungen. Niedrig, dunkel und kein bisschen verqualmt. Sorgfältig zurechtgemachte Ehepaare saßen an Tischen aus Pressspanplatten und Holzimitat und machten alberne Späßchen. Eine Band – wenn man einen schlechten Bassgitarristen und einen Sänger, der auch auf einer Hammondorgel herumklimpert, als Band bezeichnen kann – spielte so leise Cliff-Richard-Songs, dass man seine eigene Stimme noch hörte. Der Hauscocktail war eine Virgin Mary. Ich hätte sterben mögen.

«Champagner», rief ich über die Bar gelehnt. Ein sehr netter junger Mann sah mich mit hochgezogener Augenbraue an. «Ich glaube nicht, dass wir welchen haben», meinte er.

«Wie wär's denn, wenn Sie mal NACHSEHEN würden?», fragte ich höflich mit zusammengebissenen Zähnen. Am Ende gab ich mich mit einem doppelten Bourbon zufrieden. Es war natürlich kein Jim Beam.

Meine hingebungsvolle Freundin und ihr stoffeliger Gatte tanzten gesittet, wobei sie sich nur berührten, wenn es gar nicht zu vermeiden war. Wenn ihr Liebesleben genauso aufregend war, brauchte man sich nicht zu wundern, dass sie immer noch keine Kinder hatten, obwohl sie seit fünf Jahren verheiratet waren und keine Verhütungsmittel benutzten. Ich schickte ein stummes Stoßgebet gen Himmel: «Lieber Gott, hol mich hier wieder raus!» Manchmal erhört er einen wirklich. Ein Minibus fuhr draußen vor, und herein kam ein Sechserpack viel versprechender Gestalten. Auf einmal ging es mir viel besser. Wo Testosteron ist, da ist auch Hoffnung.

Wenn ich diesen Rock trage, weiß ich, dass ich meine Vorzüge ausgezeichnet zur Geltung bringen kann, wenn ich einen Stöckelschuh ein paar Zentimeter anhebe und irgendwo abstütze. Das lässt den Schwung meiner Hüften und die Linie meines Schenkels sanft und geschmeidig bis zum Knöchel hinabfließen. Und wenn ich gleichzeitig das Kreuz durchbiege, dann thronen meine Brüste prall und hoch aufgerichtet über meinem festen kleinen Bauch. Klappern gehört zum Handwerk.

Es waren nicht gerade die aufregendsten Kerle, die ich je im Leben gesehen hatte, aber sie reichten als Tarnung, und das war alles, was ich brauchte. Ich wusste, dass ich nicht allzu viel Zeit hatte, bevor sie wieder aufbrechen würden – man musste einen verdammt guten Grund haben, um mehr als eine Minute in diesem Schuppen auszuharren, und ich kenne keinen so überzeugenden.

Sie waren ein seltsamer Verein. Eine Multi-Kulti-Mischung auf einer «Höchstens-fünfunddreißig»-Tour in den Südpazifik. Was sie am Millenniums-Abend ausgerechnet in diese Bar verschlagen hatte, habe ich nie ganz erfahren, aber ich weiß genau, dass der Bursche, der den Laden ausgesucht hatte, nicht sehr gut lesen konnte. Ich fand es ziemlich seltsam, dass er es war, der uns eine halbe Stunde später in die Stadt fuhr. Gott sei Dank sind die Verkehrszeichen, die einem deutlich sagen, in welcher Richtung eine Einbahnstraße zu befahren ist, international.

Ich weiß, ich hätte mich erst von meiner verklemmten Freundin verabschieden sollen, aber ich tat es lieber nicht. Ich hatte ihr ja schon mein Oberteil geliehen. Das schien mir zu genügen. Sie hätte doch nur versucht, uns zurückzuhalten, wenn sie mich hätte aufbrechen sehen. Es ist zwar nicht gerade die feine englische Art, sich hintenherum durch die Toiletten hinauszuschleichen, aber was soll's. Es funktioniert jedenfalls.

Es war eine dieser nieseligen Sommernächte, in denen man noch mitten in der Stadt den Duft der Rosen in den Vororten riechen kann. Jasmin streicht einem über die nackte Haut, und wenn man tanzt, platzen kleine Schweißperlen und trocknen an, sodass dein Handgelenk schmeckt wie die Innenseite deiner Schenkel. Es dauerte nicht lange, bis sich das Sixpack aufteilte. Die beiden schwulen Pärchen steuerten ein bezauberndes kleines Bistro an, um die Antipasti zu inspizieren. Die anderen beiden sahen nicht sehr glücklich aus.

«Was machen wir denn jetzt?», fragte Ivan, ein slavischer Blondschopf, bei dem ich schon entschieden hatte, dass er nur der Trostpreis war.

«'sais pas», meinte Jean-Paul achselzuckend. Er hatte einen tiefen Schlafzimmerblick und milchkaffeebraune Haut.

Ich war schon immer der Meinung, man soll Gäste in

seiner Stadt mit offenen Armen empfangen und dafür sorgen, dass sie einen denkwürdigen Aufenthalt haben und all ihre Freunde herschicken. Das ist billige Werbung. Südländische Gastfreundschaft. Gut für den Fremdenverkehr.

«Zum Strip?», schlug ich vor.

«Strip?» Ivan machte blaue Glubschaugen. «Du?»

Blödmann. Später vielleicht. «Nein, weiter oben gibt's einen Straßenzug mit Bars, da geht die Post ab.»

Neun Uhr, die Sonne musste langsam ans Zubettgehen denken, auch wenn sie hinter den Wolken nicht zu sehen war. Aber damit war sie in guter Gesellschaft. Jean-Pauls Haut roch warm und süß. Sein Eau de Cologne war mir unendlich vertraut, und mir wurde langsam der Mund wässrig. Es gab nirgends einen freien Platz, und so landeten wir in einer der Kellerkneipen und mitten im Pulsschlag der Nacht. Ich schickte Ivan an die Bar, Champagner holen, und dann schnappte ich mir Jean-Paul und rannte los.

«Nett hier», brüllte er mir ins Ohr, als wir uns in der Kneipe nebenan ganz hinten in Sicherheit gebracht hatten. «Schön. Schöne Musik!»

«Was?»

«Laut hier! Ist schön!»

Ich verstand kein Wort, aber seine Körpersprache war eindeutig. «Gern.» Lächelnd zerrte ich ihn auf die Tanzfläche.

Knackiger Hintern. Stramme Schenkel. Lange weiche Finger, und dann dieser köstliche Duft. Weiße Zähne im sonnenverbrannten Gesicht und eine schwarze Haartolle, die ihm übers Auge fiel. Meine Lippen fühlten sich geschwollen an.

Er drückte sich hart an mich und strich über meinen Rock. «Hübsch», sagte er. «Gefällt mir. Ist nicht so groß.»

Selbst Jean-Paul war also klar, dass die Größe etwas ausmachte. Das war ausgesprochen ermutigend.

«Er rutscht immer so leicht hoch», sagte ich und führte seine Hand nach unten, damit er genau merkte, wie leicht sich der Stoff beim Tanzen verschob.

«Nett», meinte er treuherzig. «Sehr nett.» Er schaute auf mein Oberteil herab, und seine Hand strich über meinen Brustansatz. «Das auch.»

Seine Finger hinterließen eine Gänsehaut, wo sie die nackte Haut berührten. Sie sanken tiefer herab zu den Gipfelkreuzen meiner Nippel, und in mir begann es zu pulsieren. «Frierst du nicht?»

Ich schüttelte den Kopf und versank in seinen Augen. «Mir ist ganz bestimmt nicht kalt», erklärte ich ihm.

Grübchen bohrten sich in seine Wangen. «Ich glaube auch, dir ist nicht kalt. Ich mag das.»

Da keilte sich Ivan mit einer Flasche Champagner zwischen uns. «So. Ich brauchte lange Zeit, euch zu finden, aber jetzt ich habe mitgebracht. Jetzt wir trinken, ja?»

Jean-Paul schenkte uns ein, und als ich mein Glas erhob, schüttelte er den Kopf und schürzte die Lippen. «Non, non – so.» Sein Arm wand sich um den meinen, und er zog mich an sich, sodass wir ineinander verkeilt waren. Ivan, der endlich merkte, dass er überflüssig war, schaute betreten. «Entschuldigt mich», sagte er eingeschnappt und verschwand auf Nimmerwiedersehen. Wenn Jean-Paul ein schlechtes Gewissen hatte, weil er seinen Freund im Stich ließ, dann überwand er es unerhört schnell.

Wenn man in der Silvesternacht in einer vollen Bar

Champagner trinkt, dann stellt man am besten die Flasche auf einen Vorsprung an der Wand, das ist am sichersten und bequemsten. Der Liebhaber in spe sollte fest neben dir eingeklemmt sein, während seine feuchte Hand sich an der glatten Haut deines Rückens und der Sahne deiner Schenkel berauscht. Dann lässt du deine eigene Hand wie von ungefähr seinen Schritt streifen, und wenn du eine Erhebung spürst, dann siehst du ihn viel sagend an und greifst etwas fester zu.

Sobald die Flasche leer ist, solltet ihr eine neue auftreiben. Er sollte dich fest bei den Hüften nehmen und dich sicher in Richtung Theke bugsieren. Wenn du Schwierigkeiten hast, geradeaus zu gehen, weil du so feucht bist, sollte er das sofort merken und sich enger an deine Hinterbacken drücken, um dir Halt zu geben. Um Mitternacht solltet ihr euch zum ersten Mal küssen, nachdem ihr euch bis dahin zurückgehalten habt, damit euer Blut genug Zeit hat, in Wallung zu geraten. Seine Zunge sollte leicht über deinen Gaumen tänzeln, deine Lippen kosten und den Saft in deinem Mund genießen. Idealerweise sollte er dabei ein bisschen schnurren. Dasselbe solltest du auch für ihn tun.

Es dauerte Stunden, bis es endlich Mitternacht wurde. Schließlich verkündete lautes Getute den Anbruch des neuen Jahrtausends, und wir küssten uns, eine tiefe, seelenverbindende Berührung, die mir Schauer über die Haut jagte. Als er mich wieder losließ, war ich nass vor Vergnügen und Verlangen.

«Prost Neujahr!», sagte ich und streichelte sein Gesicht.

«Bonne Année», gab er zurück, und seine Lippen wanderten zu der besonderen Stelle an meinem Halsansatz, die Männer normalerweise überhaupt nicht interessiert. Falls

Sie es nicht wissen, sie sitzt direkt über dem Schlüsselbein, und der Ausflug lohnt sich. «Können wir nicht irgendwo-anders hingehen?», fragte er mich. «Es ist so laut hier. Wo ist es ruhig?»

Im Geiste machte ich mir einen Vermerk. Ausgezeichnete Strategie. Geschickt, überzeugend und feinfühlig. Eine ganze Ecke besser als: «Wollen wir zusammen ein Dutzend Austern essen, jetzt gleich oder zum Frühstück?» Das habe ich auch schon mal zu hören bekommen.

«Um diese Zeit ist das hier in der Stadt ein bisschen kompliziert», sagte ich nachdenklich und tat so, als würde ich angestrengt überlegen. «Aber wir können uns ja auch ein Taxi nehmen und in meine Wohnung zurückfahren, wenn du dich ein bisschen unterhalten willst?»

Er nickte eifrig. «Unterhalten? Ja? Unterhalten ist gut.» Und dann streifte sein heißer Atem mein Ohr. «Ich will dir erzählen, dass ich verrückt danach bin, dich zu kosten. Und sehen, wie schön du aussiehst, wenn ich in dir bin.»

Das Pärchen, das ich beiseite schob, als ein Taxi vorbeikam, sah nicht so aus, als ob es irgendetwas Wichtiges vorhätte. Ich dagegen befand mich auf einer wichtigen Wirtschaftsmission vom lieben Gott.

Jean-Paul ließ sich Zeit, als er mich auszog, so wie man einen Laib Camembert auswickelt. Langsam und geduldig genießt man das Auspacken, fast ebensosehr wie die Belohnung am Ende. Seine Küsse brannten mir das Hemdchen weg, seine Zunge schob es immer höher, bis es fast zu verschwinden schien. Mein Bauch zuckte vor seiner Zunge zurück, die spielerisch leckte, und das Kitzeln machte mich jung.

Als ich das Oberteil über den Kopf streifte, war ich einen Moment lang blind. Da packte er mich kräftig, weil ich mich nicht wehren konnte, und biss mich behutsam, während er mich rückwärts aufs Bett warf. Ich hörte etwas einreißen, als das Oberteil endgültig wegflog. Und dann waren da nur noch Augen und Hände, sein Gesicht schmiegte sich weich an meinen Nabel und rau um meine Taille. Mit den Händen umfasste er meinen Hintern und zog meine Hüften zu sich herauf.

«Du bist schön», sagt er zu mir, und obwohl ich wetten könnte, dass er das zu jeder sagt, weiß ich für den Bruchteil einer Sekunde, dass er Recht hat.

Kein Baby hat so weiße und scharfe Zähne wie Jean-Paul. Damit zieht und zupft er so lange an meinen Nippeln, bis sie über den Rand der BH-Körbchen hinweglugen. «Ich bringe dir jetzt ein Wort bei, Samantha», flüstert er mir zu. «Du musst es auch sagen. Also los: ‹Suce›.»

«Sus», probiere ich es, aber er schüttelt den Kopf.

«Non. Écoute. Hör zu: ‹Suuce›.»

Irgendetwas mache ich falsch mit den Lippen. Ich versuche es noch einmal: «Suce?»

Er strahlt. «Dieses Wort musst du kennen. Es ist sehr wichtig. Suce.»

«Was bedeutet es denn?» Er braucht ja nicht zu wissen, dass ich es bereits kenne.

Er lässt seine Zunge zwischen den Lippen flattern, und ich muss an Frösche denken. «Lutschen. Es bedeutet lutschen. Und sieh mal – das meine ich damit.»

Wenn so Stillen ist, kein Wunder, dass die *La Leche League* so beliebt ist! Jean-Paul liebt meine Brüste, meine Nippel und verschlingt sie, als hätte er sein ganzes Leben lang danach gehungert. Genau der richtige Druck, die perfekte Kombination von behutsamem Lecken und ausgiebigem Kreisen. Ein leichtes Zwicken mit den Zähnen, kein Beißen. Ich winde mich unter ihm und bettle um Gnade oder um mehr, wobei ich nicht weiß, ob das so ein Unterschied ist.

Sein Gesicht tropft, als er sich wieder aufrichtet und mich noch einmal küsst, während seine Hände hinter meinem Rücken verschwinden, um den Verschluss meines BHs zu öffnen. Er hat inzwischen keine Funktion mehr und hängt mir nutzlos um die Taille, aber das stört den Anblick. Es gelingt ihm mühelos, als hätte er eine Menge Übung. Das trifft sich gut, denke ich. Bei mir ist es nicht anders.

Jetzt bin ich an der Reihe, da bin ich sicher. Die Höflichkeit der Gastgeberin oder so. Ich lasse die Hand an seinem Brustkorb hinabgleiten und greife nach seiner Gürtelschnalle. Zu meinem Erstaunen schiebt er sie weg. «Jetzt nicht. Jetzt bist du dran. Ich komme später.»

Seine Hände gleiten meinen Rock hinauf und über die Hüftknochen, und er stöhnt, als er feststellt, dass ich nackt bin. Das Erste, was er sagt, verstehe ich nicht, aber es klingt genau wie überall auf der Welt. Beifall, Vorfreude. Und Lust, Lust, Lust. Und dann sagt er: «Du trägst kein Unterzeug?»

So französisch, wie ich nur kann, zucke ich mit den Schultern. «Nur manchmal. Wenn ich das Bedürfnis danach habe.»

«Und heute Abend hattest du kein Bedürfnis?»

Ich lache. «Und ob ich heute Abend eins hatte!»

Er lächelt höflich, aber ich weiß, dass er den Witz nicht verstanden hat. Das macht nichts. Ich weiß genug, um die

Botschaft rüberzubringen. «Jean-Paul», sage ich zu ihm, «Suce.»

Vorsichtig spreizt er meine Beine. Seine Hände sind noch immer unter meinen Hinterbacken, und von Zeit zu Zeit rückt er mich fast beiläufig zurecht. Dann durchfährt mich ein Schauer. Meine Schenkel sind weit geöffnet, und er fängt an, sie zu liebkosen. Eine Schnecke kriecht auf meine Lenden zu, und ich wünschte, sie würde schneller vorwärts kommen. Jetzt steigt sie um und kriecht den anderen Schenkel hinauf, und ich bin nur noch ein stöhnendes Bündel, das keine Ahnung mehr hat, wie man irgendetwas in irgendeiner Sprache ausspricht.

Seine Hände streicheln mich, und er genießt den Schimmer meiner Haut. «Hübsch», nickt er beifällig. «Nackt. Das ist besser. Ich mag es manchmal auch so.»

So warme, offene Hände, die mich drücken und schieben und nach und nach zu ihm heranziehen. Ich bin weich und anschmiegsam wie eine Siamkatze und fange beinahe an zu schnurren. Ich denke an große Schalen voller Sahne, und mein Körper gehorcht.

Als sein Finger um meine Klitoris streicht und den Eingang findet, merkt Jean-Paul es auch. «So nass», sagt er bewundernd. «Schön.»

Ich will ihn in mich hineinziehen, aber er lässt es nicht zu. Ich bin wund und geschwollen und von schmerzhaftem Verlangen erfüllt, aber er macht es auf seine Weise, und ich kann, verdammt nochmal, nichts tun, um ihn daran zu hindern. Er will nicht einmal die Fingerspitze in mich hineinstecken, blitzt mich nur mit seinen weißen Zähnen an und vergräbt seine Zunge in mir.

Jean-Pauls Technik ist mustergültig, das muss ich zugeben. Anders als so viele andere Männer geht er nicht auf meine Möse los, als würde er staubsaugen oder die Toilette auspumpen. Zumindest scheint er zu genießen, was er tut, und er tut es äußerst gewissenhaft. Seine Zunge schiebt meine perlenförmige kleine Klit nach oben und befreit sie aus ihrer Umhüllung, und er gebraucht das Wort, das er glaubt, mir beigebracht zu haben, als wäre sie ein winziger Schwanz. Leck mich und lutsch mich und schleck mich ab, Jean-Paul, mein Bauch ist hart und heiß auf dich.

Ich drücke ihn weiter nach unten. Das Lustgefühl ist so intensiv, dass es sich fast wie Schmerz anfühlt, und davon kann ich wenig direkt aushalten. Mich kommen zu lassen ist nicht schwer, aber es gibt da einen kleinen Trick, und ich will sichergehen, dass er ihn beherrscht. Er hebt mich an, sodass meine Beine über seinen Schultern liegen, und schiebt mich weiter aufs Bett. Die Bettdecke rutscht komplett herunter und landet mit einem dumpfen Plumps auf dem Boden. Jetzt sind nur noch er und ich und ein verheddertes Knäuel Laken da, und mir vergehen fast die Sinne.

Als er mich aufspreizt und mit der Zunge über die Innenseite meiner Labien streicht, fühlt sie sich beinahe kalt an. Ich bin inwendig heißer als er, das muss der Grund sein. Als er eintaucht und sich wieder zurückzieht, spüre ich, wie sich ein Schwall von sämigem Nektar aus mir ergießt, und er ist an seinem Kinn, als er wieder auftaucht. Er wischt ihn ab und kostet, dann benetzt er damit meine Lippen und küsst mich. «Du schmeckst nach – oh merde, je ne sais pas le mot – Scheiße.»

«Ich schmecke, wie du schmecken wirst», sage ich und streiche mir mit einem Finger nach dem anderen um die Lippen. Jean-Paul taucht erneut in mich ein, und ich verliere mich im Rhythmus seiner Zunge, schaukle in den Gezeiten hin und her und suche Perlen auf dem Grunde einer tropischen Lagune.

Ich komme in seinem Mund, und Wellen von Flüssigkeit ergießen sich über ihn. Ich bin satt und benommen davon. Ich schreie seinen Namen und bettle ihn an, mich zu ficken.

Seine Augen sind wie Nadelstiche, so schwarz wie die Nacht. Er wälzt mich herum, zu schnell, um behutsam zu sein, sodass mein Hintern ihm zugewandt ist. Murrend öffnet er meinen Rock und streift ihn mir über die Hüftknochen. Er glitzert wie Flitter in einer dunklen Ecke.

Ich gehöre jetzt ihm, und er inspiziert mich genau mit der Zunge, angefangen bei der Rückseite der Schenkel, bis er wieder in mich eintaucht. Eine Hand ruht auf meinem Hinterteil und kriecht jetzt näher. Und wieder bettle ich darum, dass er mich fickt.

Es ist der Augenblick der Penetration, den ich besonders schätze. Eben war man noch zwei Personen, und jetzt ist man eins. Jean-Pauls Fingerspitzen sind sicher und gewandt. Er zieht mich auf wie einen Vorhang, und ich schreie auf, als ein Finger hineinschlüpft. Er wird gefolgt von seinem Nebenmann, und dann tanzen beide in mir, abgestimmt auf meinen G-Punkt, ohne dass ich überhaupt darum bitten musste. Diesmal komme ich auf seiner Hand, und die Flüssigkeit ist dünner und salziger, beinahe sprudelnd. Er schleckt sie auf.

«Macht es dir Spaß, Samantha?» Er hört sich an wie der beflissene kleine Kellner aus dem Café um die Ecke, und ich muss lachen. «Mache ich dich glücklich?»

«Oui», sage ich lächelnd. «Und wann bin ich an der Reihe? Ich will dasselbe für dich tun, ich will dich in mir spüren! Jetzt gleich!»

Er lässt eine Hand in meinem Kreuz liegen und befiehlt mir leise, mich nicht zu rühren. Seltsame Liebeslaute in einer fast vergessenen Sprache verstecken sich hinter dem wohlbekannten Geräusch eines Reißverschlusses und dem Fallen von Stoff auf den lackierten Holzfußboden.

Ich kann seinen Schwanz nicht sehen. Als ich spüre, wie er sich fest an mich presst, greife ich nach hinten. Doch er schiebt meine Hand erneut weg. «Non, c'est pour moi. Das muss ich machen.»

Er spreizt mich behutsam und bleibt sekundenlang regungslos an mich gepresst, während ich mich rückwärts schlängle und versuche, ihn zu erwischen. Sein Atem streicht mir heiß über den Rücken. Wie ein Heide am Burgtor macht er sich bereit, und mit einem Urlaut ist er drin.

Er passt perfekt zu mir. Sein dicker, langer Schwanz findet Ritzen und Winkel, von deren Existenz ich schon lange nichts mehr wusste. Seine Schenkel klatschen hart gegen meine Arschbacken, und ich erhasche einen Blick auf unser Spiegelbild in den abgedunkelten Fensterscheiben. Wir sind ein seltsames Tier mit vier Armen und einem Kopf in der Mitte. Dieser Kopf wirft sich von einer Seite auf die andere, sodass ihm blonde Haare ins Gesicht fallen.

Schieben, stoßen, er schwillt an und pulsiert. Ich bin Geschichte, schon lange auf der Reise mit dem Fliegenden Teppich, den er für mich ausgerollt hat. Ich spüre, wie sein Leben in mir pulsiert, und er stöhnt. Auf einmal liege ich weit geöffnet da, während Hitze über meinen Rücken strömt. Er gibt Schmerzenslaute von sich, und ich weiß genau, wie ich diesen Schmerz lindern kann. Diese Laute habe ich schon tausendmal gehört.

Der dunkelhaarige Teil von mir sackt schwer gegen meine Schultern, und wir wälzen uns zusammen auf die Seite. Er keucht und schluchzt, während ich ihn streichle und schmecke, mich selber schmecke. Kurz darauf ist er eingeschlafen.

Ich wecke ihn nur kurz auf, um ihn ordentlich ins Bett zu befördern. Morgen früh wird es Zeit für mich, aufzustehen und das neue Jahrtausend mit einem weiteren Bums einzuläuten. Ich kuschle mich fest bei ihm ein, während er vor sich hin schnarcht wie ein Kind. Er braucht ein bisschen Erholung. Schließlich ist morgen auch noch ein Tag.

Die sieben Chakren

Sie bewohnt ein Ein-Zimmer-Apartment im obersten Stockwerk eines hochherrschaftlichen viktorianischen Hauses. Das Ganze ist eine Pracht. Irgendjemand hat mit der Hingabe eines gelangweilten Ehemannes, der sein Boot liebevoll auf Vordermann bringt, sein Geld in die Renovierung gepumpt.

Im Erdgeschoss befindet sich ein Frisiersalon, in dem das Leben tobt. In den Schaufenstern glitzert es lila und silbern, wenn man die Treppe zur Veranda erklimmt. Esoterische Musik schwappt nach draußen. Fröhliche Geranien und winzige Kletterrosen leuchten knallrot und weiß wie angebissene Äpfel. Im Vorgarten steht ein altes schwarzes Fahrrad, mit dem Vorderrad in ein Stück Treibholz gerammt. Der Geruch von Dauerwellflüssigkeit und Kokosnuss-Sonnenöl bildet eine unangenehme Melange.

Es muss noch ein besseres Wort geben als «Treppenflur». Foyer vielleicht, Atrium oder Wandelgang. Tiefbraune lackierte Holzpaneele treffen auf ausgewaschene blaue Farbe. Eine glänzende Sockelleiste markiert die Trennungslinie. Unter der Decke verläuft rundherum ein bemalter Fries in Dunkelblau und Silber, zweifellos das Werk der Friseure. Die üppigen Stuckrosen glitzern in mannigfaltigen Pastellfarben. Die Aufmachung wäre einem Theatre

Royal angemessen. In der Mitte erhebt sich die Treppe wie eine gigantische Pfauenfeder. Es gibt einen Axminster-Läufer in Chinesischblau und Rubinrot, mit kleinen smaragdgrünen Punkten, die hochmütig wie Kronjuwelen daraus hervorstechen. Schwarzweißdrucke, die die neuesten Haarfärbemittel zeigen, werden auf dem Treppenabsatz von vergilbten Fotografien abgelöst. Ein prächtiges buntes Glasfenster lässt genügend Licht herein, um den Kronleuchter in allen Regenbogenfarben strahlen zu lassen.

Dort habe ich zum ersten Mal den Jasminduft wahrgenommen.

Wir standen da und bewunderten den Blick auf den Garten. Leuchtende Begonien und Stiefmütterchen standen in hölzernen Kübeln in einem Terrakotta-Hof herum. Ein Ableger der Venus von Milo krönte eine Vogeltränke. In ihrem Tempel aus zwei Koniferen planschten und zankten sich ein paar Stare.

«Es ist reizend», sagte ich.

Sie lächelte leise. «Fürs Erste wird's genügen.» Sie war auch reizend.

Die Treppe teilte das Haus in zwei separate Flügel. Wir bogen nach links ab, stiegen noch einen Absatz hinauf und ließen dabei die Porträts irgendwelcher Vorfahren hinter uns. Stattdessen waren jetzt winzige Zeichnungen an die Wand gepinnt.

«Was ist denn das?»

Sie sah sich eine kleine Bleistiftzeichnung an, die auf dunkelroten Karton geklebt war. «Wurzel...», sagte sie unbestimmt und ohne weitere Erklärung.

Ich zerbrach mir den Kopf, was sie wohl meinte, denn ich konnte beim besten Willen nichts erkennen, was auch nur entfernt an einen Baum erinnerte. Nach den anderen Bildern fragte ich gar nicht mehr. Sie waren noch viel rätselhafter. Eine orangefarbene Karte trug einen Vermerk, der vielleicht Unendlichkeit bedeutete. Dann kam Gelb, und ich glaubte, die Waage der Gerechtigkeit zu erkennen. Auf dem grünen Rechteck befanden sich zwei Spiralen zu beiden Seiten eines Kreises. Blau zeigte mir einen Kreis in einem V.

Die nächste Karte hielt ich zuerst für schwarz, bis ich die Zeichnung darauf sah, die noch ein bisschen schwärzer war. «Sind das Morsezeichen?», fragte ich erstaunt. «Ist das da ‹lang-kurz-lang›?»

Sie schüttelte den Kopf und suchte in ihrer Tasche nach den Wohnungsschlüsseln. Sie hatte den Türspion mit einem Stück lila Samt umrahmt.

«Du erfährst es schon noch früh genug», sagte sie. Dann tat ich, was sie wollte, und schloss die Augen.

Jetzt schlug uns ein so intensiver Jasminduft entgegen, dass ich nach Luft schnappte.

Sie packte mich fest. «Nicht die Augen aufmachen», sagte sie eindringlich. «Ich will nicht, dass du dir selber die Überraschung verdirbst.»

Sie führte mich so lange blind herum, bis meine Füße ihr mühelos folgten. Zuerst stolperte ich noch ein bisschen und verabscheute meine Unbeholfenheit. Ich hatte so etwas noch nie ausprobiert, es genügte mir vollkommen, der Wächter auf der anderen Seite des Dunkels zu sein. Sie flüsterte mir die ganze Zeit freundlich zu, bis sie mich fast hypnotisiert hatte und ich mit ihr Schritt hielt.

Als unsere Schritte im Gleichklang waren, gurrte sie: «Gut so. Ich glaube, du bist gleich so weit.»

Sie gab mir einen Schubs rückwärts, und ich landete mit einem solchen Plumps in einem Sessel, dass mir die Augen ungewollt aufsprangen.

«Überraschung», flüsterte sie. «Wie gefällt's dir?»

Ich weiß nicht, was ich erwartet hatte, aber es war alles ganz anders. Ich hatte nüchterne weiße Wände und ein Trainingsgerät vermutet. Oder ein wildes Durcheinander, Berge von getragenen Baumwollshorts und eine Spüle, in der sich das schmutzige Geschirr stapelt. Stattdessen führte sie mich in ein Zimmer voller Regenbogen. Aus weiteren bunten Glasfenstern flutete die Nachmittagssonne herein. An nahezu unsichtbaren Fäden, die die Decke überzogen wie Spinnennetze, hingen Dutzende von Glaskristallen herab. Und an jeder nur denkbaren Stelle, wo Licht gebraucht werden könnte, standen lange weiße Kerzen. Es mussten Hunderte sein.

«Du lieber Gott! Wo hast du die denn alle her?»

Sie nahm eine in die Hand. «Selbst gemacht», sagte sie schlicht. «Bienenwachs und Jasminöl. Gefällt sie dir?»

Die Kerze war glatt, glänzend und ein bisschen feucht. Der Jasminduft entfaltete sich in meiner Hand, und mein Magen hüpfte. «Sie ist schön.» So wie du, dachte ich. «Zündest du sie jemals an?»

Sie nickte mit großen Augen. «Natürlich. Jeden Abend. Auf diese Weise gebe ich meiner Seele Nahrung.»

Manchmal übertraf sie mein Vorstellungsvermögen. «Aber das muss doch Stunden dauern!» Ich stellte mir die Glut all dieser Kerzen zusammen vor und den betäubenden Duft, den sie verströmen würden.

Sie zuckte mit den Schultern. «Du hast Recht. Ich zünde sie nicht alle auf einmal an, nicht jeden Abend – das würde wirklich Stunden dauern. Für gewöhnlich nehme ich nur die, mit denen ich arbeite. Das hängt davon ab, in welcher Stimmung ich bin.»

Ihre Worte schwebten hoch über meinem Kopf dahin. Ich hatte nicht die leiseste Ahnung, wovon sie redete. Aber sie sah so hinreißend aus, wie sie da vor dem bunten Fenster stand, während die Sonne leuchtendes Pink und tiefes Grün auf ihr weißes T-Shirt zauberte, dass es mir vollkommen egal war.

«Kaffee? Ich hab auch grünen Tee, wenn dir das lieber ist.»

«Ist aber kein koffeinfreier Kaffee, oder?»

Sie lachte schallend. «Wofür hältst du mich denn – für einen Gesundheitsapostel oder so was?»

Der Kaffee war stark und schmeckte kräftig nach Vanille. «Robert-Harris-Spezialmischung», verkündete sie. «Wenn du den magst, wirst du den Irish Crème lieben. Können wir ja später noch probieren.»

«Ich versuche gerade, den Kaffee zu reduzieren», sagte ich, als es anfing, in meinen Schläfen zu rauschen. «Ich trinke viel zu viel davon.»

Sie machte einen Schmollmund, so eine kleine Bardot-Schnute. «Es gibt zwei Dinge, von denen man nie genug kriegen kann», meinte sie schelmisch. «Und manchmal denke ich, Kaffee ist das Wichtigere von beiden.» Sie streckte sich lang auf der Couch aus.

«Und was ist das andere?» Ich war ziemlich sicher, dass sie Champagner meinte. Oder Kerzen.

Wieder sah sie mich mit diesen großen Augen an. Ein Babypuppengesicht, das bezaubern soll.

«Dreimal darfst du raten.» Sie flirtete mit mir.

Ich errötete heftig. «Ich weiß nicht – manche Leute sagen Geld.»

Sie schnaufte. «Geld ist nur ein Mittel zum Zweck», meinte sie spöttisch. «Es ist stinklangweilig.»

«Aber nicht, wenn du keins hast.»

Sie legte schwungvoll einen goldbraunen Arm hinter den Kopf. «Ich hab alles, was ich brauche», sagte sie zufrieden. «So viel Geld, wie ich brauche, meine ich. Was ich vermisse, ist etwas anderes.» Sie stützte sich auf einen Ellbogen, und ihre weißen Zähne schimmerten mit den Kerzen um die Wette.

«Komm her, du», kommandierte sie, und ich hatte keine andere Wahl, als zu gehorchen.

Im Schlafzimmer waren noch mehr weiße Kerzen. Sie waren in kleinen Dreier- und Fünfergruppen zusammengestellt und dick genug, um von selbst zu stehen. Das Kopfende ihres Bettes schien aus einer massiven Holztafel gearbeitet zu sein, alt und gediegen, Kauri vielleicht.

«Schön, nicht?» Sie strich voller Besitzerstolz mit der Hand darüber.

«Es ist fabelhaft. Wo hast du es aufgetrieben?»

Einen Moment lang erlosch der Glanz in ihren Augen. «Ich hab's mir verdient.»

«Womit?»

«Arbeit», sagte sie ausweichend. Ich beließ es dabei.

«Das da wollte ich dir zeigen», sagte sie und wies auf die Farbkleckse, die gemeinsam einen Regenbogen über das Bett zauberten.

Sie hatte das Kopfende mit sieben Kerzen in verschiedenen Größen und Formen gekrönt, eine für jeden Tag der Woche.

«Niedlich», sagte ich lasch.

«Niedlich?», rief sie empört. «Was heißt hier niedlich? Junge Kätzchen sind niedlich! Kleine Babys sind niedlich! Das hier sind die Farben der sieben Chakren! Die Zugänge zu den Toren der Glückseligkeit! Sie sind alles andere als niedlich.»

Sie hatte schon oft von diesen Chakren gesprochen, aber in meiner Schwerfälligkeit hatte ich bislang nicht begriffen, was sie damit meinte. Und jetzt hatte sie mich in ihre Wohnung mitgeschleppt, um mir ein für alle Mal ihre Bedeutung zu erklären. Mit einem Stoßseufzer hockte sie sich aufs Bett und gab mir schelmisch zu verstehen, ich solle mich neben sie setzen.

«Schau nicht so ängstlich», sagte sie missbilligend. «Ich beiße nicht.»

Fast hatte ich gehofft, dass sie es tun würde. Ganz vorsichtig natürlich.

«Das hier ist das siebte Chakra. Es ist die Pforte zu unserer Intuition, unserer Vorstellungskraft. Dort sitzen unsere Hemmungen. Und so befreien wir uns davon.»

Sie strich mir zuerst mit den Fingerspitzen und dann mit der ganzen Handfläche übers Haar. Die Hand war warm und weich, und meine Kopfhaut kribbelte unter ihrer Berührung. Damit befand sie sich in guter Gesellschaft.

«Spürst du irgendwas?»

Es war leicht, ehrlich zu sein. «Oh Gott, ja», sagte ich und hoffte, sie möge es nicht genauer wissen wollen.

Sie lächelte. «Es hat die Farbe lila.» Sie streckte die Hand nach einer violetten Kerze aus.

«Was hast du damit vor?»

Sie zündete die Kerze mit einem weißen Plastikfeuerzeug an. «Ich gehe auf eine Reise», sagte sie ruhig. «Und du kommst mit.»

Warmes Wachs tropfte mir auf den Scheitel. Die Kerze verströmte Veilchenduft. Sie summte vor sich hin, während sie ihn einsog.

«Und jetzt berührst du mein siebtes Chakra», sagte sie. «Nur damit ich sicher bin, dass du weißt, wo es ist.»

Ich fand ihren Scheitelpunkt ohne Schwierigkeiten.

«Jetzt streiche mit den Fingern im Uhrzeigersinn darüber, so wie ich eben», sagte sie. «Mal sehen, wie gut du bist.»

Ich musste eine gelehrige Schülerin sein, denn sie stellte fest, ich hätte eine gute Intuition. Offensichtlich stand mein siebentes Chakra weit offen und funktionierte bestens. Und das sechste auch. Sie sagte, ich solle mich flach auf den Rücken legen, damit das indigoblaue Wachs mir nicht das Gesicht hinunterliefe.

«Au! Das ist heiß!»

«Sei keine Memme», sagte sie und küsste mich so zärtlich zwischen die Augenbrauen, dass ich nicht anders konnte, als mich in sie zu verlieben. «Es passiert dir nichts, solange es nicht in die Augen kommt, und die hast du ja so fest zugekniffen, dass davon keine Rede sein kann.»

Sie kratzte das Wachs mit einem gepflegten, unlackierten Fingernagel ab und redete dabei von Nachdenken und Charakterstärke, Logik und Entschlusskraft. Ich fasste den Entschluss, dass ich ihr trauen konnte. Sie vertraute mir ja auch und ließ mich das Ritual ebenso vollziehen.

«Ist ein bisschen warm, was?», gluckste sie. «Wusste gar nicht mehr, dass es so warm ist!»

«Wie meinst du das? Wie lange hast du das denn nicht mehr gemacht?»

Sie zwinkerte mit dem rechten Auge. Das linke kniff sie zu, um kleine Wachstropfen abzuwehren. «Ehrlich gesagt, ich glaube nicht, dass dich das was angeht, oder?»

«Und was ist, wenn ich will, dass es mich was angeht?»

Ihre Augenbrauen waren samtweich und meine Lippen so behutsam wie die eines Kindes, als ich sie genauso auf die Stirn küsste, wie sie es bei mir getan hatte.

«Wir kommen wohl langsam auf den Geschmack, was?» Ihre Spöttelei brachte mich in Verlegenheit. Ich betete, sie möge nicht merken, wie Recht sie hatte. Nun machten wir den dritten Schritt ins Unbekannte.

«Blau für einen Jungen», flüsterte sie. Die Kerze hatte denselben Farbton wie die Vergissmeinnicht, die immer wieder hartnäckig aus den Rissen der Einfahrt bei mir zu Hause hervorbrachen, eine Ewigkeit von hier entfernt. Das Dreieck an ihrem Halsansatz war so verführerisch wie ein liegen gelassener Wunschknochen, der in der Sonne trocknet. Ihre Haut war geschmeidig und goldbraun; meine trocken und blass.

«Wo hast du die Riesenbeule her?», fragte sie und strich mir übers Schlüsselbein, während das Wachs an den Rändern noch weich war.

«Bin als Kind vom Rad gefallen», flunkerte ich, um die unliebsame Erinnerung an einen gar nicht so fernen Sommer zu verdrängen, den ich mit dem rechten Arm in der Schlinge verbracht hatte.

«Du lügst wie gedruckt», sagte sie vergnügt.

Ich staunte über ihren Scharfblick. «Gar nicht», rief ich und hasste mich dafür, dass ich rot wurde.

Sie schüttelte lächelnd den Kopf. «Dein Mund kann lügen, aber dein Herz nicht.» Ihre Daumenkuppe versank behutsam in der weichen Mulde zwischen meinen kantigen Knochen. «Die Wahrheit hört man am leichtesten, wenn man seine Ohren abschaltet.»

Ich betete, sie möge Unrecht haben.

Sie beugte sich mit feuchter Zunge über meinen Hals. Eine Träne löste sich von meiner Wange und benetzte ihr Haar, während ich das dringende Bedürfnis niederkämpfte, nach ihr zu greifen und diesen hübschen, strahlenden Mund zu küssen. Langsam hob sie den Kopf, und ich versank in ihrem Blick.

«Alles in Ordnung», sagte sie zärtlich. «Du fühlst dich doch wohl.»

Ich nickte stumm und war nicht ganz sicher, ob ich schon wieder log.

«Bist du so weit?», wollte sie wissen.

«Ich dachte, das hättest du schon vor Stunden entschieden.»

Sie legte den Kopf ein wenig schräg. «Ich habe gar nichts entschieden. Was noch passiert, ist ganz und gar dir überlassen.»

Ich biss mir auf die Lippe, schloss die Augen und spürte ihren Atem an meinem Kinn. Als ich sie wieder aufmachte, waren ihre Augen dicht vor mir.

«Ich bin so weit.»

Ihr Lächeln traf mich bis ins Mark. «Gut», rief sie. «Du wirst in Grün hinreißend aussehen!»

Es war die kleinste Kerze von allen, mit einer Chypre-Note, die Springkraut- und Thymianduft verströmte. Limone und Smaragd, Minze und Salbei, Wasser und Jade waren als Farben darin enthalten. Sie hielt die Kerze hoch und betrachtete sie eingehend, bevor sie sie mir zeigte.

«Die zünde ich fast nie an.»

«Warum nicht?»

Sie drehte die kleine Wachskugel zwischen ihren Fingerspitzen hin und her. «Jemand, den ich sehr gern hatte, hat sie vor langer Zeit gemacht.»

Es gab mir einen Stich der Eifersucht, die grüner war als all die winzigen Farbklümpchen, aus denen die Kerze bestand. «Und wo ist er jetzt?»

«Wer?»

Sie stellte sich extra begriffsstutzig, das kleine Biest. «Na, dein lieber Freund – der, von dem die Kerze ist.»

«Es ist eine Sie, wenn du's genau wissen willst», fauchte sie. «Sie ist schon lange tot. Selbstmord, um genau zu sein, auch wenn dich das eigentlich nichts angeht.»

Ich schauderte bei dem Wort und verfluchte meine Gedankenlosigkeit. «Tut mir wirklich Leid», sagte ich unbeholfen. «Ich wusste ja nicht ...»

Sie verzog jetzt Mund und Nase so heftig, dass ich den Kopf schräg legte und heimlich an meinen Achselhöhlen schnupperte. Seife und Deodorant, nicht unangenehm, aber auch nicht besonders anziehend. Ich nahm mir vor, das nächste Mal daran zu denken – und merkte, wie sehr ich auf einen solchen Tag hoffte und darauf, dass er bald käme.

«Schon gut», sagte sie knapp. «Ist schon lange her. Konntest du ja nicht wissen.»

Ich wollte sie nicht ausfragen, ich wollte nur, dass ihre Geheimnisse uns beiden gehörten.

«Erzähl mir, was passiert ist.»

Ihre Daumen bohrten sich in meine Schläfen und zwangen meinen Kopf in die Kissen. Mein Pulsschlag hämmerte unter ihren Händen. Ihre Augen waren riesig und schwarz vor Gefühlsintensität oder von irgendwelchen Drogen.

«Das ist unser Abend», zischte sie, «und ich werde ihn mir nicht verderben lassen, hast du mich verstanden? Von nichts und niemand!»

In meinem Kopf hallte der eindringliche Tonfall ihrer Worte wider. «Schon gut, in Ordnung», sagte ich hastig. «Kein Grund zur Aufregung.»

So plötzlich, wie sie mich gepackt hatte, ließ sie mich wieder los. Ich empfand ihren Rückzug wie einen winzigen Tod.

«Du hast Recht», sagte sie ruhig. «Aber lass uns nicht mehr darüber reden, okay?»

«Okay.»

Sie besiegelte unseren Waffenstillstand, indem sie mit der Hand über meine Lippen strich. Meine Zunge suchte die Innenseite ihrer Finger, die nach Salz und Honig schmeckten.

Die kleine Kerze schmolz langsam. Das Wachs war apfelgrün. Die Spätnachmittagssonne fiel auf meinen Brustkorb, als sie mir das T-Shirt hochschob und meine blasse Haut entblößte.

«Das vierte Chakra ist das Tor zum Herzen.»

Die Hitze des flüssigen Bienenwachses, das jetzt auf meinen Oberkörper tropfte, war nichts gegen das Feuer, das aus meinen Brustwarzen aufstieg. Sie erstickte die Kerzenflamme mit den Fingerspitzen, beugte sich über mich und stellte die Kerze zurück auf die Bettumrandung; dann kniete sie über mir und zog sich ihr eigenes Hemd über den Kopf. Keine Frau mit einer so vollkommenen Figur wie der ihren würde auf die Idee kommen, einen BH zu tragen.

Ihre Nippel waren rosig und halb aufgerichtet. Ihre linke Hand formte ein Körbchen für die linke Brust, während meine Linke deren nicht weniger anmutigen Zwilling stützte. Unter dem Druck meiner Zunge wurde die Brustwarze langsam ganz hart, bis ich schließlich behutsam hineinbiss. Stöhnend entzog sie sich mir.

«Das ist unfair», protestierte sie schwach. «Jetzt bist du dran, nicht ich.»

Ich akzeptierte ihre Schelte und streichelte zur Entschuldigung ihre Adamsrippe.

«Leg die Hand hierhin», sagte sie und zeigte auf ihre Körpermitte.

«Da?»

Sie gab mir lächelnd einen Klaps. «Ein bisschen höher bitte. Hier.» Sie griff nach meiner vorwitzig tastenden Hand und legte sie flach auf ihr Herz. Ihre eigenen Hände drückte sie mir gegen den Brustkorb, um mir zu zeigen, was sie meinte. Ich spürte, wie das grüne Wachs anfing zu bröckeln.

«Ich will den Herzschlag deiner Seele spüren.»

Ihre Wange lag kühl auf meiner heißen Haut. In der oberen Hälfte des Fensters färbte sich der Himmel dunkel wie blaue Tinte.

«Da», sagte sie schließlich. «Jetzt kann ich dich spüren. Jetzt öffnest du dich.» Als sie sich aufrichtete, um nach der nächsten Kerze zu greifen, zeigte sich deutlich, dass es ihr genauso ging.

Ihr Wecker erzählte mir Dinge, die ich gar nicht hören wollte. Er erinnerte mich an Verpflichtungen und daran, dass ich demnächst eine plausible Ausrede brauchen würde. Sein putziges kleines Gesicht irritierte mich mehr als irgendein unerwarteter Staubsaugervertreter oder frommer Heilsbringer an der Wohnungstür. Die Sonne fiel auf das Zifferblatt und schickte einen Reflex geradewegs in meine Augen.

Sie folgte meinem erschrockenen Blick, entdeckte den Übeltäter und verbannte ihn in die Schublade. Als sie sich bewegte, war ihr Körper eine einzige Offenbarung aus goldener Haut und straffen Muskeln. Das Kräftespiel unter ihren Schulterblättern, das Anspannen und Loslassen der Hinterbacken, das sanfte Wogen dieser magischen Brüste – ich gehörte ihr, unwiderbringlich. Ich wünschte mir, sie mit einem Fotoapparat einfangen zu können, aber sie war sowieso schöner als jedes Kunstwerk.

Sie legte die Hand auf meine Jeans. «Die muss ich ein bisschen aufmachen, um dir das Nächste zu zeigen. Ist das für dich in Ordnung?»

Einen Moment lang schwankte ich. Begriffe wie Treue, Ehre, Freundschaft flackerten in dem Teil meines Kleinhirns auf, in dem sich mein Gewissen verbarg. Alarmsirenen schrillten und kündeten von bevorstehender Scham und Schande, und ich war drauf und dran, ihnen nachzugeben.

«Ich höre sofort auf, wenn es dir nicht gefällt», sagte sie sanft. «Ich will nichts tun, was dir unangenehm ist.» Ihre Augen waren ungeheuer blau.

«Ein bisschen tut ja nicht weh, oder?», hörte ich mich sagen.

Als sie sich nach einer gelben Kerze ausstreckte, presste sie sich gegen meinen Bauch. Unter ihrem Gewicht, das so viel weniger war als meins, traten die Venen ihres makellos geformten Unterarms stolz hervor, und ich hätte am liebsten hineingebissen.

«Das dritte Chakra ist der Solarplexus. Ausgeglichenheit, Stärke, Zufriedenheit – Scheiße!»

«Wieso Scheiße? Was ist denn?»

Sie betrachtete nachdenklich meinen Bauch. Ich zog ihn schuldbewusst ein bei der Vorstellung, wie sie ihn mit ihrem eigenen vergleichen würde.

«Ich komme nicht heran, wenn ich die hier nicht ein bisschen runterziehe. Hier», sagte sie, gab mir die Kerze und dann einen Klaps auf den Oberschenkel. «Heb mal den Hintern, dann kann ich sie besser drüberziehen.»

Ich war schon immer ein gehorsames Kind. Ich tue gern, was man mir sagt.

«Ist das bequem so?», fragte sie, als sie mir die Jeans halb über die Schenkel gestreift hatte.

«Es ist okay», log ich. Ich fühlte mich eingezwängt und entblößt.

Sie öffnete den Bund ihrer Shorts und fuhr sich langsam mit der Hand den Bauch hinab, sodass der Reißverschluss aufging, bis er dicht unter ihrem Bauchnabel landete.

«Hier ist es. Siehst du?»

Ein kleiner goldener Ring war durch den vorstehenden Wulst gebohrt. Das vorwitzige Wahrzeichen ihrer Jugend. Meiner war eingezogen – an unseren Bauchnabeln offenbarte sich der Unterschied zweier Generationen.

Ich zeichnete den Ring mit meinem schweißnassen Zeigefinger nach. «Das hat bestimmt wehgetan.»

«Nö», meinte sie lächelnd. «Nicht besonders. Eine Kundin von mir aus dem Sportstudio hat sich vor ein paar Wochen die Brustwarze piercen lassen – sie hat erzählt, es habe höllisch wehgetan. Das hier ist kein Problem, außer wenn es sich in meinem Höschen verfängt.»

Bei der Vorstellung zuckte ich zusammen. «Passiert dir das oft?»

Ihr Lächeln wurde breiter. «Ich trage keins mehr.»

Mein Puls hämmerte.

«Leg mal den Finger unter deinen Bauchnabel. Nein, so nicht. Nicht drauf zeigen – ich meine drunterlegen, als wenn du ihn unterstreichen willst.»

Die Lücke zwischen dem Rand meines Höschens und meiner Fingerkante war ihr nicht groß genug. Sie verschob das Gummibündchen so langsam, dass ich das Gefühl hatte, die Zeit würde stillstehen. Dann küsste sie den Freiraum, den sie gewonnen hatte. Ich merkte, wie mir das erste Nass entschlüpfte.

Brennend heißes gelbes Wachs fiel auf die zweitempfindlichste Stelle meiner Haut, und ich stieß einen Schrei aus.

«Scheiße! Was machst du da?»

Für ihr Lächeln hätte sich eine Heilige versündigt. «Feuer im Leib, so heißt es doch immer, oder?»

«Verdammt nochmal, das tut weh!»

Sie schüttelte sachte den Kopf. «Bist du sicher?»

Und nachdem ich den ersten Schreck über die Verbrennung hinter mir hatte, sollte sie Recht behalten. Der Schmerz war einem wohlig warmen Kribbeln gewichen, das mir in die Eingeweide zu sickern und von dort in alle Adern zu tröpfeln schien, wobei sich seine Wirkung eher verstärkte als nachzulassen.

Ich atmete tief ein und inhalierte die würzige Luft. «Du wirst es noch schaffen, dass ich dich hasse, weißt du das?»

Sie lachte laut auf. «Ich glaube, bevor das passiert, musst du noch eine Menge lernen.»

Ihre Brüste schwebten direkt über mir, als sie meinen Körper hinab rückwärts kroch. Ihre Nähe zog mein Blut an wie ein Magnet, und das Pulsieren in meinen Lenden nahm zu. Als sie die Hand über die klebrige gelbe Masse auf meinem Bauch hinwegbewegte, hob und senkte er sich, und es gurgelte, als habe sie ihn an der Leine. Ich genierte mich entsetzlich.

Sie aber schien hochzufrieden. «Das ist ja großartig!»

«Tut mir furchtbar Leid. Hab noch nichts gegessen.»

«Nein! Das ist fabelhaft! Du lässt mich wirklich in dich rein!»

Und wie zum Beweis beugte sie sich herab und ließ die Zunge tief in meinen Nabel tauchen, während ihre kleinen spitzen Zähne behutsam den Rand auseinander zogen. Ich stöhnte. Ich konnte einfach nicht anders. Sie schnurrte vor Wonne.

«Das Nächste wird dir gefallen», sagte sie, pflückte vorsichtig das Wachs von mir ab und rollte es zwischen den Fingerspitzen. «Wie viele haben wir bis jetzt?»

Ich überlegte angestrengt. Lila, Indigo, Blau, Grün und Gelb. «Fünf.»

«Dann noch zwei. Meine Lieblingschakren. Ich glaube, du wirst sie auch mögen.»

Ich schloss die Augen, und mein Gewissen regte sich wieder. Ein kurzer Blick auf ihr Engelsgesicht aber verlieh mir die Kraft, alle Skrupel über Bord zu werfen. Diesmal fragte sie mich nicht erst um Erlaubnis. Die Unterlippe zwischen den Zähnen, schob sie mir die Hand unter den Arsch und hob meine Hüften so weit an, dass sie den Bund meines Slips mit den Fingerspitzen erreichen konnte. Die schwarze Baumwolle sträubte sich gegen ihre Absicht wie ein bockiges Kind, als meine Hinterbacken das Laken trafen.

«Was hast du vor?»

Sie überhörte meine Frage.

Ich klemmte die Schenkel zusammen, um sie aufzuhalten. Erstaunt sah sie mich an. «Was ist los?»

Mir fiel keine vernünftige Antwort ein. Stattdessen schüttelte ich nur den Kopf.

Sie streckte die Hand aus und streichelte mein Gesicht. Meine Wangen glühten, und ich fragte mich, ob sie wohl so rot waren wie die Ihren.

«Bisschen schüchtern, was?»

Ich schloss erneut die Augen und nickte stumm.

«Würde es dir helfen, die Jeans ganz auszuziehen?»

Achselzuckend genoss ich den Hauch ihres Atems und ihren eisernen Willen.

«Ich glaube schon», sagte sie und machte sich an meinen Füßen zu schaffen, bevor ich etwas sagen konnte. Ihre Pobacken lugten unter den Shorts hervor, und es war ein zu reizvoller Anblick, um der Versuchung zu widerstehen. Nur eine federleichte Berührung, ein hauchzartes Streicheln mit der flachen Hand über ihre warme Haut, das war alles.

Sie wandte den Kopf und sah mich über die Schulter hinweg an. «Und ich dachte, du wärst schüchtern», sagte sie und grinste dabei wie ein Kobold. Ihr nackter Rücken schauderte, als ich sie erneut berührte.

Ihre Atmung änderte sich. Sie öffnete ein wenig die Beine, wie um mich herauszufordern. Da war ein schwacher feuchter Fleck auf ihren Shorts und ein Hauch von Moschus und Schweiß. Langsam zog sie mir die Jeans aus, und der steife blaue Stoff näherte sich ihrem Gesicht Zentimeter für Zentimeter. Ich streichelte die ganze Zeit ihre Pobacken und die Rückseite ihrer seidigen Schenkel, um sie vom Aufhören abzuhalten, während ich gleichzeitig darum betete, dass sie es tun möge. Als sie sich wieder umdrehte, hätte ich an ihren Brustwarzen Wimpel aufhängen können. Ihre Augen waren riesengroß und leicht glasig. Sie war immer noch bei mir, aber beinahe in anderen Regionen.

Als sie mir das Höschen ausziehen wollte, legte ich abwehrend die Hand darauf.

«Komm schon», flüsterte sie heiser und versetzte mir einen Klaps. «Sei nicht albern. Ich tu dir nichts.»

Ich streckte die Hand aus und umkreiste mit dem Daumen eine ihrer Brustwarzen. Sie bog den Kopf zurück und presste den Unterleib gegen meine Beine.

«Bitte», flüsterte sie, «das ist unfair. Ich will, dass das deine Runde ist.»

Währenddessen rieb sie sich die ganze Zeit an mir. Ein Weilchen rangen wir halbherzig miteinander. Meine linke Hand war mit ihrem rechten Handgelenk beschäftigt, die andere mit ihrer rechten Brust. Erfolglos schlug sie nach meinem Arm, um sich zu befreien. Als sie sah, dass das nicht funktionierte, griff sie zu einem Trick. Sie hörte auf, mit mir zu kämpfen, packte mit der freien Hand meinen Slip, und bevor ich es verhindern konnte, hing er mir in den Kniekehlen.

«So», keuchte sie, «das hast du nun davon!»

Ich ließ sie los und bedeckte mich stattdessen.

Sie ließ den Slip auf halber Höhe hängen und versuchte, meine Finger einen nach dem anderen zu lösen. Aber ich hatte größere Hände als sie. Sie hatte nicht die geringste Chance, mich wieder zu entblößen, doch ein Blick verriet ihr, dass sie nur ein wenig nachhelfen müsse.

«Ich bin gleich wieder da», sagte sie und rannte zu meinem Entsetzen aus dem Zimmer.

Ich konnte sie im Badezimmer klappern hören und fragte mich, was zum Teufel sie wohl täte. Sie drehte den Wasserhahn auf, und dann hörte ich, wie sie einen Wasserkessel füllte. Wollte sie sich die Zähne putzen? Oder vielleicht etwas trinken? Von nebenan kam das Piepen meines Handys, das ich darauf eingestellt hatte, mich an eine Verabredung zu erinnern. Draußen war es noch hell, aber an der Wand rankten sich allmählich Schatten entlang wie nachtschwarzer Efeu.

Ich setzte alle Hebel meiner Kreativität in Gang, um mir ein anständiges Alibi auszudenken. Dabei kam mir mein schlechtes Gewissen ständig in die Quere und versuchte, mich davon abzuhalten. Meine Skrupel ergriffen die günstige Gelegenheit und überrollten mich mit solcher Wucht, dass ich die Jeans schon fast wieder angezogen hatte, als sie zurückkam.

«Zieh sie wieder aus!», rief sie, stellte eine Edelstahlschüssel auf den Nachttisch und warf ein flauschiges weißes Handtuch neben mich aufs Bett. Unter den rechten Arm hatte sie etwas geklemmt, von dem ich gar nicht genau wissen wollte, was es war.

«Ich sollte jetzt wirklich gehen», stotterte ich und suchte krampfhaft nach einer Ausrede, die nicht so banal war wie «Es ist schon spät» und trotzdem die wahren Gründe verschwieg.

«Das solltest du auf keinen Fall!», widersprach sie und

fuchtelte so vehement mit einem Einmalrasierer vor meiner Nase herum, dass ich mich ohne weitere Einwände geschlagen gab.

Das zweite Chakra, das Sakralchakra, befindet sich über dem Beckenknochen. Es regiert die Fruchtbarkeit, die Fortpflanzung und alle anderen Wörter mit F, die mir so einfallen. Sie war so zuvorkommend, die jadegrüne Dose Rasierschaum in der Schüssel anzuwärmen, bevor sie sie schüttelte. Dabei spritzten winzige Wassertropfen auf ihre Brüste und mein Gesicht. Ich wischte sie weg, und sie erschauderte. Der hellgrüne Berg verwandelte sich schnell in weißen Schaum, als sie ihn über den höchsten Punkt meines Schamhaares strich. Sie spreizte ungerührt meine Beine und ignorierte meinen Protest. Um die Wahrheit zu sagen, war er auch eher schwach.

«Wie zum Teufel soll ich das nachher erklären – dass ich plötzlich kahl bin?»

Sie zuckte mit den Schultern, machte einen Schmollmund und grinste boshaft. «Du wirst nicht ganz kahl sein, Dummerchen. Nur ein bisschen zurechtgestutzt. Und wenn du das verstecken musst, wird dir schon was einfallen, da bin ich sicher», sagte sie unbekümmert. «Zum Beispiel im Dunkeln ins Bett gehen. Das sollte doch Extraspaß machen.»

Könnte auch meinem Liebesleben zu Hause nicht schaden, dachte ich grimmig und verspürte nicht die leisesten Gewissensbisse. Alles, was ich empfand, war eine traurige Bitterkeit, vermischt mit der schrecklichen Gewissheit, dass ich morgen früh neben jemandem aufwachen würde, den ich weitaus weniger begehrte als sie.

Das Schaben des Rasierers ließ mich zittern. Sicher auch

ein bisschen vor Angst. Das Einzige, was mir die Kraft gab, sie weitermachen zu lassen, war, die Augen zu schließen und mir nicht vorzustellen, wie mir die Klinge an Stellen ins Fleisch schnitt, wo ich es am wenigsten vergnüglich gefunden hätte. Aber Wollust war auch dabei. Und nicht zu knapp.

Sie steckte die Zungenspitze zwischen die Zähne wie ein Kind, das sich ganz auf etwas konzentriert.

«Hast du das schon mal gemacht?»

Sie sah mich beleidigt an. «Natürlich. Sehe ich etwa wie eine Anfängerin aus?»

Oh nein, mein Herz, ganz und gar nicht.

Die Farbe des zweiten Chakras ist ein feuriges Orange. Die Kerze duftete nach Ringelblumen und Gewürzen. Sie ließ einen Tropfen des heißen Wachses auf ihren Handrücken fallen und wartete, bis es abgekühlt war, dann zog sie es langsam wieder ab.

«Sehr gut», murmelte sie vor sich hin. «Tut kein bisschen weh.» Aber da irrte sie gewaltig.

«SCHEISSE! SCHEISSE! VERDAMMTE SCHEISSE!»

«Ist doch nicht zu heiß, oder?»

«WAS ZUM TEUFEL DENKST DU DIR DABEI?»

Glühend heißes Wachs auf frisch rasierter Haut ist eine Kombination, die ich niemandem empfehlen würde, der mir am Herzen liegt, schon gar nicht, wenn es jemanden erregen soll.

«BIST DU JETZT VÖLLIG ÜBERGESCHNAPPT?»

Ich zupfte sinnlos in meiner Leistengegend herum und riss mir mit den kalten Wachsklecksen etliche der Härchen aus, die sie stehen gelassen hatte. Sie zog den Kopf ein und rollte sich zusammen wie ein Farnwedel an einem eiskalten Morgen. Da sie sich so weit wie möglich ans andere Ende des Bettes zurückgezogen hatte, merkte ich erst, als ich wieder aufschaute, dass sie weinte.

«Hey, hey – was ist denn?»

Sie schüttelte stumm den Kopf.

«Sieh mal, es tut mir Leid. Ich wollte dich nicht so anschreien. Es hat bloß wehgetan, das ist alles.»

Die Tränen flossen heftiger. Sie wischte sie wütend weg und sagte etwas, das ich nicht verstand. Ich fasste sie beim Kinn und drehte ihr Gesicht zu mir.

«Was hast du gesagt?»

Sie schüttelte mich ab. «Ich sagte, ich heule nicht, weil du mich angeschrien hast. Ich heule, weil ich dachte, du wärst die Richtige. Aber du bist wie alle andern.»

Das saß. «Was meinst du damit, wie alle andern?» Wie viele andere mochten das genau gewesen sein? «Reagiert jeder so, wenn du das machst? Zeigt dir das nicht, dass es – ich weiß nicht – eine Quälerei ist?»

Sie antwortete nicht. Stand stattdessen auf und ging zum Fenster hinüber. «Es ist schon spät», sagte sie teilnahmslos. «Du solltest lieber gehen.»

Als ich den Slip über die empfindlichen Stellen zog, zuckte ich zusammen. Um die Jeans kümmerte ich mich nicht.

Als ich versuchte, ihr den Arm um die Schulter zu legen, wich sie mir aus, und ihre Zurückweisung tat mehr weh als alles, was sie mir mit ihren Kerzen angetan hatte.

«Sieh mal, Liebes, es tut mir wirklich Leid. Du hast mich einfach erschreckt, das ist alles. Komm wieder ins Bett. Wir sind noch nicht fertig. Wir können es doch nochmal versuchen.»

Sie sah mich nicht einmal an. Schüttelte nur den Kopf und starrte aus dem Fenster. Ich schaute ihr über die Schulter, um zu sehen, was sie so fesselte. Sie musste Augen für etwas haben, das ich nicht wahrnahm. Ich zog mich im Badezimmer weiter an und fühlte mich ziemlich angeschlagen. Enttäuschung, Scham, Schuldgefühle und ungeheure Wellen des Begehrens vermischten sich zu einem Cocktail, der zu scheußlich schmeckte, um ihn lange im Magen zu behalten. Als ich wieder stehen konnte, lieh ich mir ein wenig von ihrer Zahnpasta, ließ die Zahnbürste aber unberührt. Manche Dinge sind einfach zu intim. Vor ihrer Schlafzimmertür blieb ich stehen, unschlüssig, ob ich mich von ihr verabschieden oder einfach verschwinden und froh sein sollte, dass ich sie für eine Weile nicht zu sehen brauchte. Vielleicht auch nie wieder. Mein Schatten fiel auf die Wand. Sie musste es auch gesehen haben. Ihre Stimme war leise, aber klar und deutlich.

«Soll ich dir das letzte Chakra zeigen?»

Ich konnte nicht antworten. Ich stand vor der Tür und überlegte. Das Warten musste zu viel für sie gewesen sein. Ich konnte sie nicht sehen, aber hören. Es schien für sie keinen großen Unterschied zu machen, ob ich hereinkam oder nicht.

«Es ist das erste Chakra, aber das siebente auf dieser Reise. Es ist das unterste Chakra, das dich erdet.»

Ich hörte das Klicken ihres Feuerzeugs und machte einen Schritt vorwärts, sodass ich die Bettkante sehen konnte. Zwei blasse kleine Füße schmiegten sich gelöst und entspannt aneinander.

«Das erste Chakra hat Feuer in seinem Herzen. Es ist rot wie Blut, rot wie der Sonnenaufgang. Es regiert die Hingabe, die Seele, die Liebesfähigkeit. Es ist das Tor zur Gefühlstiefe. Es ist ein Kanal, auf den du gut Acht geben musst, bevor du es wagen kannst, den Pfad zu beschreiten.»

Plötzlich zog sie die Zehen ein und verstummte. Ihre Füße verschwanden aus dem Blickfeld, und ihr Atem wurde heiser und schnell. «Das wollte ich mit dir zusammen erleben», sagte sie heftig. «Ich wollte dich zu einem Teil davon machen, aber du wolltest es ja nicht wissen.»

Ich hörte sie unterdrückt fluchen, als habe sie sich verletzt. Das genügte, damit ich um die Ecke spähte. Sie hatte die Beine weit gespreizt und die Knie angezogen, und ihre unbehaarten Schamlippen waren überzogen mit klebrigem rotem Wachs. Die letzte Kerze brannte noch und rußte. Ein zinnoberrotes Kügelchen fiel haargenau auf ihre Klitoris, und sie jaulte auf, als habe sie etwas gestochen.

«Was tust du dir da an?»

Sie lachte trocken. «Hast du deinen Blindenhund zu Hause gelassen? Wonach sieht es denn aus?» Sie setzte sich halb auf. Eine winzige Hautfalte grub sich in ihren Bauch. «Ich tue, wozu du zu schwach warst, du Weichei. Ich gehe auf die Reise. Und du?»

Wenigstens hatte sie noch genug Verstand, die Kerze auszublasen, bevor sie sich das Ding hineinschob. Ich sah in hilfloser Faszination zu, wie sie mit dem rechten Zeigefinger über ihre Klitoris fuhr und die Kerze mit geübter Fingerfertigkeit benutzte.

Ich weiß, da hätte ich eigentlich gehen sollen, aber in all ihrer Verrücktheit war sie noch immer hinreißend. Nass und sperrangelweit geöffnet verführte sie mich, wie es noch nie zuvor jemand getan hatte. Das Wachs war weich an meinem Mund und schmeckte leicht seifig. Es legte sich geschmeidig um meine Lippen. Rote Bröckchen splitterten gegen meine Zähne, als ich an ihrer Vagina knabberte.

Die Kerze fühlte sich trocken an, als sie durch den Ring meiner Lippen auf und ab glitt. Ich ließ ein wenig Speichel darauf tropfen und befeuchtete sie mit den Lippen. Gleich darauf revanchierte sie sich mit einem salzig-klebrigen Geschmack, der mich augenblicklich die Hand in den eigenen Schritt legen ließ. Sam wollte ihr Spielzeug nicht hergeben, war aber so freundlich, mich daran teilhaben zu lassen. Als ich alles Wachs von ihren schönen Lippen gepflückt hatte, packte ich vorsichtig ihre Klitoris mit den Zähnen und spielte mit der Zunge daran herum, bis sie stöhnte.

«Hör nicht auf», wimmerte sie.

«Mrmph», gab ich zurück.

Sie ejakulierte, als sie kam. Lange Fäden milchigen Schleimes brachen aus ihr heraus, als die Kerze mit einem Gluckser wieder auftauchte.

Im Badezimmerspiegel sah ich glänzende Spuren auf meinem Kinn. Ich rieb sie ein, ließ sie trocknen und wusch sie dann zögernd ab. Als ich nach ihr sah, schlummerte sie ausgestreckt wie ein Baby auf ihrem verwüsteten Bett. Ein langer rosaroter Strahl des Sonnenuntergangs streichelte ihr Gesicht und Haar. Seltsamerweise hätte ich bei dem Anblick am liebsten geweint. Stattdessen deckte ich sie zu. Sie rührte sich nicht einmal.

Als ich aus dem Haus trat, schloss gerade einer der Friseure die Ladentür ab.

«Herrliche Nacht, nicht wahr?», sagte er vergnügt.

«Herrlich», erwiderte ich aus tiefstem Herzen und stolperte mit so weichen Knien davon, wie ich es seit meiner

Entjungferung nicht mehr getan hatte. Seine gezupften Augenbrauen hoben sich verwundert, als er die gewaltige Beule in meinem Schritt bemerkte. Benommen erwiderte ich sein Lächeln und machte, dass ich fortkam.

Kerzen lassen sich nun mal nicht so leicht verstecken.

Besonders die rote …

Ihr Lehrer

Wenn es einen Gott gäbe, hätte er große haselnussbraune, schwarz umrahmte Augen, so wie er. Er ist hinter ihr und betrachtet sie eingehend. Im Stillen lacht sie über die Blasphemie. Sie weiß, es gibt keinen größeren Gott als ihn.

An der hinteren Schlafzimmerwand lehnt ein riesiger Spiegel mit glänzendem Goldrahmen. Sie steht davor, und ihr Atem hat sich als Nebel darauf niedergeschlagen. Es reizt sie, den Finger auszustrecken und in großen fetten Buchstaben die Wörter darauf zu schreiben, die sie sich nun endlich laut auszusprechen getraut hat – ICH LIEBE DICH –, ein Herz drum herum zu malen und es mit einem Amorpfeil zu durchbohren, so wie er sie durchbohrt. Ihr ganzer Arm kribbelt, und sie ist drauf und dran, es zu tun, aber seine Augen hypnotisieren sie so, dass sie sich nicht rühren kann und den Gedanken verwirft. Der Spiegel war auch letzte Nacht dabei, wie fast immer. Er stellt ihn jedes Mal um, immer dahin, wo er ihm die beste Sicht bietet.

«Der beste Platz im ganzen Haus», sagt er manchmal in seiner zynischen Art, die sie so erregt.

Sie hätte nie geglaubt, dass sie einmal imstande sein könnte, sich selbst im Spiegel beim Liebesspiel zuzusehen, aber er hat es ihr so leicht gemacht. Das ist eine seiner wunderbaren Eigenschaften, wie er sie ermuntert, neue

Sachen auszuprobieren, Grenzen zu überschreiten und die dunklen Seiten anzurühren. Ohne ihn hätte sie nie den Mut gehabt, auch nur die Hälfte dessen zu tun, was sie inzwischen schon vollführt haben. Und das war eine ganze Menge. Im Laufe des letzten Jahres hat er ihr so viele Kunststückchen beigebracht, dass es einfach wahr sein muss, wenn er ihr sagt, sie sei die Tollste und Beste und könnte jetzt jeden verrückt machen. Im Laufe des letzten Jahres hat sie sich von einem pummeligen Schulmädchen in sein ein und alles verwandelt; sie ist seine andere Hälfte, sein Stern, zu dem er sich aus der rauen Wirklichkeit seiner Vergangenheit emporschwingt.

Manche seiner Tricks mag sie, für andere brauchte sie eine Weile, bis sie sie unter seinen leisen Kommandos und Atemtechniken zuwege brachte, von genießen gar nicht zu reden. Seltsamerweise machen ihr die Dinge, die zuerst am schmerzhaftesten waren, jetzt am meisten Spaß. Manchmal ertappt sie sich dabei, wie sie an den unpassendsten Orten daran denkt, im Supermarkt zum Beispiel, oder wenn sie still in der Kirche sitzt. Sie kann sich einfach nicht mehr vorstellen, ohne ihn zu leben.

Er ist nicht vollkommen, das weiß sie. Es gibt Abende, da ist er geradezu grausam. Mehr als einmal hat sie sich schon in den Schlaf geweint, weil er sie weggeschickt und schon beim Öffnen der Tür angeschrien hatte. Natürlich ist er jedes Mal zurückgekommen und hat gesagt, dass es ihm Leid täte, seinem Püppchen, seinem Baby wehgetan zu haben, und dafür hat sie ihn umso mehr geliebt. Sie trägt ihm nichts nach. Natürlich ist sie dann immer ein bisschen traurig, aber sie kann das Gefühl noch nicht richtig einordnen. Nur so viel ist ihr klar, dass sie sich manchmal vorkommt wie ein Zombie und nicht weiß, warum. Schlimmer, sie ist sich nicht sicher, ob ihr das etwas ausmacht. Und noch schlimmer, manchmal denkt sie sogar, dass es ihr gefällt – dann gesteht sie es sich ungeniert ein, und das macht sie dann ganz und gar erbärmlich. An schlechten Tagen kann sie gar nicht fassen, was sie alles mit ihm gemacht hat. An guten kann sie es gar nicht erwarten, es wieder zu tun.

Die Wahrheit ist, dass sie ihm gehört. Es gibt nichts, was sie nicht tun würde, wenn er sie darum bittet, keine Stelle ist ihr zu verborgen, um sie genüsslich zu erforschen, solange er bei ihr ist. Er ist ihr geiler, böser Zwilling, ihr Seelenbruder und Über-ich, und mit ihm wagt sie, was sie nie zuvor gewagt hat. Dabei setzt sie ihre Seele aufs Spiel. Das Risiko ist freilich nicht hoch, weil er sie ja liebt, das weiß sie genau. Vielleicht hat er es bis jetzt nicht in Worten ausgedrückt, aber mit Taten Dutzende und Hunderte und Tausende Male, und Taten sagen mehr als Worte. Zum Beispiel sein Liebesschrei.

«Zieh dich an», sagt er, und seine Augen sind wie Topas in dem Licht, das ihren Schenkel streift.

Heute Abend umgibt ihn eine Kälte, die Kimmy frösteln lässt. Sie kennt diese Stimmung, sie hat sie schon zuvor erlebt. Es ist die Laune, die neuen Einfällen vorausgeht, irgendein munteres Spiel, das beliebig viele Handlungen oder Mitspieler enthalten kann. Sie weiß nicht genau, was er meint. Im Kleiderschrank hängen so viele Outfits zur Auswahl, und gewöhnlich sucht er wortlos das Richtige aus. Weil sie nicht weiß, was er meint, und ihn lieber nicht verärgern will, tut sie gar nichts.

Patrick erhebt sich. «Ich sagte: ‹Zieh dich an›», wiederholt er, tritt neben sie, und klatscht ihr mit der Hand auf den Hintern, als sei sie ein Rennpferd, an dem er beteiligt ist. «Los, zieh dich an.»

Der Spiegel wackelt, als die Tür hinter ihm zuknallt. Die kalte Nachtluft erzeugt Tautropfen auf ihrer Wange. Ihre Haut ist feucht, erfolglos versucht sie, sich im Dämmerlicht abzutrocknen. Sie wird nur immer klebriger, je länger sie mit dem Handtuch an sich herumtupft. Es ist schwer, sich auf etwas so Profanes wie das Ankleiden zu konzentrieren, während sie weiß, er steht direkt vor der Tür und wird in ein paar Sekunden wieder hereinkommen, und dann wird das Warten ein Ende haben. Auf diese Nacht hat sie ihr Leben lang gewartet. Sie liebt ihn schon so lange. In fünfzehn Minuten wird sie achtzehn, und dann werden sie sich endlich richtig lieben. Kimmy kann es kaum erwarten.

Sie mussten die ganze Zeit vorsichtig sein. Mit achtunddreißig kennt er die blöden Vorschriften, die bedeuten, dass er sie nie so gründlich lieben durfte, wie sie es sich beide wünschten. Er hat sich immer mit gegenseitigen Liebkosungen begnügen müssen. Nie hat er ihren Lustschreien nachgegeben, sie nie richtig genommen und auch nie jemand anderen die eine Sache tun lassen. Ganze sechs Monate lang hat sie es schon gewollt, aber er hat sich nicht darauf eingelassen. Er ist ein anständiger Mann, und manchmal hat sie ihn dafür gehasst.

Sie will endlich wissen, wie es ist, wenn ein Mann sie ganz ausfüllt. Ob es sich genauso anfühlt wie ein Tampon, den man sich hineinschiebt. Manchmal, wenn sie ihre Periode hatte, hat sie es ausprobiert und versucht, sich das Gefühl vorzustellen. Aber sicher scheuerte es nicht so wie die grobe Baumwolle. Wahrscheinlich braucht man nicht viel Aufhebens darum zu machen. Einmal hat sie ihn (mit roten Ohren) gefragt, ob sie nicht eins von diesen Batterie-Dingern ausprobieren könne, die sie in dem Film benutzten, den sie sich gerade anschauten, aber er gab ihr eine schallende Ohrfeige und sagte nein.

«Virgo intacto, Fräuleinchen, das bist du, und das bleibst du auch, bis du alt genug bist.»

Sie fand das albern, weil viele aus ihrer Klasse es schon gemacht haben. Letzten Sommer auf Tahiti, bei ihrem Schüleraustausch, hatte es ihre beste Freundin Sam mit dem halben Militär getrieben, und sie waren beinahe im gleichen Alter. Aber sie war nicht so dumm gewesen, ihm zu widersprechen. Er mochte keinen Streit.

Mit einem Zipfel des weißen Handtuchs säubert sie ihren Schenkel, der von ihren Säften feucht und klebrig ist. Da wo Patrick war, ist es eher wie Sahne. Er schmeckt nach Meer, und sie schwelgt mit der Zungenspitze in seinem Aroma. Es ist der Geschmack von Sommerferien und Abenteuer, von erster und ewiger Liebe. Er ist ihr Liebster, ihr Gönner, ihr Lehrmeister, ihr Angebeteter. Kimberley Crystal Jones liebt ihn mit Haut und Haaren, denn er ist es wert. Patrick ist der würdigste aller Männer.

Sanft berührt sie ihre Nippel und stöhnt. Erst wenige Minuten zuvor war dort Patricks verwegener Mund gewesen. Sein Schnurrbart hat ihre Haut wund gescheuert. Kimmy mag es, so nach Hause zu gehen und heimlich die roten Male zu spüren, die er auf ihrem Körper hinterlassen hat, während sie ihre Eltern unschuldig anlächelt. Sie liebt die Härchen, die sie manchmal hinterher auf ihrem Körper findet, die geringelten Wahrzeichen seiner reifen Männlichkeit.

Seine feuchten Spuren prangen wie dicke Perlen auf ihrer Haut, klebrig wie das Sekret, das sie jeden Monat absondert. Sie führt einen Finger an den Mund und trinkt mit einem sehnsüchtigen Seufzer von seinem Nektar.

Die Tür geht sperrangelweit auf. «Ich sagte: ‹Zieh dich an›!»

Kimmy läuft ein wohliger Schauer den Rücken herunter, als die Tür hinter ihm zuknallt, seine wiedergewonnene Aufmerksamkeit ist wie eine Liebkosung. Schnell sucht sie nach einem seidenen Nichts, das ihre langen Beine und zierlichen Schenkel glänzen lässt. Sonst liegt nichts Bemerkenswertes herum.

Im Spiegel sieht sie aus wie ein Waisenkind. Die schmächtige Figur, die dunklen Augen, passend zu ihrem Haar, und ein Körperbau, der einen ordentlichen Happen vertragen könnte. Kimmy findet sich aufregend schlank in ihren schwarzen Strümpfen und Strapsen. Darüber, dass ihre Rippen hervorstehen und die Schlüsselbeine einen scharfen Akzent unter das ausgeprägte V unterhalb ihrer Kehle setzen, sieht sie einfach hinweg. Ihre Hand ruht leicht auf ihrem Hüftknochen wie auf einem Fenstersims. Der säuberlich zurechtgestutzte Streifen spärlichen Schamhaars lockt sich kindlich um ihren Venushügel und reicht nicht bis zu den Schenkeln.

Patricks Gesicht erscheint in der Türöffnung. «Endlich fertig?»

Sie schaut ihn im Spiegel an wie ein Hündchen, das darauf wartet, ausgeführt zu werden. «Ich weiß nicht – gut so?»

Sie ist feucht vor Verlangen. Er tritt näher an sie heran, zieht sie von hinten fest an sich, und seine Hand kriecht um sie herum, aufreizend nah an ihrem Geschlecht. Bebend legt sie den Kopf in den Nacken und presst sich rückwärts an ihn.

«Oh Gott, Kimberley», keucht er, und sein Atem macht ihre Schulter feucht und heiß. «Du kleines Luder!»

Etwas ungeheuer Hartes presst sich zwischen ihre Hinterbacken, und Kimmy gräbt sich in ihn hinein. Sie weiß, sie sollte es nicht tun, weiß, dass es liederlich ist, aber sie hält es kaum noch aus, bis zum Glockenschlag zu warten. Jetzt stöhnt Patrick, der sich gegen ihren heißen Rücken presst. Sein Finger sucht ihre Arschspalte wie so viele Male zuvor, und ihr Schenkel spürt die Länge seines Schwanzes, der noch immer in seine Hose verbannt ist. Sie ist ein braves Mädchen, das wissen sie beide, jedenfalls noch dreizehn Minuten lang.

Nun gleitet sein Finger zwischen ihre Pobacken und legt die Öffnung in ihrem Schoß frei. Er beugt sich zu ihr hinab, und schon ist seine Zunge in ihr und leckt sie inbrünstig wie eine Katze. Alles in ihr schreit auf vor Verlangen; doch das ist etwas für morgen, nicht für heute. Patrick ist gefährlich nahe daran, sein dummes Gesetz zu brechen, Kimmy weiß das; er kann sich unglaublich gut beherrschen. Sie windet sich ihm entgegen und betet, dass bald Mitternacht sein möge. Nun ist es fast ein Jahr, und sie will ihn in sich spüren, auf jede Art, wie er sie will.

Oberhalb des Strumpfrandes lassen ihre Schenkel eine Lücke frei, reichlich Platz, um die gekrümmte Hand dazwischenzuschieben. Er windet sich um ihre Hüfte, streicht leicht über ihren Bauch und meidet, wie immer, ihre Klitoris. «Ich kann dich da nicht berühren», sagt er standhaft, «das ist dein Job. Ich will nicht, das irgendwer solche Sachen über mich erzählt. Du machst das. Ich schaue nur zu.»

Und zugeschaut hat er ihr schon oft. Sie hat für ihn getanzt, gestrippt und sich die spärlich sprießenden Härchen rasiert, die seine Aussicht beeinträchtigten. Er hat ihr im Spiegel zugesehen, wie ihre Lippen einen perfekten Ring um seinen Schwanz formten, wie sie selbst Hand an sich legte, wie sie gequält aufschrie und ihn anflehte, sie zu berühren. Patrick ist der geborene Zuschauer.

Kimmy weiß, wie schwer ihm das fällt. Jeden Donnerstagabend leidet er Höllenqualen, wenn sie angeblich für ihn babysittet. Es ist ein Spaß, den sie miteinander teilen – er bezahlt sie sogar. Jeden Freitag kann sie wieder zwanzig Dollar für die vier Stunden vorzeigen, die sie mit ihm verbringt. Er zieht sie deswegen manchmal auf, nennt sie seine kleine Hure. Kimmy macht das nichts aus. Sie weiß ja, dass er sie nur neckt. Das wirklich Komische daran ist, dass seine Kinder nie vor Freitag bei ihm auftauchen und sie sie noch nie gesehen hat. Er ist so clever.

Patricks Uhr piept jetzt die Geisterstunde, aber sie geht wie immer zehn Minuten vor, und Kimmy bekommt eine Gänsehaut. Sie darf heute ausnahmsweise bis ein Uhr wegbleiben. «Wie schrecklich, dass du am Vorabend deines achtzehnten Geburtstags arbeiten musst, und auch noch länger als sonst», haben ihre Eltern mitleidig festgestellt. Kimmy schmunzelt vor sich hin. Wie schrecklich. Wenn die wüssten.

Ihr Verlangen ist übermächtig geworden. Die aufgestauten Gefühle von siebenhundert Nächten entladen sich in ihrer Vorfreude. Sie kann nicht länger warten. Sie packt Patricks Hand und zieht sie unter sich, wo sie so nass ist wie ein Brunnen. Als seine Hand die Feuchtigkeit spürt, zieht er sie sofort zurück.

«Verdammt nochmal!», schreit er. «Was fällt dir ein? Willst du mich in Schwierigkeiten bringen?» Sein Gesicht läuft vor Wut rot an, und Kimmy schreckt zurück. Sie verschränkt die Arme über den Brüsten und sucht Trost bei den Vorhängen.

«Ich wollte dich nicht ärgern», hebt sie an, aber Patrick ist fuchsteufelswild.

«Ich hab dir gesagt, du sollst dich anziehen!», brüllt er. «Steh nicht so herum, nur in Strümpfen. Du siehst aus wie eine Schlampe – ich muss dich nach Hause bringen!»

Kimmy errötet. «Aber es ist beinahe zwölf», protestiert sie zaghaft. «Gleich Mitternacht.»

«Genau!», schreit er sie an. «Beweg dich! Willst du vielleicht, dass sie uns schnappen? Oder bist du so blöd, dass du nicht weißt, was die Stunde geschlagen hat?»

Sie starrt ihn verständnislos an. «Aber es ist beinahe zwölf», wiederholt sie. «Heute Nacht ist es in Ordnung. Wir können jetzt alles machen, was wir wollen.»

Patrick sieht sie an wie eine Idiotin. «Wenn du nicht innerhalb von fünf Minuten angezogen und hier raus bist, sitzen wir so tief in der Scheiße, dass wir uns nie wieder rausschaufeln können! Willst du dich jetzt vielleicht bewegen?»

Kimmy bekommt eine Gänsehaut. «Ich versteh das nicht», flüstert sie. «Was ist denn los?»

Die Tür ist hinter ihm zugefallen, und der mannshohe Spiegel wackelt erneut. Sie dreht sich um und sieht ihr Spiegelbild, ein gestreiftes Handgelenk an der Kehle, das andere wiegt ihre rechte Brust wie einen Säugling. Das

Uhrenradio geht wie immer um fünf vor zwölf an. Kimmy ist wie versteinert. Ihre Kleider liegen achtlos auf dem Fußboden, und draußen hinter der Tür stampfen Patricks Schritte wütend auf und ab. Die Tür geht auf.

«Kimberley», sagt er mit einer so ruhigen Stimme, dass sie Ärger auf sich zukommen sieht, «wir müssen damit aufhören.»

Als die Kirchenglocken anfangen zu läuten, ist sie froh, denn ihr Klang erstickt die Worte, die sie nicht hören will.

«... Fehler gemacht ... nicht tun dürfen ... konnte nicht anders ... zu verlockend ... aufhören ...»

Ihre Stimme zerreißt die Stille. «Nein!»

Aber das Wort verhallt im leeren Raum. Kimmy sammelt ihre Kleider ein und hüllt sich in Weiblichkeit. Sie ist achtzehn und noch Jungfrau, mehr oder weniger. Eher weniger, würden manche sagen.

Sie schluchzt auf dem ganzen Weg nach Hause, aber er beachtet sie gar nicht. Sie bettelt um Antworten, und er sagt kein Wort, will sie nur noch loswerden. Ihr Herz zerbricht in tausend kleine Splitter wie bei dem Kind im Märchen von der Schneekönigin; sie sind hart und spitz, so wie Patricks Worte. Als er sie absetzt und ihr einen keuschen Gutenachtkuss gibt, kitzelt sein Schnurrbart an ihrer Wange.

Zu ihrem Geburtstag, den er vergessen hat, hat ihr Geliebter ihr eine Perlenschnur um den Hals gelegt. Jetzt sind die Perlen kalt, klebrig und rau wie das Meer. Sie bewegen sich unter ihrem Kleid, als sie die Haustür aufschließt, und als sie ihr stilles Zuhause betritt und die Treppe hinaufgeht in ihr altes Kinderzimmer, das nicht mehr zu ihrer neuen Weiblichkeit passt, spürt sie, wie das, was von ihnen übrig ist, verkrustet und zerfällt.

Würde er jetzt beim Wegfahren genau hinhören, denkt sie bei sich, so könnte er hören, wie sie die Badezimmertür aufmacht und sich im Spiegel lange anschaut. Kimmy weiß genau, dass Patricks Gedanken schon ganz woanders sind. Zum Beispiel bei dem neuen Babysitter, den er offensichtlich bereits angelernt hat. Kimmy ist sich dessen jetzt ziemlich sicher, und sie glaubt auch zu wissen, wer es ist. Sie hat ihn in der Schule mit ihr reden sehen, eine pummelige kleine Blondine, eine kecke Sechzehnjährige.

Die Wände in Kimmys Badezimmer sind erst grell weiß und dann stockdunkel. Sie sieht Patricks Gesicht auf sich zukommen. In ihrer Erinnerung leuchten seine Augen vor Begeisterung, er beugt sich bei ihrem Fotokurs über das Katheder und zeigt, was er am allerliebsten tut.

Nichts macht Patrick so viel Spaß wie eine gelehrige Schülerin.

Seine Schülerin

Allmählich wusste er kaum noch, wie er die Donnerstage überstehen sollte. Es war der einzige Tag in der Woche, an dem es eigentlich keinen Grund gab, sie zu sehen, aber irgendwie machte sie ihn immer ausfindig. Patrick hatte langsam das Gefühl, dieser alte *Police*-Song sei eigens für ihn geschrieben.

Kimberley war nicht das erste Schulmädchen, das sich in ihn verknallt hatte. In seinen sechzehn Berufsjahren hatte es viele gegeben. Nachdem ihm seine giftige Ehefrau den Laufpass gegeben hatte, war ungefähr fünf Jahre lang Ruhe eingekehrt, er hatte sich einen ordentlichen Haarschnitt zugelegt und war sogar ins Fitnessstudio gegangen.

Er konnte immer noch nicht an Clare denken, ohne dass es wehtat. Er knirschte jedes Mal mit den Zähnen, wenn er sich vorstellte, wie sie sich mit ihrem Neuen, der inzwischen ihr Verlobter war, ins Bett legte. Scheiß Andrew Richardson. Auszeichnung für besondere Leistungen 1991, dicht an der Reichenliste, protziges Haus mit Garage, die groß genug für all seine Autos war. Mit einem davon fuhr er nun jeden Tag die Mädchen zur Schule, und es wirkte ziemlich deplatziert, wenn er damit draußen vor Patricks schäbiger kleiner Wohnung vorfuhr. Patrick biss sich die Lippen blutig, wenn er an Paige und Chelsea dachte. Sie waren jetzt zehn und sieben und fehlten ihm wie die Luft zum Atmen.

Die High School, an der er unterrichtete, würde nicht gut genug sein, wenn sie so weit wären. Sie würden sie auf ein teures Mädchen-College schicken, wo man ihnen beibringen würde, in die Zukunft und nicht in die Vergangenheit zu schauen. Und das würde dann das Ende vom lieben alten Daddy sein. Also genoss er die beiden Abende in der Woche, an denen sie ihm allein gehörten. Früher hatte er sie drei oder viermal die Woche gehabt, aber nur so lange, bis Clare sich der besseren Gesellschaft verschrieben hatte. Da hatten sie auf einmal keine Zeit mehr gehabt, Daddy so oft zu besuchen.

Seine Einsamkeit hatte bei allem, was schief gelaufen war, eine große Rolle gespielt, das wusste er genau. Weil er die beiden vermisste, ihre unschuldigen Berührungen und ihr silberhelles Gelächter, wenn sie als Feen oder Barbies verkleidet im Haus herumstolzierten oder sich dick mit Make-up voll schmierten, was er nach außen hin missbilligte, aber insgeheim ganz reizend fand. Er trauerte den Wintertagen nach, als sie noch fest geschlossene Knospen gewesen waren. Noch waren sie zarte Blüten, aber er wusste nur zu genau, dass sie bald reife Früchte sein und für immer fortgehen würden. Und darum musste der Blödsinn mit Kimberley aufhören.

Er verfluchte sich selbst im Spiegel, als er sich auf ihre Ankunft um fünfundzwanzig Minuten vor acht vorbereitete. Sie war immer auf die Minute pünktlich. Er verabscheute diese Angewohnheit. Um die Wahrheit zu sagen, er hatte den leisen Verdacht, dass er allmählich Kimberley selbst verabscheute. Nach und nach war er in diese Sache hineingerutscht, ohne den Abgrund zu sehen, und sie hatte ihn die ganze Zeit dabei angefeuert. Hätte Patrick einen Tag in seinem Leben auslöschen können, so wäre es jener Tag gewesen, als er ihr angeboten hatte, jeden Donnerstag eine Stunde lang bei ihm zu babysitten.

Die Mädchen würden schon im Bett liegen und schlafen oder kurz davor sein, und der Kunstunterricht, den er am Polytechnikum gab, würde ihm wenigstens die Flasche billigen Supermarkt-Chardonnays sichern. Gut ein Dutzend Mädchen hatten sich auf den Aushang, den er in der Schule angepinnt hatte, gemeldet. Drei oder vier von ihnen hätte er nehmen können, jede wäre in Ordnung gewesen, aber irgendetwas an Kimberley hatte ihn gepackt. Doch mit der Wahl dieser Schülerin hatte er sich Judas zum Jünger erkoren.

Sie war pummelig und naiv gewesen, fast schon langweilig. Deshalb und wegen der in ihrer abgewetzten Zeugnismappe aufgeführten Tugenden hatte er sie ausgesucht. Er hatte sich ihre Zeugnisse durchgelesen, in denen man ihr Fähigkeiten in erster Hilfe, Hauswirtschaft und der Bedienung eines Faxgerätes bescheinigte – als wenn das irgendwie wichtig wäre, hatte er in dem Moment gedacht. Sie war offensichtlich geeignet, mehr noch, denn Vergnügungssucht erschien bei ihr eher unwahrscheinlich. Wenn du einen Babysitter suchst, hatte er von Clare gelernt, dann nimm eine häßliche, sonst wirst du irgendwann feststellen, dass sie häufiger ausgehen als du.

Und sie war so dankbar gewesen, als er sie angerufen hatte, um ihr zu sagen, dass sie den rührenden kleinen Job haben konnte. «Wirklich? Oh, wow! Ach, das ist ja fabelhaft! Oh, danke, danke!»

Ein wehmütiges Lächeln war über sein Gesicht gehuscht, als er aufgelegt hatte, und die Erinnerung daran, wie viel einem solche kleinen Dinge bedeuten, wenn man so jung ist, hatte ihm einen Stich versetzt. Zuerst war es nur diese Überschwänglichkeit gewesen, die ihm an Kimberley aufgefallen war. Dass es nicht dabei blieb, daran war Clare schuld.

Sechs Monate nach der Trennung hatte sich das Ganze eingespielt. Die Mädchen waren müde, wenn Kimberley Punkt fünfundzwanzig Minuten vor acht vor der Tür stand. Er wechselte noch ein paar Worte mit ihr über ihre Hausaufgaben und ging dann los. Um neun Uhr fünfundvierzig war er wieder da, und sie ging nach Hause, erdrückt von ihrem riesigen Rucksack und ihrer Oma-Brille.

Und dann kam, spät an einem Donnerstagnachmittag, dieser Anruf von Clare, der alles änderte. «Die Mädchen kommen heute Abend nicht», sagte sie ohne Einleitung. «Andrew nimmt uns mit in die Oper.»

«Wer, zum Teufel, ist Andrew?», hatte er gefragt und dabei trübsinnig auf den Topf Kürbissuppe gestarrt, den er extra für Paige vorbereitet hatte; der Duft des frischen Brotes, das er für Chelsea gebacken hatte, breitete sich gerade in seiner schmutzigen kleinen Küche aus.

Immerhin tat sie anstandshalber so, als wäre es ihr peinlich. «Er ist mein – wir sind – er ist …»

Patrick hatte sie abgewürgt, bevor sie ihn vollständig lächerlich machen konnte. «Und da konntest du mir nicht eher Bescheid sagen? Du hättest wenigstens fragen können, ob ich irgendwas mit ihnen vorhabe!»

Nun hatte Clare ebenfalls die Stimme erhoben. «Es hat sich gerade erst ergeben, Patrick. Es war nicht meine Idee.

Aber sie waren noch nie in der Oper, und ich denke, wenn man die Chance hat, zu einer Premiere zu gehen, dann sollte man es auch tun. Sie können eine Menge dabei lernen.»

Er hatte es irgendwie geschafft, mit einer Hand den Korken aus einer Flasche ziemlich guten Sauvignon Blancs herauszuziehen, die er sich für einen trüben Tag aufgehoben hatte. Während Clares Worte aus dem Telefon sickerten, suchte er das am wenigsten angeschlagene Weinglas aus dem Geschirrschrank und füllte es bis zum Rand. Als Kimberley genau um fünfundzwanzig Minuten vor acht auftauchte, war die Flasche leer, eine zweite ebenfalls, und Patricks Kopf auch.

«Au, verdammt», begrüßte er sie schwankend im Türrahmen. «Verdammt. Ich wusste doch, dass ich noch irgendwas tun wollte.»

Kimberley starrte ihn verwundert an. «Ist alles in Ordnung?»

Er taumelte rückwärts. «Mir geht's bestens. Ganz ausgezeichnet. Sieht man das nicht?»

Sie stand zögernd im Türrahmen. «Gehen Sie denn zur Arbeit?»

Er schüttelte den Kopf und merkte im selben Augenblick, dass er einen großen Fehler machte. Hinter seinen Augenlidern wirbelten Sternchen. «Heute nicht, Josephine», murmelte er. «Ich wollte gerade im Polytechnikum anrufen und Bescheid sagen. Nur dich hab ich glatt vergessen.»

Kimberley kam ängstlich herein und schloss die Tür hinter sich. «Schlafen die Mädchen schon?»

Er musste aufstoßen. «Woher, zum Teufel, soll ich das wissen?»

Sie hatte sich damals flinker bewegt, als er es ihr zugetraut hatte. Sein Blick konnte nicht mit ihr Schritt halten, als sie ins Zimmer der Mädchen rannte. Das Licht ging an und dann wieder aus. Bleich und mit großen Augen kam sie zurück.

«Sir? Wo sind Chelsea und Paige?»

Es war ihm noch nie aufgefallen, was für große Augen sie hatte. Irgendetwas an ihr war anders, aber er konnte nicht sagen, was es war.

«Hast du einen neuen Haarschnitt?»

Kimberleys Hand griff unwillkürlich zum Kopf. «Nein.» Sie errötete ein wenig. «Aber ich habe mir Kontaktlinsen gekauft. Vielleicht ist es das.»

Patrick versuchte krampfhaft, sich auf ihr Gesicht zu konzentrieren, fand es aber zu viel verlangt. «Ach so. Steht dir gut. Macht dich – irgendwie älter.»

Kimberley reckte das Kinn, und ihre Schultern strafften sich. «Ich hatte dafür gespart», sagte sie leise. «Für die Kontaktlinsen. Sie haben sie mir einen Tag früher gegeben. Mir fehlen noch zehn Dollar, aber ich habe gesagt, ich würde das Geld morgen vorbeibringen.» Sie biss sich auf die Unterlippe. «Aber ich glaube, sie werden auch noch eine Woche länger warten.»

Patricks Magen ballte sich zu einem dicken Klumpen zusammen. Schweißperlen standen ihm im Gesicht, und er wankte stöhnend ins Badezimmer.

«Alles in Ordnung, Sir?», rief Kimberley hinter ihm her, aber das Geräusch, als er sich in die Schüssel übergab, übertönte sie völlig. Und dann war er im Schlafzimmer, und es war dunkel. Die Stimme seiner Mutter, oder war es vielleicht die seiner Ex-Frau, war leise und melodisch. Ein warmer Waschlappen fuhr über sein Gesicht, und jemand hob seine Füße nacheinander an, um ihm die Schuhe auszuziehen. Als etwas an seinen Socken zerrte, dachte er unwillkürlich an Siesta, seinen längst verstorbenen goldfarbenen Labrador. Er erinnerte sich daran, wie die Zunge seiner besten Freundin sich angefühlt hatte, wenn sie sein Gesicht nach einer wilden Frisbee-Runde im Park abschlabberte. Er flüsterte ihren Namen.

«Was haben Sie gesagt?», fragte die Stimme.

«Ich vermisse mein Mädchen», antwortete Patrick, und heiße, rührselige Tränen brachen sich Bahn. «Sie fehlt mir so.»

«Oh», summte der barmherzige Engel. «Natürlich tun Sie das. Natürlich.»

Flinke Hände öffneten seinen Gürtel und den Reißverschluss. Er hob die Hüften an, um ihr zu helfen, die Jeans abzustreifen. Sie schrammten seine Beine hinab und ließen ihn kalt und nackt zurück. Er hörte, wie die Stimme etwas sagte, verstand den Sinn aber nicht. Sein Pullover hing unter dem Kinn fest und strangulierte ihn beinahe. Er würgte und kämpfte damit, bis er sich befreit hatte. So musste sich Siesta gefühlt haben, wenn er an der Leine zerrte, damit sie bei Fuß ging, dachte er leicht benebelt. So fühlt sich das also an. Und trotzdem hat sie mich geliebt.

«Sie hat mich geliebt», sagte er laut. «Wirklich.» Eine Hand zerrte an seiner Bettdecke und versuchte, sie unter ihm wegzuziehen. «Sie hat mich geliebt», sagte er noch einmal und brach wieder in Tränen aus. «Und ich sie auch.»

Die Hand glitt unter seinen Rücken und versuchte, das Bettzeug unter ihm wegzuziehen, um ihn damit zuzudecken. Patrick mochte es, wenn er Clares Fingernägel durch sein T-Shirt hindurch spürte. Sein Schwanz regte sich instinktiv, und er rückte zur Seite, um ihr Platz zu machen. Die Hand unter seinem Arsch war klein und zart. Er stöhnte, als er den Oberschenkel anhob.

«Ist irgendwas? Kann ich helfen?», fragte Clare. Ihr Haar streifte seinen Unterarm, und er streckte den Arm aus und berührte ihr Gesicht. Weiche Haut, zart und glatt. Seine Hand suchte ihr Haar und griff hinein. «Hilf mir», sagte er heiser und führte ihren Mund an die Stelle, wo er ihn jetzt am meisten brauchte.

Am nächsten Morgen weckte ihn das Telefon. Es sei neun Uhr und ob er heute noch kommen würde? Falls nicht, wäre es in Ordnung, aber er hätte wenigstens anrufen können, dann hätten sie sich um einen Ersatzlehrer gekümmert …

«Tut mir Leid», würgte er hervor. «Ich habe mich die ganze Nacht übergeben – dieser Magen-Virus, der gerade grassiert. Ich komme heute nicht mehr.» Um elf überlegte er gerade, ob er aus dem Bett steigen sollte oder nicht, als ihm die Türklingel die Entscheidung abnahm.

Kimberley hatte eine Supermarkttüte voller Lebensmittel im Arm. «Geht's dir wieder gut, Patrick?»

Er kratzte sich am Kopf und zog seinen grell gestreiften Morgenrock über der Brust enger zusammen. «Du solltest eigentlich in der Schule sein.»

Sie lächelte ihn auf eine Art an, die er nie zuvor bei einem Schulmädchen gesehen hatte. «Ça ne fait rien», hauchte sie. «Personne ne me manquera. Es ist nur Französisch, und darin bin ich Spitze.»

«Aber natürlich macht es was. Selbstverständlich wird

dich irgendwer vermissen. Es passt nicht zu dir, die Schule zu schwänzen», sagte er, leise, um das Hämmern in seinem Kopf nicht noch zu verstärken.

Kimberley huschte an ihm vorbei. «Du gehst wieder ins Bett», sagte sie und packte die Lebensmittel aus wie eine geübte Hausfrau. «Ich hab alles, was der Doktor verordnet hat.»

Er war zu krank, um zu protestieren, und zu schwach, sich zu fragen, woher sie das wusste oder warum sie sich überhaupt um ihn kümmerte. Sein Bett war warm und zerwühlt, und er ließ sich dankbar wieder hineinfallen und hörte leidenschaftslos zu, wie sie in der Küche vor sich hin summte.

Als er das nächste Mal die Augen aufmachte, standen ein Teller mit Toast und ein Becher mit dampfendem Kaffee vor ihm. Patrick setzte sich verschlafen auf. Er war jetzt nicht mehr so benebelt wie zuvor. Der Kaffee duftete herrlich und schmeckte noch besser. Der Toast war trocken und knusprig, und er verschlang gierig beide Scheiben und ließ ein Aspirin folgen. Jetzt fühlte er sich schon viel besser, und er stopfte sich das zweite Kissen ins Kreuz, verschränkte die Arme hinter dem Kopf und lehnte sich bequem zurück. Das Zimmer war schummrig am frühen Nachmittag, aber der Verkehrslärm draußen kündete davon, dass sich die Erde immer noch um die Sonne drehte. Er hörte im Badezimmer das Wasser laufen und lächelte. Es war ihm ein Rätsel, wie Kimberley dauernd wissen konnte, was er brauchte, aber er würde ihr dafür ewig dankbar sein. Er musste dafür sorgen, dass sie keine Schwierigkeiten bekam, weil sie die Schule geschwänzt hatte – das wäre nur fair, sagte er sich. Die Tür öffnete sich einen Spalt breit, und sie lugte herein.

«Du bist also wach», sagte sie sanft. «Das ist gut.»

Patrick räusperte sich, um ihr zu danken, doch als sich die Tür weiter öffnete, blieben ihm die Worte im Halse stecken. Sie trug Unterwäsche, die sie einer Nutte gestohlen haben musste. Schwarzer Spitzen-BH, hoch ausgeschnittener G-String, Strapsgürtel, Netzstrümpfe über Stilettos, die spitz genug waren, um jemandem damit ein Auge auszustechen. Kimberley kam ein bisschen schüchtern näher, die Hände über dem prallen kleinen Bäuchlein verschränkt. Kleine Büschel Schamhaar, heller als der dunkelbraune Haarschopf, mit dem sie als Kopfputz geschlagen war, störten irgendwie den Gesamteindruck. Noch zwei Meter lagen zwischen ihnen, und sie waren beide puterrot.

«Was machst du denn da?», krächzte er schließlich.

Kimberley holte tief Luft. «Ich werde genau das machen, was ich heute Nacht auch gemacht habe», sagte sie mit fester Stimme. «Nur werde ich es heute noch besser machen. Du musst mir zeigen, wie.»

Und das tat sie dann auch die folgenden Monate. Seine Proteste entkräftete sie mit der Drohung, alles zu verraten, das konnte er beim Grab seiner Mutter beschwören. Innerhalb weniger Wochen verlor sie ihren Babyspeck, bekam glänzende Augen und erregte die Aufmerksamkeit jedes pubertierenden Knaben, der lüstern auf den Schulfluren herumlungerte. Patrick war verloren. Seine Arbeit litt, und er schnauzte die Mädchen so grob an, dass der eine abgesagte Donnerstagabend zwei Monate später zu einer Dauereinrichtung wurde.

«Du behandelst sie wie ein Arschloch», schrie Clare ihn eines denkwürdigen Montags durchs Telefon an. «Du verdienst es nicht, sie jemals wieder zu sehen!»

Damals hatte er zum ersten Mal versucht, mit Kimberley Schluss zu machen, doch ihr Rosenknospenmund brachte ihn wieder ins Wanken. Wenn er hinabschaute und sie glitt über ihn, dann war er verloren. Doch sogar in den Tiefen seiner irrwitzigen Einsamkeit übertrat er nie die Grenze, die er sich hastig gesetzt hatte. Er berührte sie nie an verbotenen Stellen, sosehr sie ihn auch darum bat, und abgesehen von ihrem zielsicheren Mund und ihren vorwitzigen Händen hielt er seinen Schwanz stets zurück. Er versuchte immer, die Hände hinter dem Rücken zu behalten, aber es gab Augenblicke, in denen die Versuchung so unwiderstehlich war, dass sein Finger irgendwie in ihren Arsch schlüpfte, während sich sein Schwanz verzweifelt an ihrem Rücken rieb. Er hasste sich, hasste sie, hasste das, was er tat, aber er konnte einfach nicht aufhören. Schließlich sorgte Kimberley selbst dafür.

An einem Donnerstagabend trieb sie es zu weit. Sie hatte weit gespreizt und glänzend unter ihm gelegen und aufgeschrien, als sie kam. Ihre Hand hatte seinen Schwanz umschlossen, die andere seine Eier umfangen, und er hatte gewaltig ejakuliert und dick und weiß über ihre Brüste gespritzt. Ausnahmsweise hatte er dabei keinen Laut von sich gegeben, und so hörte er sie flüstern: «Ich liebe dich, Patrick.» Erschrocken hatte er das zarte Wesen angestarrt, das da zitternd auf dem Bett lag, und dabei den Teufel lachen gehört. Großer Gott, hatte er gedacht, was habe ich getan? Kimberley erhob sich mit ihm zusammen, stand da und betrachtete ihn im Spiegel. Patrick schaute weg, und sein Magen revoltierte.

«Zieh dich an», sagte er verzweifelt und flüchtete ins Badezimmer.

Er schluchzte, als er unter der Dusche stand und vergeblich versuchte, seine Schuld fortzuspülen. Ihr Duft war in seine Haut eingedrungen, und der Hauch von Impulse, der mit dem heißen Wasser aufstieg, machte ihn ganz krank. Sie hatte sich keinen Zentimeter gerührt, als er zurückkehrte. Er sah, wie sie sich im Spiegel befingerte, und es versetzte ihm einen erneuten Schlag. «Ich hab gesagt: ‹Zieh dich an›», schrie er wütend, voller Ekel vor sich selbst und angewidert von ihnen beiden.

Er warf die Tür hinter sich zu und zog sich in der Diele an. Er hatte sich vor dem Fernseher ausgezogen, sie hatte ihn ausgesaugt, während er einen Porno anschaute, den ein Freund ihm zu seinem letzten Geburtstag geschickt hatte. Ein Mann von achtunddreißig Jahren, dachte er fassungslos, schaut sich mit einem Teenager Pornofilme an. Er schickte ein Stoßgebet zum Himmel, es möge ihn der Schlag treffen. Aber Gott war anderweitig beschäftigt. Das Schlafzimmer winkte.

«Fertig?», fragte er, und versuchte, den riesigen dunklen Augen auszuweichen, die ihn voller Verlangen aus dem Spiegel ansahen.

«Ich weiß nicht – gut so?»

Es war einfach zu viel für ihn. Der wohlgeformte Hintern, die runden Schultern – nur noch einmal, Kimberley, ein letztes Mal. Er zog sie zu sich heran, presste sein Geschlecht heftig gegen die Arschbacken, die er so gern mit seinem Schwanz geteilt hätte, und seine Hand wanderte über die langen harten Nippel, die sich so perfekt in die Krümmung seiner Zunge schmiegten, als wären sie eigens für ihn geschaffen. Zum letzten Mal, Kimberley, zum ersten Mal, und seine Hand glitt weiter hinab zu ihren zitternd gespreizten Beinen. Sie ließ ihren Kopf rückwärts gegen seine Schulter fallen und murmelte etwas, das er nicht ganz verstand.

«Gott, bist du sexy», sagte er traurig. Und dann noch trauriger: «Du kleines Luder.» Er hoffte, sie damit abzustoßen, ihren Hass heraufzubeschwören, aber seine Worte schienen genau das Gegenteil zu bewirken. Sie krümmte sich ihm entgegen, und er stand wieder auf verlorenem Posten.

Ihr Arsch war feucht, und sein Finger umkreiste behutsam die Öffnung, streichelte sie fest, bevor er sie auf die einzig mögliche Art nahm. Sie stieß einen kleinen Laut aus, bog sich von ihm weg und hielt ihm ihr perfektes kleines Hinterteil entgegen. Patricks Finger ging mit, und er folgte ihm mit dem Gesicht, schmeckte zum letzten Mal ihre Frische und wusste, dass es aufhören musste. Sie war nussig und feucht, wie ein Samen eines uralten Baumes. Seine Zunge wanderte über Furchen und Erhebungen wie über vergrößerte Fingerabdrücke, und er stieß in sie, so hart er konnte, wollte sie gleichzeitig lieben und hassen, alles gleichzeitig. Sie war durchnässt, er konnte sie riechen, und er war nur Sekunden davon entfernt, sich noch weiter vorzubeugen und sich zu vergessen, als Kimberley seine Seele rettete.

Er war verblüfft, als sie die Initiative ergriff, etwas, das sie vorher nie getan hatte. Sie packte seine Hand und zog sie auf recht undamenhafte Weise zwischen ihre Schenkel. Patrick zuckte instinktiv zurück und richtete sich bestürzt kerzengerade auf. Die Wirklichkeit schlug ihm mit voller Wucht ins Gesicht, und er verfluchte sich und seine Schwäche.

«Verdammt nochmal!», schrie er sich im Geiste an. «Was fällt dir ein?» Er kochte innerlich, schüttelte den Kopf über seine eigene Torheit, und die Scham übermannte ihn. Er wusste, es war nicht Kimberleys Schuld, sie wusste es nicht besser, wusste nicht, wohin das führen musste, und so fragte er sanft: «Willst du mich etwa in Schwierigkeiten bringen?»

Im Nu war die Frau vor ihm nichts weiter als ein Kind, das sich verkleidet hat, und Patrick hätte sterben mögen. Kimberley verschränkte die Arme über den Brüsten und wich zurück zum Fenster, weg von ihrem Peiniger.

«Ich wollte dich nicht ärgern», sagte sie kleinlaut mit hoher Piepsstimme, die ihm sagte, dass sie tief verletzt war.

Zum ersten Mal hatte er Angst. Die Hölle kennt keine Furien wie ein verschmähtes Weib, so viel wusste er. Clare hatte das mit all den Märchen, die sie seit der Scheidung über ihn erzählt hatte, unter Beweis gestellt, und damit, wie sie eine Ausrede nach der anderen erfunden hatte, um ihm die Mädchen abspenstig zu machen. Es war sechs Monate her, seit sie das letzte Mal bei ihm gewesen waren, und er hatte sie nur jeden zweiten Samstag in Begleitung ihrer frostigen Großeltern gesehen. Wenn Kimberley auspackte, das wusste er genau, dann würde er die beiden nie wieder sehen.

Er musste auf der Hut sein. «Ich hab gesagt, du sollst dich anziehen», sagte er liebevoll. «Steh nicht so herum, nur in Strümpfen – ich muss dich nach Hause bringen.» Er merkte, dass sie zitterte, und das Letzte, was er wollte, war, dass sie sich eine Erkältung holte.

«Es ist fast zwölf», wandte Kimberley müde ein.

«Genau», sagte Patrick freundlich. «Am besten, du bewegst dich ein bisschen. Es ist spät geworden.»

«Es ist fast zwölf», wiederholte Kimberley. «Jetzt ist alles in Ordnung. Wir können jetzt machen, was wir wollen.»

Patrick fragte sich, ob sie nicht mehr alle Tassen im Schrank hatte. Offensichtlich hatte sie schon seit einiger Zeit etwas im Sinn. Seit er mit ihr intim war, hatte sie enorm abgenommen, so viel, dass er schon vergeblich darüber nachgedacht hatte, ob sie vielleicht magersüchtig war. Er wusste, dass sie zu Hause große Probleme hatte, und es wunderte ihn nicht, dass sie einmal in der Woche ihren nörgelnden Eltern entfliehen wollte. Er verlegte sich auf einen väterlichen Tonfall, um zu sehen, ob sie das in Gang bringen würde.

«Wenn du nicht innerhalb von fünf Minuten angezogen und hier raus bist, sitzen wir so tief in der Scheiße, dass wir uns nie wieder rausschaufeln können. Willst du dich jetzt vielleicht bewegen?»

Er schloss die Tür heftiger als beabsichtigt, hoffte jedoch, dass sie das Signal verstanden hatte. Hinter der Tür ging das Uhrenradio an; normalerweise sprang die pünktliche Kimberley in derselben Sekunde aus dem Bett, in der einer ihrer vielen Lieblingssongs aus den blechernen Lautsprechern schepperte. Patrick goss sich einen Brandy ein, den hatte er jetzt nötig, und ging wartend auf und ab. Als der Cognacschwenker leer war, hatte seine Geduld ein Ende. Er öffnete die Tür in der Hoffnung, dass sie gerade letzte Hand an ihre Kleidung legte. Was er stattdessen sah, ließ ihn für sie beide beten.

Kimberleys Augen waren groß und leer. Laternenlicht

beschien ihren starren Blick, und der Mond beleuchtete einen Körper, so blass, dass er schon fast durchsichtig war. Sie hielt ihm langsam die Arme entgegen wie Lady Macbeth, und zum ersten Mal an diesem Abend sah er die roten Striemen an ihren Handgelenken. Sie verliefen rechtwinklig zum Arm, die Spuren eines Laien, aber es waren trotzdem deutliche Spuren.

Die Kirche am Ende der Straße kündigte das nahende Ende der Nacht an, als Patrick nach den richtigen Worten suchte, um ihr zu erklären, dass er einen schrecklichen Fehler begangen hatte, dass er sie nie hätte lieben dürfen, dass er nicht anders konnte, dass sie einfach zu verlockend sei, dass sie damit aufhören mussten. Er stammelte und verhedderte sich, und schließlich gingen ihm die Worte aus. Noch immer stand sie ganz still da, unbeweglich wie ein Eisberg, und ihre Augen waren wie die einer chinesischen Puppe.

Ihm standen die Tränen in den Augen, und er ging aus dem Zimmer, bevor sie es sehen konnte. Er goss sich noch einen Brandy ein, versuchte zu entscheiden, wohin er sie bringen sollte, was er jetzt tun sollte. Er hatte Angst um sie, Angst um sich selbst, aber er wusste, dass sie aufhören mussten, bevor sie beide alles verloren. Die Flüssigkeit brannte in seiner Kehle, und Kimberleys Stimme brannte in seinen Ohren. «Nein», hörte er sie hinter der Tür wimmern, aber er fühlte sich etwas besser, weil sie wenigstens endlich etwas gesagt hatte.

Auf dem Heimweg war sie still, bis auf die vereinzelten Schniefer, die ihm zeigten, dass sie todunglücklich war. Morgen früh würde sie wieder vor ihm stehen, daran hatte er keinen Zweifel, und ebenso sicher war er, dass es nicht annähernd so einfach sein würde, sie zum Gehen zu überreden, wie es gewesen war, sie dazubehalten. Als sie bei ihr zu Hause angelangt waren, wandte sie sich ihm zu und hielt ihm das Gesicht zum Gutenachtkuss hin. Wie ein Gentleman küsste er sie auf die Wange. Sie hob die Hand an die Stelle und berührte dann sein Gesicht. Sie hatte seinen Schnurrbart immer geliebt.

Er wartete, bis sie im Haus war und die Treppenhausbeleuchtung anging. Er vergewisserte sich gern, dass sie in Sicherheit war, ehe er verschwand. Und wie er es jeden Donnerstag um zehn nach zwölf tat, fuhr er anschließend in die Stadt zu seiner Lieblingsbar, wo immer der Oldie-Sender lief und eine vollbusige Blondine in den Vierzigern namens Donna auf ihn wartete. Sie hatte um eins Feierabend. So lange wartete Patrick gern, aber nicht viel länger. Er konnte es sich nicht leisten, donnerstags zu lange aufzubleiben. Schließlich war es ein Werktag. Und er musste morgen früh aufstehen und sich einen anderen Job in einer anderen Stadt suchen, möglichst weit von Kimberley entfernt. Hier hielt ihn nichts mehr.

VoicE-Mail

Sie hatte sich seit langem angewöhnt, abzuwarten, bis Richard eingeschlafen war, und sich dann an den Computer zu schleichen, um an Patrick zu schreiben. Es war so schwierig geworden, tagsüber dafür Zeit zu finden, und die Dunkelheit hatte etwas Befreiendes an sich, etwas, das sie an ihn erinnerte. Um zwölf, eins oder zwei Uhr früh schickte sie dann ihre kleine Botschaft ab und versuchte, ein bisschen zu schlafen.

Sie hatte noch nie zuvor Schlafstörungen gehabt. Jetzt aber war es ihr fast unmöglich, zur Ruhe zu kommen. Morgens war sie mürrisch, hatte rote Augen, fuhr die Kinder an und konnte Richards Feindseligkeit noch weniger als bisher ertragen. Sie verzehrte sich danach, ins Sportstudio zu gehen und die ganze Anspannung auf dem Laufband und an den Geräten abzubauen. Nur so schaffte sie es, ihren Tagesablauf zu bewältigen. Wenn sie einmal ein Training versäumte, fand sie das Leben kaum noch lebenswert.

Sie versuchte, mit ihrer Schwester darüber zu reden, aber die sanftmütige Deborah brachte weitaus mehr Mitleid auf als Verständnis. Die Sache Patrick gegenüber zur Sprache zu bringen, hatte sich als ebenso unergiebig erwiesen. Er hatte sie nur ausgelacht und ihre Schlaflosigkeit auf das Wetter oder ihre Essgewohnheiten geschoben und sich hartnäckig geweigert, sich einzugestehen, dass er die Ursache war. Stattdessen hatte er ihre neue Verzierung geküsst und etwas Beifälliges vor sich hin gemurmelt.

Das kleine Emoticon war längst zu ihrem persönlichen Markenzeichen geworden. Immer wenn sie ihre E-Mails mit dem zwinkernden Smiley signiert hatte, war darin ebenso viel Bedeutung enthalten gewesen wie in ihren Worten. Kurz vor ihrem Geburtstag hatte sie es sich auf den Hüftknochen tätowieren lassen. Es war nicht schwierig, das winzige rote ;-) vor Richard zu verstecken, aber Patrick hatte es bei seiner nächsten Forschungsreise sofort entdeckt.

«Soso. Eine emanzipierte Frau! Du bist ja richtig modern, Nicola. Hat es sehr wehgetan? Hoffentlich warst du in einem sauberen Laden. Will mir ja schließlich nichts einfangen, Liebling.»

Sam hatte es auch gefallen. Sie hatte beifällig genickt, als Nicky es ihr schüchtern in der Sauna gezeigt hatte. «Mmm – lecker. Steht dir gut.» Dann war sie so behutsam mit dem Finger über die kleine Zeichnung gefahren, dass Nicola später gar nicht mehr sicher war, ob es überhaupt geschehen war. Als sie an diesem Abend zu Bett ging, spukte ihr Sams Liebkosung noch immer im Kopf herum. Sie spürte sie wieder und wieder auf der Haut wie einen warmen Sommerwind. Tränen liefen ihr über die Wangen, und sie stand auf, um sich eine Tasse grünen Tee zu kochen, in der Hoffnung, dass sie dann in Schlaf sinken würde.

Bevor sie sich wieder hinlegte, rief sie noch einmal ihren Internet-Provider auf und änderte das Passwort. Dabei sah sie zum dritten oder vierten Mal nach, ob sich der Papierkorb-Ordner auch beim Schließen ordnungsgemäß geleert hatte. Sie hatte panische Angst, dass irgendjemand zufällig auf ihre Briefe an Patrick stoßen könnte. Heute hatte sie ihm erzählt, wie geil sie Sams Berührung gemacht hatte, und sie hätte es unerträglich gefunden, wenn Richard jemals dahinter gekommen wäre. Vor lauter Panik hatte sie Sams Namen nicht erwähnt, um auch nicht das kleinste Risiko einzugehen.

Der nächste Tag war die pure Folter. Zum ersten Mal seit fast einem Jahr war an einem Werktag keine Mail von Patrick gekommen. Ferien waren sowieso die Hölle, die Wochenenden eine Qual, weil sie wusste, dass es dann keinen Sinn hatte, in ihre Mailbox zu schauen, es aber dennoch alle ein bis zwei Stunden tat, für den Fall, dass er es sich anders überlegt hatte. Aber dass er an einem Mittwoch nicht an sie dachte, war noch nicht vorgekommen und drehte ihr den Magen um. Sie wünschte, sie hätte ihm nie etwas von Sams Berührung erzählt, denn sie zweifelte nicht daran, dass sein Schweigen etwas damit zu tun hatte.

Am nächsten Tag brachte sie es nicht über sich, aus dem Haus zu gehen. Sie schwänzte sogar das Training und beruhigte sich selbst, indem sie ein paar Runden Situps und eine lange Yoga-Serie machte, bis sie schwitzte. Danach stand sie lange unter der Dusche und weinte, bis sie dachte, es müsse ihr das Herz brechen. Ihr fehlte das Training, ihr fehlte seine E-Mail, und ihr fehlte Patrick wie die Luft zum Atmen.

Um halb zehn ging sie wieder ins Internet und surfte durch die Chatrooms. Als sie bis Viertel nach zwei immer noch keine Mail hatte, duschte und heulte sie noch einmal ausgiebig. Um Viertel vor drei klingelte das Telefon, als sie gerade halb zur Tür hinaus war, um die Kinder von der Schule abzuholen.

«Du Schuft!», murmelte sie vor sich hin. «Schuft, Schuft, Schuft.»

Das konnte nur für Richard sein. Als gut gedrillter Telefondienst rannte sie wieder hinein und erwischte den Anruf gerade noch beim fünften Klingeln, kurz bevor sich der Anrufbeantworter eingeschaltet hätte.

Die Stimme war wie die Sahne auf dem Weihnachtspudding. «Was machst du gerade?»

Ihr Puls schnellte in die Höhe, und ihr blieb die Spucke weg. «Patrick!»

«Wo bist du?»

Ihr schwirrte der Kopf. «In der Küche.»

«Bist du allein?»

Sie sah auf die Uhr. «Ja?»

Seine Stimme sank einen Ton tiefer. «Was hast du an?»

Es war zwei Uhr siebenundvierzig. Melanie hasste es, wenn sie zu spät kam. «Wo warst du denn? Warum hast du nicht geschrieben? Hab ich irgendwas falsch gemacht?»

Sein Tonfall änderte sich. «Du hörst dich ein bisschen gestresst an. Passt es gerade nicht?»

«Doch, doch», log sie verzweifelt und betete, dass Simons schwache Blase durchhalten möge, wenn sie fünf Minuten über der Zeit da wäre. Er weigerte sich beharrlich, die Schultoiletten zu benutzen, ohne dass sie jemals dahinter gekommen wäre, warum. «Ich muss bloß los, die Kinder abholen, das ist alles.»

Er schnalzte mit der Zunge. «Tut mir Leid. Das hatte ich völlig vergessen. Ja, ja, die Freuden der Mutterschaft – und davon gibt's ja noch mehr.» Er lachte, und sie verliebte sich sofort wieder unsterblich in ihn. «Hey, ich will dich nicht aufhalten – nur eine kurze Frage.»

«Was denn?»

«Hast du heute Abend Zeit?»

Jede einzelne Stelle ihres Körpers schrie «ja». «Heute Abend? Machst du Scherze?»

Die Zeit tickte. Melanies Tränen konnte man mit einem Eis trocknen, und Simons Hosen waren sowieso reif für die Wäsche. Erst die Flughafendurchsagen, die von weitem in seinem Handy widerhallten, konnten sie trennen.

«Also dann, bis heute Abend. Punkt sieben, und komm ja nicht zu spät!»

«Keine Angst», sagte sie selig, und es machte ihr nicht das Geringste aus, dass es inzwischen zehn nach drei war.

«Ich hab dir doch gesagt, ich bin aufgehalten worden, Melly. Das kann schon mal vorkommen, Schätzchen, verstehst du das denn nicht?»

Der Bestechungsversuch mit Süßigkeiten war nicht sehr erfolgreich. Sie musste extra einen Abstecher in den Zwei-Dollar-Laden machen, bevor ihre Jüngste endlich aufhörte zu heulen, und selbst dann war Nicola noch klar, dass ihr Schweigen wahrscheinlich mit nichts zu erkaufen war.

Simon hatte rotgeweinte Augen und war untröstlich, Sally auf dem Gipfel ihrer Bosheit.

«Pissnelke, Pissnelke!», flüsterte sie ihrem Bruder unentwegt ins Ohr, bis Nicola den Wagen vorfuhr und ihre Älteste anschrie, bis sie heiser war.

O himmlischer Tag. Drei Stunden, um sich eine glaubhafte Entschuldigung auszudenken, ein Lügengespinst zu konstruieren, sich die Beine zu rasieren, ein Alibi für eine die ganze Nacht dauernde Exkursion zu erfinden, die Augenbrauen zu zupfen und unauffällig ihre kleine Spielzeugtasche für Erwachsene aus dem Haus zu schmuggeln.

«Wollt ihr wohl alle den MUND HALTEN!»

Sie machte noch einmal kurz Halt, griff sich ein neues Spiel für die Playstation, ein Pokémon-Video und eine riesige Tüte Popcorn mit einem noch riesigeren Preis. Die Erwachsenenabteilung des Kaufhauses war diskret hinter einer hohen Wand versteckt, die mit längst überholten Werbeplakaten gepflastert war. Patrick hatte eine Vorliebe für unanständige Filme, aber sie hatte sich nie getraut, selbst einen auszuleihen. Wenn Sally nicht dabei gewesen wäre, hätte sie es wahrscheinlich gewagt, aber Madamchen hatte viel zu scharfe Augen dafür.

Die Kinder waren in Sekundenschnelle wie hypnotisiert, nachdem sie sie mit sonst verpöntem Junk Food und einer Flasche Cola ruhig gestellt hatte. Sie würde daran denken müssen, die Gläser auszuspülen, bevor Richard nach Hause kam, und etwas Gesundes nachfüllen, sonst gäbe es einen Riesenkrach.

«Deb? Schwesterherz, du musst mir helfen.»

Quer durch die Stadt summten die Telefondrähte vor Halbwahrheiten und unausgesprochenen Geheimnissen. In Deborahs Adern pulsierte noch immer das Blut ihrer gemeinsamen Vergangenheit.

«Das gefällt mir ganz und gar nicht, Nicky.»

«Ich weiß, Debbie, aber es ist wirklich wichtig für mich, sonst würde ich dich nicht bitten.»

Ihre kleine Schwester seufzte tief. «Mir wäre entschieden wohler, wenn du mir sagen würdest, was du vorhast.

Versprich mir, dass du nichts tust, womit du dir weh tust, ja? Versprichst du's?»

Nicola kreuzte ihre Finger hinter dem Rücken. «Ich versprech's.»

Deborah lachte trocken. «Nimm die rechte Hand. Du bist immer noch eine lausige Lügnerin.»

Wenn du wüsstest, dachte Nicola. Wer weiß, was du dann über mich denken würdest.

Richard kam nach Hause, als sie noch unter der Dusche war. Als sie seine Autotür zuschlagen hörte, wurde ihr übel und kalt. Es zog das letzte bisschen Wärme aus dem Wasser heraus. Dreimal Duschen hatte den Heißwasserboiler fast völlig leer gemacht. Die Kinder würden nachher über kaltes Badewasser quengeln. Sie wickelte sich fest in das Handtuch ein und trat hinaus in den feuchten Raum.

Er wartete schon im Schlafzimmer auf sie. «Was, zum Teufel, war hier los? Warum spielen die Kinder an einem Schultag Videospiele? Hast du ihnen Cola gegeben? Und warum, zum Donnerwetter, bist du zu spät gekommen? Melly ist in Tränen ausgebrochen, sobald sie mich sah, und hat mir erzählt, dass sie stundenlang auf dich warten musste! Und was fällt dir eigentlich ein, Sally so anzuschreien? Was bist du bloß für eine Rabenmutter?»

Ihr fiel auf, dass die Decke dringend gestrichen werden musste.

«Und warum hat Simon seine Schuluniform nicht an? Hat er etwa schon wieder in die Hosen gemacht? Was, in drei Teufels Namen, geht hier eigentlich vor?»

Die Lügen gingen ihr viel glatter über die Lippen, als es die Wahrheit jemals getan hatte. «Ich kann dir das jetzt nicht erklären, Richard – ich muss weg. Deborah fühlt sich nicht wohl. Es geht ihr sehr schlecht. Sie hat mich gebeten, rüberzukommen und mich um Gabby zu kümmern.»

Seine Augen waren blutunterlaufen. «Was ist denn mit ihrem feinen Ehemann? Warum kann der das nicht machen?»

Auf diese Frage hatte sie keine Antwort parat. Die erste Erklärung, die ihr einfiel, war so gut wie jede andere. «Ich weiß nicht», sagte sie wahrheitsgemäß. «Sie hat es mir nicht erklärt.»

Er hob beleidigt das Kinn. «Da sieht man mal, wo bei dir die Prioritäten liegen.»

«Mein Gott, Richard, sie ist meine Schwester. Was hätte ich denn tun sollen?»

Er stieß einen Laut aus, den man für ein Lachen hätte halten können. Aber sie kannte ihn schon lange genug, um es besser zu wissen. «Du hättest nein sagen können, nicht wahr? Ich würde meinen, das liegt auf der Hand. Aber schließlich bin ich ja derjenige, der für diese Familie zuständig ist. Gut zu wissen, dass wenigstens einem von uns die Verantwortung klar ist.»

Sie starrten sich hasserfüllt an. Sie schaute zuerst weg und drehte sich um. «Ich muss fertig werden. Ich bleibe über Nacht da.»

Er knallte nicht die Tür zu, immerhin. Das ruiniert die Schlösser, hatte er ihr einmal erklärt. Im Übrigen war es ein pubertärer Gefühlsausbruch und eines erwachsenen Menschen unwürdig. Gehörig ernüchtert hatte sie es seitdem nie wieder getan.

Das Schwierigste an solchen Täuschungsmanövern war das hohe Maß an Konzentration, das sie erforderten. Und so wie es aussah, stand es damit bei ihr nicht mehr zum Besten bei den ständigen Ablenkungen durch den Tumult, der zwischen ihren Beinen tobte. Als sie an Deborahs und Damiens ruhiger kleiner Straße vorbeifuhr, ohne anzuhalten, kämpfte sie mit dem nervenzermürbenden Gefühl, irgendetwas Lebenswichtiges vergessen zu haben, aber sie kam einfach nicht darauf, was es war. Als sie in die Kurzzeit-Parkzone am Flughafen einfuhr, dämmerte es ihr auf einmal: ihr Auto.

Sie kannte Richard. Er traute ihr nicht, und sie wusste, dass er bei ihrer Schwester anrufen und nach ihr fragen würde. Das Einzige, was sie nicht genau wusste, war, ob er so viel Energie aufbringen würde, auch noch nachzusehen, ob ihr Auto da war, wo es sein sollte. Wenn er bei Deborah vorbeiführe und ihr Auto wäre nicht da, dann würde sie eine Erklärung brauchen.

Die Erkenntnis beeinträchtigte ihre Hochstimmung gewaltig. Die Sonne half auch nicht, denn sie verkroch sich gerade hinter einer Wolke. Sie zündete sich noch eine Zigarette an, schaute auf die Uhr, verfluchte ihre Zeiger dafür, dass sie so langsam vorrückten, wartete, überlegte und betete. Es fiel ihr keine plausible Erklärung ein, und ihr wurde klar, dass sie einfach hoffen musste, dass ihr das Glück treu bleiben und Richards Schnüffeleien sich aufs Telefonieren beschränken würden.

Die Zeit verging weitaus langsamer, als sie es für möglich gehalten hätte. Sie rauchte drei Zigaretten in fünfzehn Minuten und fühlte sich danach elend. Um zehn vor sieben griff sie nach ihrer Reisetasche und kramte ihr Schminktäschchen hervor. Sie machte sich so langsam wie möglich zurecht und zog das Streichen und Tupfen in die Länge, um die endlosen Sekunden auszufüllen, die ihr fast den Verstand raubten. Die Uhr auf dem Armaturenbrett tickte vor sich hin. Drei vor sieben. Noch drei Minuten bis zu Patrick. Sie heftete ihren Blick auf den Himmel und kurbelte das Fenster herunter, um sicher zu gehen, dass sie das Motorengeräusch des Flugzeugs aus dem Norden nicht überhörte. Es musste jede Minute kommen.

Nicola spürte den Anruf schon, bevor ihr Handy klingelte. «Hallo?»

«Er hat gerade angerufen», flüsterte ihre Schwester. «Ich hab ihm gesagt, dass du gerade für die Kinder Eis kaufen gefahren bist. Ich kann's gar nicht fassen, dass ich für dich lüge! Wenn ich einmal in der Hölle schmore, dann bist du schuld!»

Sie schloss die Augen, dankte ihrer Schwester im Stillen, dann rief sie ihren Mann zurück.

«Warum rufst du übers Handy an?», wollte er wissen.

Sie verfluchte den Tag, an dem sie sich auf ein Telefon mit Anrufer-Identifikation eingelassen hatte. «Deb telefoniert gerade auf dem anderen, und ich nahm an, dass es furchtbar wichtig sein muss, wenn du hier anrufst.» Ihre neuerworbene Fähigkeit, so überzeugend zu lügen, ohne mit der Wimper zu zucken, beunruhigte sie allmählich. «Was ist denn los?»

Kurzes Schweigen. «Alles in Ordnung. Ich wollte nur sicher sein, dass bei euch da drüben alles in Ordnung ist.»

Sie hasste es, dass er hinter ihr herschnüffelte, und sie wussten alle beide, dass dem so war.

«Richard, mir geht's gut. Ich war bloß mal für eine Stunde weg – natürlich ist alles in Ordnung.»

Wieder ein längeres Schweigen. Dann: «Ich dachte, wir

könnten kurz vorbeischauen. Guten Tag sagen – und uns davon überzeugen, dass du alles im Griff hast.»

Es flackerte rot in ihren Augen auf. «Traust du mir etwa nicht, Richard? Oder hältst du mich für unfähig?»

Er kicherte. «Das hast du gesagt, nicht ich.»

Sie knirschte so sehr mit den Zähnen, dass es wehtat. «Warum lässt du mich nicht einfach in Ruhe? Lass mich in Ruhe!»

Aufzulegen wäre jetzt ein herrliches Gefühl gewesen. Stattdessen klickte es leise am andern Ende. Verdammt, fluchte sie und schaltete das Handy ebenfalls ab. Jetzt muss er ja rüberfahren, einfach um sich abzureagieren. Ihre Handtasche gab ein durchdringendes Summen von sich, so laut, dass sie zusammenfuhr. Sie hatte ihren Reisewecker auf eine Minute vor sieben gestellt, um sicherzugehen, dass sie nicht das kleinste bisschen zu spät kam. Patrick hasste das.

Die Gepäckausgabe war menschenleer, das Edelstahl-Transportband rührte sich nicht vom Fleck. Die kleine Bar eine Treppe höher war voller Geschäftsreisender in schwarzen Anzügen mit geöffnetem Kragen und lose baumelnder Krawatte. Keine Spur von Patrick, aber das hatte sie auch kaum erwartet. Sie kannte seine Unpünktlichkeit. Das Seltsame war nur, dass er wütend wurde, wenn sie nicht pünktlich auf die Minute war. Am Anfang hatte sie das noch verrückt gemacht, aber inzwischen hatte sie sich daran gewöhnt. Es war sein Problem, hatte sie irgendwann entschieden, und nicht ihres. Ein Teil von ihr ärgerte sich zwar immer noch über jeden verschwendeten Augenblick, aber sie hatte gelernt, damit zu leben. Die Aussicht auf ein ganzes Leben, das sie noch vor sich hatten, erleichterte es ihr, damit fertig zu werden. Und er konnte ja nichts dafür, wenn sein Flugzeug ein bisschen Verspätung hatte. Sie nahm jedenfalls an, dass dies jetzt der Fall war.

Eine Weile schlug sie die Zeit damit tot, die Weinkarte zu studieren. Der gleiche Sauvignon Blanc, den sie zuerst im America's-Cup-Dorf geschlürft hatten, schmeckte fad und metallisch. Sie trank ihn trotzdem und starrte auf den Preis. Der Appetit, den sie zu befriedigen gedachte, war weiter unten angesiedelt. Ihn konnte kein Glas Wein stillen.

Ihre Armbanduhr sagte ihr, dass es zehn nach sieben war. Nicola hasste es zu warten. Manche Leute hatten vor einem bedeutenden Ereignis Schmetterlinge im Bauch, andere mussten sich übergeben. Ihr kribbelten die Hinterbacken. Sie summte wie ein Hochspannungsmast, als ein Mann zu ihr herantrat.

«Ist der Stuhl noch frei?»

«Tut mir Leid», sagte sie entschieden, «ich warte auf einen Freund.»

«Der hat's gut», sagte er achselzuckend und ging wieder.

Zwanzig nach sieben. Sie fragte sich, was wohl der Oberbegriff für Vertreter war, entschied sich für Klinkenputzer und lachte laut auf. Ein älteres amerikanisches Ehepaar, das in der Nähe saß, schaute angewidert zu ihr herüber. Die Frau beugte sich vor und flüsterte ihrem Mann etwas zu. Er verzog das Gesicht und schüttelte den Kopf. Mein Gott, dachte sie, ich bin schon halb betrunken, dabei hatte ich nur zwei Gläser Wein. Sie schwor sich, kürzer zu treten.

Ihr knurrte der Magen. Das Ehepaar nebenan quittierte die Ankunft eines glatt rasierten Kellners, der eine Platte dampfender, verführerisch duftender fritierter Snacks herüberbrachte, mit beifälligem «Mmm!» und «Aaah!». Ihr lief das Wasser im Munde zusammen.

«Na, immer noch allein?» Der Bursche von vorhin sah so entspannt aus, wie sie sich aufgedreht fühlte. «Mein Flieger hat auch Verspätung.»

«Ganz schön nervtötend, was?»

Er nickte wehmütig. «Wenn der Chef nicht bald da ist, verhungere ich noch.»

Ihr Magen zog sich zusammen. «Ich weiß, was Sie meinen.»

Er legte die Hand auf die Rückenlehne des unbesetzten Stuhles. «Ich weiß, Sie haben vorhin nein gesagt, aber es ist nichts mehr frei. Würde es Ihnen etwas ausmachen, wenn ich mich zu Ihnen setze? Ich verspreche auch, mich anständig zu benehmen.»

Jetzt schämte sie sich für ihre mangelnde Gastfreundschaft. «Natürlich. Tut mir Leid wegen vorhin. Ich hatte nicht mitbekommen, dass Sie auch auf jemanden warten. Ich dachte, Sie wollten mich nur anmachen.»

Grinsend nahm er ihr gegenüber Platz. «Ich? Nie im Leben! Würde mir gar nicht einfallen!»

Sie wusste gar nicht, warum sie das so kränkte. «Schönen Dank auch!»

Seine Augen weiteten sich. «So hab ich es nicht gemeint», sagte er hastig. «Nicht, dass ich nicht – ich meine, Sie sind ganz entzückend, es ist nur, weil ich nicht – ich dachte nur, Sie hätten vielleicht gern ein bisschen Gesellschaft – ich meine ...»

Er stotterte so hilflos herum, dass er anfing, ihr Leid zu tun. «Schon gut. Es sei Ihnen verziehen. Aber nur, wenn Sie mir einen Drink bestellen.»

Er hat einen ansehnlichen Hintern, dachte sie beschwipst, als er sich über die Theke beugte. Nicht so hübsch wie Patricks natürlich, aber gar nicht übel. Sie musste aufstoßen, murmelte «'tschuldigung» ins Leere und merkte, dass sie es geschafft hatte, mehr als nur ein bisschen angeheitert zu sein. Sie schüttelte den Kopf in der Hoffnung, den Nebel zu lichten, und dabei fiel ihr Blick auf die Armbanduhr.

Patrick war inzwischen fast eine Stunde zu spät. In ihrer Magengrube machte sich leise Angst breit. Ich bin mir sicher, dass ich am richtigen Ort bin, dachte sie beklommen, ganz sicher. Dann riss sie ihr Notizbuch aus der Handtasche und überprüfte, was sie sich notiert hatte, schaute auf die Speisekarte und überzeugte sich davon, dass sie in der richtigen Bar saß. Wo, zum Teufel, blieb er nur?

«Bitte sehr, Madame. Auf Ihr Wohl.»

Nicola prostete dem Fremden so anmutig zu, wie sie konnte, im Bewusstsein, dass sie ein bisschen Wein verschüttet und dabei einen Fleck auf ihrem bedenklich kurzen Rock hinterlassen hatte.

«Für gewöhnlich lasse ich mich nicht von fremden Männern einladen», sagte sie düster, «aber der Flug hat wirklich große Verspätung.»

«Dann sitzen wir ja im selben Boot», sagte er und stellte sein Glas auf dem kleinen Papptablett ab. «Diese verdammten Fluggesellschaften. Man sollte meinen, mit der ganzen Technik heutzutage wären sie in der Lage, auch bei solchem Nebel zu fliegen.»

Lange eiskalte Finger griffen ihr in die Eingeweide. «Was für Nebel?»

«Am Flughafen von Auckland. Hat alles durcheinandergebracht.»

Sprachlos starrte sie ihn an.

«Alles in Ordnung? Was ist los? Fehlt Ihnen etwas?»

Sie schaffte es kaum, den Verschluss ihrer Handtasche zu öffnen. Ihre Finger waren so verkrampft, dass sie das Handy kaum halten konnte. Sie drückte auf den Einschaltknopf, und das Display leuchtete kurz auf. Dann gab es endgültig den Geist auf und piepte nur noch. Der Akku des kleinen schwarzen Nokia war vollkommen leer, und sie hatte keinen Ersatz bei sich.

«Probleme?»

«Ja. Mein Handy ist tot, und ich bin sicher, da ist eine Nachricht von meinem – von dem Freund, den ich abholen wollte. Was mach ich denn jetzt bloß?»

«Würde das hier helfen?»

Der andere hatte auch ein Nokia-Handy. Sie gab ihm ihres, und er tauschte den Akku aus.

«Herzlichen Dank», sagte sie gerührt.

«War mir ein Vergnügen.»

Nicola nahm sich zusammen und wappnete sich, um ihre Mailbox abzuhören. Noch bevor sie anfangen konnte, klingelte es.

«Hier ist Ihr Telefondienst. Sie haben sechs neue Nachrichten.»

Sie wählte panisch und fühlte sich krank. Das Herz schlug ihr bis zum Hals, und ihr Kopf dröhnte.

«Achtzehn Uhr achtundfünfzig Minuten: ‹Hallo, Süße. Gott, wie du mir fehlst. Ruf mich gleich zurück, ja? Ich liebe dich. Tschüs.›»

Patricks Stimme, seine schöne Stimme. Achtzehn Uhr

achtundfünfzig? Vor über einer Stunde. Sie überlegte, sah sich im Auto sitzen, und ihr wurde klar, dass sie den Anruf ihres Liebsten verpasst hatte, weil sie in dem Moment gerade mit ihrem Ehemann gestritten hatte. Sie trieb sich selber an und drückte die Zwei, um die Nachricht zu speichern, damit sie sie sich später immer wieder anhören konnte.

«Neunzehn Uhr sechs Minuten: ‹Nicky – ich bin's, Deb. Richard hat schon wieder angerufen. Ruf ihn lieber zurück.›»

«Neunzehn Uhr acht Minuten: ‹Hier ist Patrick. Wo bist du, Süße? Ich muss mit dir reden – es ist dringend! Ruf mich gleich zurück! Tschüs … ach ja, und ich liebe dich. Aber das weißt du ja. Tschüs.›»

«Neunzehn Uhr elf Minuten: ‹Schwesterherz – er hat schon wieder angerufen! Warum hast du ihn nicht zurückgerufen? Menschenskind, ich hasse diesen Blödsinn! Wozu hast du ein Handy, wenn du das verdammte Ding abschaltest? Wiedersehen!›»

«Neunzehn Uhr sechzehn Minuten: ‹Nicola! Warum hast du Richard nicht angerufen? Er ist wütend. Und meine Telefonrechnung steigt ins Unermessliche. Ich wünschte, du hättest mich nie gebeten, für dich zu lügen wie – ach, zum Teufel!›»

«Neunzehn Uhr zwanzig Minuten: ‹Wo steckst du denn, verflucht nochmal? Ruf mich gefälligst an! Ich will wissen, wo du bist, werte Gattin, und warum du es für nötig hältst, mich anzulügen. Vielleicht denkst du darüber mal nach, bevor du zurückrufst. Ich würde dir raten, mit einer sehr plausiblen Erklärung aufzuwarten.›»

«Neunzehn Uhr sechsundzwanzig Minuten: ‹Schwesterherz, ich konnte es nicht ändern. Damien hat ihn reingelassen, und ich hab ihn gar nicht gehört, aber er mich. Ich wollte dich nicht in

Schwierigkeiten bringen, es tut mir so furchtbar Leid. Ich hab das Gefühl, es ist alles meine Schuld. Bitte, bitte, ruf mich an. Ich fühle mich entsetzlich.›»

«Neunzehn Uhr neunundzwanzig Minuten: ‹Tja, mein Liebchen, ich schätze, du hast dir eine andere Unterhaltung für heute Abend gesucht. Wie lange hast du gebraucht, um dir eine andere Verabredung an Land zu ziehen? Hast du erst noch das Ende der Sechs-Uhr-Nachrichten abgewartet, bevor du dein kleines schwarzes Notizbuch durchgeblättert hast, oder hast du sofort etwas anderes gefunden, als du das mit dem Nebel und den Verspätungen gesehen hast? Besten Dank. Ich muss ja was ganz Besonderes für dich sein. Nun weiß ich wenigstens ganz genau, wo ich stehe, nicht wahr? Ich dachte, wir hätten da etwas Schönes, Nicola – aber du hast mir ziemlich klar gemacht, dass du keinen Deut darauf gibst, ob ich auftauche oder nicht. Also wird es wohl besser sein, wenn wir die ganze Sache als Erfahrung abbuchen, glaub ich. Sagen wir mal, wir haben uns ein bisschen miteinander amüsiert und weiter nichts, und jetzt haben wir nichts mehr miteinander zu tun. Du bist offensichtlich nur auf ein bisschen Spaß aus, und, ehrlich gesagt, ich bin viel zu alt, um mich mit solchem Mist abzugeben. Das war's dann wohl. Und mach dir nicht die Mühe, zurückzurufen. Ich schalte mein Handy jetzt aus. Werde heute mal früh ins Bett gehen. Das hast du ja offensichtlich auch getan.›

Ende der Nachrichten. Erste gespeicherte Nachricht. Achtzehn Uhr achtundfünfzig …»

Als sie sich das Handy angeschafft hatte, hatte sie alle häufig benutzten Nummern ins Telefonbuch eingetragen. Eine kleine Stimme hatte sie aber davor gewarnt, Patrick auch in das Verzeichnis aufzunehmen. An dem Tag, als sie Richard dabei überraschte, wie er am Speisezimmertisch saß und eifrig alle ihre Einträge in sein Notizbuch übertrug, hatte sie gewusst, dass ihre Entscheidung richtig gewesen war. Sie hatte sich Patricks Nummer stattdessen in ihr Gedächtnis eingraviert.

«Hallo, hier ist Patrick. Leider kann ich Ihren Anruf im Augenblick nicht entgegennehmen. Bitte hinterlassen Sie eine Nachricht, und ich rufe zurück, sobald ich kann.»

Eingedenk des Fremden an ihrem Tisch stoppelte sie ein paar nüchterne Sätze zusammen. Sie erklärte ihm mit bebender Stimme, dass sie aus Versehen ihr Handy abgeschaltet und über eine Stunde auf ihn gewartet habe, dass es ihr Leid tue, dass er nicht starten konnte, und sie hoffe, ihn bald wieder zu sehen. Beim letzten Satz hatte sie einen Kloß im Hals. Sie biss sich auf die Lippen, um die Tränen zurückzuhalten.

«Scheint heute nicht Ihr Tag gewesen zu sein», sagte ihr Tischnachbar freundlich. Nicola nickte nur.

«Noch einen Drink?»

Sie überlegte. «Ich glaube schon. Aber nicht den Sauvignon. Davon scheine ich heute Abend genug zu haben.»

«Übrigens, ich bin Tony.»

«Nicola. Nicky. Wie Sie wollen.»

Als er von der Bar zurückkam, brachte er zwei Speisekarten mit. «Ich dachte, Sie möchten vielleicht vorher etwas essen. Ich weiß ja nicht, ob Sie noch fahren müssen oder so.»

«Ich bin absolut fahrtüchtig. Ich bin nicht das kleinste bisschen betrunken.»

«So hab ich es nicht gemeint – ich dachte nur, sie hätten vielleicht Appetit auf eine Kleinigkeit. Ich hab nämlich Hunger, und ich esse nicht gern allein. Ich wollte Ihnen keinesfalls zu nahe treten.»

Sie schämte sich. «Tut mir Leid. War wirklich nicht mein Tag heute. Ganz und gar nicht.»

«Möchten Sie lieber, dass ich Sie allein lasse?»

«Nein! Ich meine, nein. Es ist nett, jemanden zu haben, mit dem man sich unterhalten kann. Wenn Sie's mit so einer mürrischen alten Ziege aushalten können, wäre ich Ihnen ewig dankbar.»

Er hat ein gutmütiges Lächeln, ging es ihr durch den Kopf. Sie mochte volle Lippen. Sie versprachen Zauber und Empfindsamkeit. Patricks schmale Lippen waren eines der Dinge, die sie an ihm ändern würde, wenn sie könnte.

«Ist mir ein Vergnügen. Und das soll nicht heißen, dass ich Sie etwa mürrisch oder alt fände. Damit das von Anfang an klar ist.» Er griff nach seiner Speisekarte. «Bin gespannt, welche kulinarischen Köstlichkeiten sie für uns auf Lager haben.»

Nicola tat es ihm gleich.

Er setzte eine bemüht unbeteiligte Miene auf. «Also, auf wen warten Sie? Verabredung mit Ihrem Freund?»

«Nein», sagte sie hastig. «Nicht mit meinem Freund. Nur dieser – nein, nicht mein Freund.»

«Was denn – Sie meinen, es gibt gerade niemand Besonderen in Ihrem Leben? Eine so schöne Frau wie Sie? Das kann ich kaum glauben.»

Sie machte den Mund auf, um ihm das Flirten auszureden, ihm zu sagen, dass sie verheiratet war, und ihm von Patrick, Richard und den Kindern zu erzählen, kam dann aber zu dem Schluss, dass es keine Worte gab, um ihre Situation adäquat zu beschreiben, noch dass sie den Wunsch verspürte, ihm den Wind aus den Segeln zu nehmen. «Danke», würgte sie schließlich hervor und wunderte sich über ihre Doppelzüngigkeit. «Es ist sehr nett, dass Sie das sagen.»

Er lächelte, wandte sich wieder der Speisekarte zu, dann legte er sie abrupt aus der Hand. «Hey – das Essen hier ist ziemlich miserabel. Wie wär's, wenn ich mich mal erkundige, ob die Flüge überhaupt heute Abend noch ankommen, und wenn nicht, probieren wir's woanders?»

«Ich weiß nicht», sagte sie langsam. «Lassen Sie mich eine Minute drüber nachdenken. Wenn mein – wenn das Flugzeug nicht kommt, sollte ich eigentlich besser nach Hause fahren.»

Er erhob sich. «Ein fairer Vorschlag», meinte er. «Ich bin gleich wieder da. Überlegen Sie's sich so lange.»

Der Leerraum in ihr, der die letzten sieben Tage lang nach Patrick gehungert hatte, schrie ja, ja, ja. Sie brauchte einen Mann, irgendeinen. Patrick kam nicht, sie brauchte jemanden, der sie satt machte, sie ausfüllte, sie hielt es nicht mehr aus.

Sie schaute ihm nach und taxierte seinen Körper. Tony war stämmiger gebaut als Patrick, hatte kräftigere Schenkel und war breiter in der Taille. Auch größer, stellte sie fest und verspürte Hitzewellen in ihrem Bauch, als er die Rolltreppe betrat, die nach unten führte. Er drehte sich nach ihr um und lächelte schüchtern, ehe er verschwand.

Sie fragte sich, wie er wohl im Bett wäre? Würde er unter der Bettdecke herumfummeln und an ihren Zehen und Ohrläppchen knabbern? Oder würde er brutal in sie eindringen, sie wie eine Hure behandeln, von hinten in sie hineinstoßen, bis sie vor Schmerz aufschreien und ihn anflehen würde, nicht aufzuhören? Bei seinem Körperbau musste er einen ordentlichen Schwanz haben. Manche

Frauen orientierten sich an der Größe der Nase oder der Hände, um eine ungefähre Vorstellung von der Überraschung zu bekommen, mit der eine erste Liebesnacht stand und fiel; sie aber wusste es besser. Es war viel komplexer und subtiler und hatte mehr mit der Statur und dem Verhältnis von Schultern und Hüfte zu tun, in Verbindung mit der Schienbeinlänge. Die Größe war sowieso nur ein Teil der Sache. Richards Schwanz war beträchtlich, verschaffte ihr aber keinerlei Vergnügen. Patricks war einfach nur durchschnittlich, aber er katapultierte sie in Sekundenschnelle kreischend unter die Zimmerdecke.

Irgendwo hatte sie eine fernöstliche Abhandlung über Karnickel, Pferde und Elefanten gelesen, in der die Theorie wiedergegeben wurde, dass Frauen ebenso wie Männer an der entscheidenden Stelle groß, klein oder mittelmäßig gebaut sein konnten. Sie war ein Karnickel, das wusste sie. Anders als bei ihrer kleinen Schwester waren alle ihre Kinder durch Kaiserschnitt geboren worden. Sie war immer noch so schmal, wie sie als Teenager gewesen war. Manche Männer waren einfach zu groß, um bequem zu sein, und Richard war einer davon. Patrick war ein Karnickel, das zu ihr passte. Tony, dachte sie, war wahrscheinlich ein Pferd.

Sein Schlafzimmer war bestimmt schwarz-weiß, geschmackvoller japanischer Stil. Sein ganzes Apartment, denn in einem solchen wohnte er sicherlich, war vermutlich sparsam und elegant eingerichtet, ordentlich und ruhig. Er hatte eine leistungsstarke Stereoanlage, die aber so winzig war, dass man sie nie entdecken würde, wenn man nicht wusste, wo sie stand. Irgendwo hatte er ein eingebautes Weinregal voller teurer Sorten aus allen Himmelsrichtungen und ein paar Flaschen für besondere Gelegenheiten aus Übersee. Sicher hatte er auch eine Haushälterin, die zweimal die Woche vorbeikam, alles peinlich in Ordnung hielt und freitags die Klopapierrollen vorn spitz zusammenfaltete wie in den besten Hotels in Auckland.

An einer Wand würden Bilder von dunkelhaarigen Kindern, einem Jungen und einem Mädchen, hängen. Er würde früh geheiratet haben, die Ehe würde unglücklich gewesen und seine Frau in Übersee oder bei einem tragischen Autounfall ums Leben gekommen sein. Er würde noch die Narben davon haben, aber sie unterstrichen eher seine Empfindsamkeit, als dass sie seine Bindungsfähigkeit in Frage gestellt hätten. Es würde andere Frauen gegeben haben, wenn auch nicht viele. Nette, unspektakuläre Beziehungen, die gemächlich angefangen hatten. Eine Kollegin aus dem Büro, eine alte Schulfreundin, die er zufällig bei einem Klassentreffen wiedergesehen hatte. Sie würden viel geredet haben, wären gepflegt miteinander ins Bett und im Übrigen ihre eigenen Wege gegangen. Sie würden alle längst Vergangenheit sein, er schleppte keine Altlasten mehr mit sich herum. Er würde sich nach einer richtigen Beziehung sehnen, seine Seele lechzte nach der perfekten Partnerin, für die er sie hielt. Irgendwann würde sie sich an ihn lehnen und lautlos weinen. Er würde merken, dass sie aufgewühlt war, und ihr die Tränen fortküssen. Sie würde ihm all ihre Sünden beichten, ihm von ihrer lieblosen Ehe und der leidenschaftlichen, herzzerreißenden Affäre erzählen, und er würde sie mit leisen Worten und Liebkosungen trösten, bis sie in seine Arme fiele.

Ihre Kinder wären ein Segen und kein Hindernis. In ihnen würden seine eigenen wiedergeboren, denn sie wären natürlich tot, beschloss sie jetzt. Drei Stück – eine Zugabe für ihn. Schulgeld, Zahnspangenrechnungen, Simons Bettnässerei – all das würde ihn als Mann bestätigen und seine Hingabe belohnen. Er würde nichts anderes wollen, als sie und ihre Kleinen zu ernähren und sie bis in alle Ewigkeit zu beschützen und zu verwöhnen.

Er würde ihre Wäsche waschen, die der Kinder, seine eigene. Die Klobrille in seinem Badezimmer würde nur der Besuch hochgeklappt lassen. Morgens würde er sie mit Küssen und Kaffee wecken, ihr die Zeitung ans Bett bringen und sie auffordern, im Bett zu bleiben. Abends würden sie gemeinsam ins Sportstudio gehen, und er würde ihr dabei zusehen, wie sie Gewichte stemmte. Sie würden sich in der Sauna lieben, und manchmal würde Sam ihnen Gesellschaft leisten. Er würde das auch mögen. Ihr Liebesleben wäre phantastisch. Kreativ, liebevoll, erfinderisch und wollüstig würde er stets nach neuen Wegen suchen, um sie glücklich zu machen, und an seine eigene Befriedigung erst ganz zum Schluss denken, wenn sie immer und immer wieder gekommen war. Er würde ihr niemals aus Versehen wehtun, wäre ständig besorgt, dass sein Schwanz (mittelgroß, da war sie sicher) zu viel sein könnte für ihre zierliche Statur. Sie würde lachen und das Pferd reiten, das er war, und er würde ihre Kühnheit bewundern. Bescheiden würde sie seine Lobeshymnen entgegennehmen, sie sei die beste Geliebte, die er je hatte, und der herrlich geschliffene Diamantring, den er ihr am Tag ihrer Scheidung von Richard schenken würde, wäre die Krönung ihrer zierlichen Finger.

Aber vielleicht wäre eine Scheidung ja gar nicht nötig. Richard könnte ja auch bei einem tragischen Unfall ums

Leben gekommen sein wie Tonys Frau und Kinder vor vielen Jahren. Sie würde auf der Beerdigung hinreißend aussehen in ihrem schlichten schwarzen Kleid, das sie zufällig am Tag zuvor gekauft hatte. Tony wäre natürlich dabei gewesen. Er würde mit Vorliebe einkaufen gehen und gespannt dasitzen und bewundern, wie sich der geschmeidige Stoff um ihre Hüften und Schenkel schmiegte, die er makellos schlank und sexy fände. Das Geld von der Lebensversicherung würde bequem für ihrer aller Zukunft reichen. Die Kinder würden eine Weile traurig sein, aber nicht allzusehr, und nach einigen Monaten wäre es, als habe Richard nie existiert. Verwandte und Freunde würden ihre Tapferkeit loben, und sie würde zart und wehmütig lächeln, von Tony schwärmen und davon, wie seine Zärtlichkeit ihren Schmerz geheilt habe.

Und Patrick – nun ja, Patrick würde wütend sein. Er würde sich erst per E-Mail mit ihr streiten, dann würde er nach Christchurch gestürmt kommen und sie zurückverlangen. Patrick und Tony würden aufeinander treffen und sich um sie streiten, und sie wäre gezwungen, sich zwischen beiden zu entscheiden oder auch nicht, je nachdem.

Oder auch nicht. Vielleicht würde es Patrick ja auch gar nichts ausmachen, dass sie noch einen anderen Mann liebte. Tony wäre sicherlich einfühlsam genug, um zu verstehen, dass ein Mensch allein einen anderen nie in allen Teilen befriedigen kann. Es konnte gut sein, dass sich die beiden am Ende darauf einigen würden, dass beide sie haben sollten, da beide sie unsterblich liebten, denn sie war edel und schön und verdiente es so. Auch Sam wäre einverstanden, und sie würden alle zusammen auf einem phantastischen Tropenurlaub in der Sonne herumtoben, während die Kinder einen herrlichen Monat bei ihrer liebevollen Tante Deborah verbrachten, die inzwischen auch verwitwet war. (Damien musste bei demselben Unfall draufgehen wie Richard. Und es war nur gerecht, dass sie auch an das seelische Wohlergehen ihrer Schwester dachte, die ihr am Ende dafür dankbar sein würde.)

Als der Kellner ihre Träumereien unterbrach und Nicola fragte, ob sie noch einen Wunsch habe, war es, als habe ihr jemand eine Tasse eiskaltes Wasser über den Rücken gekippt. Sie suchte ihre fünf Sinne zusammen, bestellte eine Flasche Champagnergärung und war zutiefst beleidigt, als er sie brachte.

«Ich brauche zwei Gläser, danke. Mein Bekannter ist nur schnell nach unten gelaufen.»

Das zweite Glas hatte einen Lippenstiftabdruck, und sie ließ es beinahe ruppig zurückgehen. Nur das Beste für Tony. Sie duldete keine halben Sachen. Nicola schaute auf die Uhr. Er war schon eine Ewigkeit fort. Ihre Magennerven vibrierten so stark, dass sie sich ganz elend fühlte. Sie konnte doch unmöglich zweimal am selben Tag versetzt worden sein.

«Gute und schlechte Neuigkeiten!»

Ihr Herz machte einen Hüpfer, und sie fuhr herum. Sie hatte so konzentriert nach der Rolltreppe Ausschau gehalten, dass sie gar nicht gemerkt hatte, wie er auf der anderen Seite die Treppe heraufgekommen war.

«Da sind Sie ja! Ich dachte schon –», erschrocken brach sie ab, als ihr peinlich bewusst wurde, dass sie sich eine Blöße gegeben hatte.

«Sie dachten, ich würde nicht wiederkommen?», konstatierte er amüsiert. «Aber mir blieb doch gar nichts anderes übrig. Sie haben doch noch meinen Akku.»

«Meinen was?»

«Den Akku. Von meinem Handy. Ich musste ihn mir doch zurückholen.»

Das war nicht gerade die romantische Begrüßung, die sie sich erhofft hatte. Sie hakte das kleine schwarze Täfelchen, das ihr Leben verändert hatte, aus und übergab es ihm steif.

«Danke. Also: Kleine Änderung der Tagesordnung. Der Flieger ist unterwegs – das ist die gute Nachricht. Er muss jeden Moment hier sein.»

«Oh!»

«Das macht mir leider einen Strich durch die Rechnung. Muss den Chef in die Stadt bringen und zusehen, dass alles geregelt wird. Ich glaube nicht, dass er begeistert wäre, wenn ich jetzt einfach verschwinden würde.»

Sie nickte und schluckte ihre Enttäuschung herunter. «Haben Sie vorher noch Zeit für einen Drink?» Sie griff nach der Flasche, um ihm ein Glas prickelnden Spaß einzuschenken.

«Vielleicht einen auf die Schnelle. Sie könnten mir ein Bier holen. Ich trinke keinen Wein, davon krieg ich Blähungen.»

Da sie weit und breit keinen Kellner sah, lief sie zur Bar und trommelte mit den Fingern demonstrativ auf dem Tresen herum, während ihr Blick den Hinterraum absuchte.

Ein vorbeigehender Passagier beendete freundlicherweise ihre missliche Lage. «Hier werden Sie kein Glück mehr haben, Herzchen. Die machen um halb neun zu.»

Sie schaute zu Tony hinüber. Er bohrte so diskret in der Nase, wie er konnte. Mit mäßigem Erfolg.

«Tut mir Leid. Die Bar ist geschlossen. Also entweder Lindauer oder gar nichts, fürchte ich.»

«Wirklich¿ Scheiße. Na schön – muss der alte Knabe eben nachher in Kauf nehmen, dass ich einen fahren lasse, was¿ Er packte die Flasche, kippte etwas funkelnden Wein in die elegante Sektflöte und fluchte, als es überschäumte und sich über sein Hosenbein ergoss.

«Soll ich das lieber machen¿»

«Nö – bemühen Sie sich nicht. Hab das Zeug sowieso nie gemocht. Ein ordentlich Gezapftes am Tag ist mir lieber.»

Tony hatte so etwas wie einen Bierbauch, stellte sie jetzt fest. Komisch, dass ihr das bisher nicht aufgefallen war. Sie zog den eigenen Bauch ein und fühlte sich gertenschlank.

«Also, hör zu, Vicky, hast du eine Telefonnummer¿ Ich ruf dich an. Wir können ja mal ins Kino gehen oder so.»

«Sicher», erwiderte Nicola und schrieb eine Phantasienummer auf den Untersetzer, den er ihr zuschob. Er stopfte ihn unbesehen in seine Brieftasche, und sie lächelte dünn. Sie wussten alle beide, dass er nie anrufen würde.

Sie sah zu, wie er im Gehen seine Unterhose zurechtzog, und goss sich noch ein Glas Champagner ein. Es wäre ein Jammer gewesen, ihn wegzuschütten. Sie würde die Flasche austrinken, sich ein Taxi nehmen und nach Hause fahren. Das Auto konnte sie morgen abholen. Richard würde natürlich fuchsteufelswild sein. Sie musste sich etwas ausdenken, was sie ihm erzählen konnte.

Oder doch nicht¿ Vielleicht war es das Beste, überhaupt nichts zu sagen. Sie hatte es satt, nach Erklärungen zu suchen, satt, ein schlechtes Gewissen zu haben und morgens müder aufzuwachen als beim Zubettgehen. Wahrscheinlich war das der letzte Strohhalm, was Richard betraf. Wenn sie großes Glück hatte, würde er vielleicht sagen, dass er sich scheiden lassen wolle. Sie würde sich sofort einverstanden erklären. Würde ihm sogar packen helfen, ihm ein Flugticket besorgen und ihm hinterherwinken. Das Geld wäre erst mal ein bisschen knapp, aber dafür könnte sie sich wenigstens mit Patrick treffen, wann immer sie wollte. Sie hatte genug davon, mit Lügen zu leben.

Dann könnte sie Patrick sogar zu sich nach Hause einladen. Ihn den Kindern vorstellen. Er wäre hingerissen von ihren kleinen Unarten und entzückt von ihren sich entwickelnden Fähigkeiten. Simon würde ihm wie ein perfekter kleiner Gentleman die Hand geben, und dann würden die beiden sich in einer langen Diskussion über Star Wars Episode I verlieren. Melanie würde ihn mit ihrem langen gelockten Haar bezaubern, das um sie herumwirbeln würde wie ein Karussell, wenn sie ihm die Pirouetten vorführte, die sie im Ballettunterricht gelernt hatte. Sally würde sich sofort in ihn verlieben und wahrscheinlich ungeniert mit ihm flirten. Alle drei würden sie Patrick anbeten. Mami würde ihn als Geschäftsfreund aus Auckland vorstellen, der eine Bleibe brauchte, wenn er zu einer Konferenz in der Stadt war. Sie würde ihn offen im Gästezimmer unterbringen, und mitten in der Nacht, wenn die Kinder eingeschlafen wären, würde er in ihr sein, und sie würden sich lautlos lieben. Vielleicht würde er sogar einen Knebel benutzen wollen.

Aber das war Zukunftsmusik. Heute Abend kam er nicht mehr, er hielt sie für treulos und falsch. Sicher wäre eine aufgebrachte E-Mail von ihm da, wenn sie nach Hause kam. Sie würde nicht nachsehen können, bevor Richard morgen zur Arbeit gegangen wäre. Sie hatte auch so schon genug zu erklären.

«Madam? Sie müssen jetzt gehen. Der letzte Flug ist angekommen, und wir müssen jetzt saubermachen.»

«Aber ich habe meinen Champagner noch nicht ausgetrunken!»

«Tut mir Leid. Möchten Sie ihn mitnehmen?»

Sie fand die Vorstellung abstoßend. Ein alkoholisches Doggybag. Das war ja das Allerletzte. «Nein, danke sehr. Ich kann mir nichts Schlimmeres vorstellen.»

Der Kellner blieb dicht neben ihr stehen, als sie mit weichen Knien aufstand. Sie war nicht sicher, ob er dachte, sie würde gleich umfallen, etwas stehlen oder wegen des verschwendeten Schaumweins eine Szene machen. Es lag ein gutes Stück Bosheit darin, als sie so langsam wie möglich zum Ausgang stelzte. Es war sowieso nicht mehr als eine Lücke zwischen zwei Seilen; sie wusste gar nicht, was das ganze Getue eigentlich sollte. Sie genoss es, seine Ungeduld und Irritation im Rücken zu spüren. Sie passte zu ihrer eigenen.

Nicola hasste Rolltreppen, selbst wenn sie in Bestform war. Mit einem Gutteil von anderthalb Flaschen Wein im Bauch fand sie sie ungeheuer beängstigend. Die Hand krampfhaft um das Treppengeländer gekrallt, machte sie sich wild entschlossen auf den Weg nach unten.

Im Ankunftsbereich wimmelte es vor Leuten. Sie schob und zwängte sich durch die Menge und war froh, dass sie sich wenigstens nicht bis zur Gepäckausgabe vorkämpfen musste, wo sich Horden von frustrierten, müden Passagieren drängelten. Ein Taxi zu bekommen, bevor die anderen ihr Gepäck hatten und hinausstürmten, war jetzt ihr einziger Gedanke, dem sie blindlings folgte.

«Entschuldigung», rief sie, als sie gegen eine Schulter stieß, die aus der entgegengesetzten Richtung kam.

«Nicky? Was machst du denn hier?»

Sams Gesicht war gerötet, ihre Augen leuchteten. Der Rock brachte ihre muskulösen Beine perfekt zur Geltung, das kleine Netzhemdchen zeigte, wie wirkungsvoll diese gemeinen Trainingsgeräte waren, wenn man sie so oft benutzte, wie man es immer behauptete.

«Ich wollte jemanden abholen, aber sie haben ihren Flug verpasst. Und du?»

Sam lächelte breit, und ihre kecke Stupsnase kräuselte sich vor jugendlichem Vergnügen. «Mein Freund ist da. Rief mich vor ungefähr einer Stunde aus heiterem Himmel an. Ich kann's noch gar nicht fassen!»

Nicola schwirrte der Kopf, und ein Blödelsong fing an, darin zu spielen. *Sam and a man, a man and Sam, my name is man I am I am.* «Ich wusste gar nicht, dass du einen Freund hast.»

Sam legte den Kopf schräg und sah sehr drollig aus. «Hab ich eigentlich auch gar nicht. Er ist verheiratet», gestand sie. «Er kommt nur ganz selten her.»

Nicola tat sie entsetzlich Leid. «Das ist ja schrecklich», sagte sie mitfühlend. «Ich weiß genau, wie das ist.»

Sam sah beeindruckt aus. «Na sowas, Nikita! Du überraschst mich! Das hätte ich ja nie von dir gedacht.»

Als sie merkte, was sie da gesagt hatte, versuchte Nicola, die Sache abzubiegen. «Ich meine, ich erinnere mich noch genau. Es ist schon lange her, und niemand war damals verheiratet. Es war alles ein bisschen anders – nur, dass ich einen Freund hatte, der ziemlich weit weg wohnte.» Mist, dachte sie und ärgerte sich über ihre Indiskretion. «Ich meine nur, es ist hart. Sehr hart.»

Sam lachte. «Das will ich hoffen! Wenn nicht, hab ich Pech gehabt, was?»

«Wie heißt er denn?», fragte Nicola.

Aber Sam schüttelte den Kopf. «Ich erzähl dir morgen alles über ihn», sagte sie. «Er ist da drüben und holt seine Tasche. Ich will ihn nicht warten lassen. Wir haben sowieso nicht viel Zeit.»

Nicola wusste, wann sie überflüssig war. «Ich weiß noch nicht, ob ich morgen komme», sagte sie. «Vielleicht hab ich etwas anderes zu tun.»

Statt der Empörung, die sie von ihrer sonst so strengen Trainerin erwartet hatte, setzte Sam nur ein nachsichtiges Lächeln auf. «Hey, gute Idee. Vielleicht mache ich auch mal blau. Wer weiß – wenn ich Glück habe, kommt der Nebel vielleicht nochmal zurück.»

Nicola sah sie in der Menge verschwinden. Der Neid nagte an ihr, aber die unerfüllte Vorfreude ließ sie noch nicht zur Ruhe kommen. Sie spielte mit dem Gedanken, noch ein bisschen da zu bleiben und sich Sams verheirateten Liebhaber anzusehen, um festzustellen, welcher Männertyp sie anzog, aber dann kam sie zu dem Schluss, dass sie es in ihrer momentanen Verfassung nicht ertragen konnte, das Glück einer anderen vor der Nase zu haben.

Sie reihte sich in eine lange Schlange von Passagieren ein, die alle auf ein Taxi warteten. Ohne Gepäck kam sie sich irgendwie nackt vor, wie ein Aufschneider. Autos fuhren vor, parkten zu zweit auf der gelben Linie und fuhren wieder los; die Fahrer machten vergnügte Gesichter, weil sie das Gesetz überlistet hatten.

Die Frau hinter ihr war fett und übel riechend. Sie stand ihr so dicht auf den Fersen, dass sie Nicola immer wieder mit ihrer viereckigen Handtasche gegen die Hüfte stieß. Eine Zeit lang ließ sie es sich gefallen und unterdrückte ihren Ärger.

«Würde es Ihnen etwas ausmachen, ein bisschen zurückzutreten? Sie stoßen mich dauernd an», sagte sie, als sie es nicht mehr aushielt.

«Ach, stellen Sie sich doch bloß nicht so an», meinte die schwitzende Frau. «Sie können mich mal.»

Also trat sie der Frau kräftig auf den Fuß, entschuldigte sich scheinheilig und wandte sich ab.

Durch die Scheiben erhaschte sie einen Blick auf Sam, die sich eng an einen Mann schmiegte, dessen Umriss dem von Patrick so sehr ähnelte, dass es Nicola fast das Herz brach.

Dann sah sie die beiden Hand in Hand herauskommen, lachend wie die Schulkinder. Sams hochhackige Schuhe klapperten laut, und ihre Hüften schwangen hin und her, wie Nicola es nur zu gut kannte. Feucht, das war das Wort dafür. Heiß vor Verlangen. Voller Vorfreude auf das, was da kommen sollte.

Patrick, dachte Nicola grimmig, sah alt genug aus, um Sams Vater zu sein. Sie hoffte nur, Sams Unersättlichkeit würde ihn umbringen.

Aber dann überlegte sie es sich anders. Das würde sie schon lieber selbst besorgen.

Achtung, Aufnahme!

Sam hatte eine erstaunliche Videosammlung. Sie bewahrte sie auf einem hohen Regalbrett auf, das sich die ganze Wand über ihrem Bett entlangzog.

«Ich habe gern Ordnung», hatte sie einmal zu mir gesagt, als ich sie aufzog, weil sie die Kassetten in alphabetischer Reihenfolge sortiert hatte. «Auf diese Weise finde ich mich zurecht, ohne zu viel Zeit zu verschwenden.»

Sie musste die Filme genau kennen. Viele der Titel waren ganz ähnlich. Es gab vielleicht ein Dutzend, die mit «BIG» anfingen und in der geschmacklosen Beschreibung irgendeines Körperteils gipfelten. «COME» war ein anderer beliebter Anfang. Bei ihrem Ordnungssystem machte sie keinen Unterschied zwischen Substantiv und Verb, und das fand ich äußerst seltsam. Als ich es ihr sagte, zeigte sie mir auf ihre Weise, dass meine Pedanterie sie nicht beeindruckte. Sie reagierte überhaupt nicht auf meinen Einwand. Stattdessen erzählte sie mir, wo sie die Videos her hatte. Sie kamen aus den verschiedensten Quellen. Einige waren Geschenke von Verehrern; andere hatte sie bei Liebhabern mit kurzem Verfallsdatum und noch kürzerem Gedächtnis mitgehen lassen. Ich würde sie nie in meiner Wohnung allein lassen, diese diebische Elster. Sie war die Königin der Souvenirjäger, meine Samantha. Nichts war ihr heilig. Die neuesten hatte sie aus Mailorder-Katalogen oder aus dem reichhaltigen Angebot der Sexläden in ihrer Heimatstadt. Nur vor E-Commerce war sie bisher zurückgescheut, denn der Fernseher und Videorecorder in ihrem Schlafzimmer waren nicht NTSC-kompatibel. Als sie mit dem Gedanken spielte, die Geräte eigens zu diesem Zweck aufzurüsten, protestierte ich lautstark.

«Das würde ich nicht tun, Sammy. Ich meine, es könnte ja jemand deine Kreditkarte in die Finger kriegen. Und was ist, wenn jemand diese Seiten überprüft und feststellt, dass du da Kundin bist? Ist es nicht verboten, solche Sachen zu kaufen?»

«Blödsinn», schnaufte sie verächtlich, völlig unbeeindruckt von meinen schwachen Argumenten. Wenn sie erstmal einen passenden Videorecorder hätte, seufzte sie, wäre das Internet ein einziger riesiger Einkaufswagen.

«Das einzige, was verboten ist, sind so anstößige Sachen wie Kinderpornographie, Gewaltdarstellungen und so weiter. Und auf so was steh ich nicht. Nur auf ganz normale, altmodische Sauereien. Nichts Ekliges.»

Offensichtlich hatten wir unterschiedliche Auffassungen davon, was «eklig» war. Sam konnte im Bett liegen, sich die Fußnägel lackieren und dabei zwei wabbeligen reiferen Herren mit fortgeschrittener Erektionsschwäche zusehen, die krampfhaft versuchten, mit einer jungen Asiatin zu kopulieren, die daran sichtlich kein Vergnügen fand. Mein kleiner Blondschopf beobachtete das Ganze mit gespannter Aufmerksamkeit, dann legte sie den Kopf schräg und zeigte mit dem Pinsel auf mich, während der Lack auf das schmuddelige Bettlaken tropfte. «Dieses Mädchen hat einen tollen Hintern, was?» Und dann fuhr sie mit ihrer Pediküre fort, ohne die Antwort abzuwarten. Ich saß da und wartete auf die nächste Großaufnahme vom Hinterteil der jungen Frau, während mein Herzchen sich je nach Stimmung in Perlmutt oder Cherry anmalte.

«Ihr Hintern ist nicht annähernd so knackig wie deiner», erwiderte ich dann rasch, und sie lachte und knabberte mit ihren Kinderzähnen knurrend an meiner Schulter. «Bei weitem nicht.»

Einige der Filme fand ich ausgesprochen unangenehm, vor allem, weil die Darsteller gelangweilt und unmotiviert agierten. Sam schien auch von keinem besonders angeregt zu sein, und bisweilen war ihr Blick so kühl beobachtend, dass ich mich fragte, was sie wohl darin sah.

«Warum hast du eigentlich so viele von den Dingern, wenn sie dich gar nicht anturnen?»

Ich glaube, die Frage schockierte sie wirklich. Bei Sam wusste man nie genau, wann sie sich verstellte und wann nicht.

«Forschungsarbeit.»

«Ich weiß nicht, was du damit meinst.»

«Dummerchen», schalt sie, beugte sich zu mir herüber und küsste mich so stürmisch, dass sich mir alles drehte. «Wie lernt man irgendetwas? Indem man es sich abguckt und nachmacht! Indem man seine Hausaufgaben macht!»

Was das Liebesspiel betraf, war Sam mit allen Wassern gewaschen. Sie hatte mir Dinge beigebracht, an die ich nicht einmal zu denken gewagt hätte, und mir unglaubliche Tricks gezeigt. Zum Beispiel wussten nur Sam und der liebe Gott, was man alles mit einem winzigen Eiswürfel anstellen konnte. Ohne ihre Nachhilfestunden wäre ich höchstwahrscheinlich nie auf eine andere Idee gekommen, als zwei davon in ein Glas Brandy oder Ginger Ale zu tun.

«Aber du bist doch ein Naturtalent, Samantha! Was in aller Welt könntest du aus diesem Müll wohl noch lernen?» Ich erwähnte besonders den Film, den ich am wenigsten leiden konnte, in dem eine Reihe apathischer Männer stumpfsinnig über eine pummelige Schauspielerin ejakulierte, die aussah, als würde sie am liebsten nach Hause gehen und Wäsche waschen.

«Wart's nur ab», schnurrte sie geheimnisvoll und beließ es dabei.

Es war nicht so, dass wir uns jedes Mal ein Video aus ihrer Sammlung anschauten, wenn wir zusammen waren. Manchmal schafften wir es gar nicht erst bis in ihr Heimkino im Schlafzimmer. Unsere Liebesorgien spielten sich auch im Wohnzimmer, in der Küche, im Bad, in der Diele – ja, sogar im Treppenhaus ab. Eine dieser denkwürdigen Eskapaden, unmittelbar vor ihrer Wohnungstür, hatte sowohl auf der Tapete als auch bei ihren Nachbarn eine Treppe tiefer Spuren hinterlassen. Sie hatten später bei ihr angerufen und sie aufgefordert, sich gefälligst ein bisschen zurückzuhalten. Eine Viertelstunde darauf hatte sie den Anruf mit einem gespielten Superorgasmus quittiert, bei dem es mich fast vor Lachen zerrissen hatte, und damit unten für wiederholtes Türenknallen und eine aufgedrehte Stereoanlage gesorgt. Ich bin sicher, Sam ist die Einzige, die auf diese Weise Pavarotti übertönen kann.

Aber selbst wenn wir uns ihr Bett als Tummelplatz aussuchten, schauten wir uns selten ein Video an, bevor wir uns miteinander vergnügten. Ihr zuzusehen war viel aufregender als irgendeine dieser «Nummern-Revuen», wie sie es vornehm nannte, jemals hätte sein können. Die Art, wie sie sich aus ihren Kleidern schälte und in Positur warf, das Licht vom Fenster im Rücken. Wie sie Brüste und Gesicht in die Vorhänge wickelte und die Beine – großer Gott, diese herrlichen Beine – frei ließ. Mit der Hand bedeckte sie ihre gepflegte Scham so lange, bis sie wusste, dass ich nur noch ein Bündel Verlangen war und nichts mehr aushalten konnte. Die Pirouetten, die Entkleidungszeremonien, der Anblick ihrer kurzen wasserstoffblonden Haare, wenn sie den Kopf zwischen meinen Schenkeln vergrub – Sam wusste genau, wie hingerissen ich von dem Anblick war, den sie mir bot, und arrangierte die Dinge entsprechend. Selbst dann, wenn sie meinem Bedürfnis zu dominieren nachkam und die hilflose Naive spielte, hatte sie alles vollkommen im Griff. Bisweilen kam ich mir vor wie ein Schauspieler in unserem eigenen Stück. Das Geheimnis war, dass es keinen Regisseur gab. Wenn ich jetzt daran zurückdenke, dann weiß ich, dass Sam diese Rolle die ganze Zeit über gespielt hat.

«Sieh mich an», drängte sie dann immer. «Sag mir, was du siehst.» Und ich schilderte ihr dann, so gut ich konnte, wie sie auf mich wirkt, ließ sie wissen, wie ihre Verrenkungen und langsamen Bewegungen den Zuschauer, zu dem ich so oft wurde, aufreizen. Ich konnte sie jedoch nie zufriedenstellen, diese gierige Hexe.

«Hör auf mit der Gefühlsduselei. Wenn ich einen Liebesroman wollte, würde ich mir Barbara Cartland kaufen. Erzähl mir einfach, was du siehst.»

Also versuchte ich es noch einmal, verkniff mir die Beschreibungen ihrer Wirkung auf mein sehnsüchtiges Herz und versuchte, mich auf eine kühle Bestandsaufnahme ihrer Vorstellung zu beschränken. Dabei gingen mir schnell die Synonyme für bestimmte Körperteile aus, und ich verhaspelte mich in ständigen Wiederholungen. Als sprachliche Hinterwäldlerin störte sie das aber überhaupt nicht. Es beleidigte lediglich mein eigenes Ohr.

Jedes Mal, wenn ich sie sah, hatte sie zwei oder drei neue Filme in ihrer Sammlung. Das ging so weit, dass sie schon davon redete, ein neues Regalbrett zu kaufen oder sich vielleicht ein passendes Bücherregal anfertigen zu lassen. Gegen alle meine Einwände ging sie sogar noch weiter und besorgte sich einen NTSC-fähigen Fernseher und Videorecorder. Das eröffnete ihr unbegrenzte Möglichkeiten.

E-Shopping wurde zu einer ihrer Lieblingsbeschäftigungen, obwohl sie sich dabei bereits einen hässlichen Virus eingefangen hatte, der als prächtiges Feuerwerk auftrat, bevor er ihren Computer auf Schrittgeschwindigkeit herunterdrosselte. Sie hatte eine Website im Verdacht, wollte (oder konnte) mir jedoch nicht sagen, wo sie sich mit «Happy 99» infiziert hatte. Als ich beim Updaten ihrer Anti-Virus-Software einen Blick auf das Protokollverzeichnis in ihrem betagten Pentium warf, wurde mir klar, warum sie den Übeltäter nicht ohne weiteres hatte identifizieren können.

«Großer Gott, Samantha! Gibt es eigentlich irgendeine unanständige Seite, auf der du noch nicht warst?»

Sie verdrehte die Augen über meine Prüderie. «Siehst du etwa irgendwelche Links auf Kinderpornos? Oder Sodomie? Oder harten SM? Ich bin eine kreuzbrave, harmlose junge Frau mit gesunder Libido, nichts weiter. Benimm dich nicht wie eine alte Jungfer!»

Sie hätte mir ebenso gut eine Ohrfeige verpassen können. Die «Jungfer» war schon schlimm genug, auch wenn ich verstehen kann, dass sie meine gelegentliche Zurückhaltung als Verklemmtheit auffasste, aber das «alt» kränkte mein fast fünfundvierzigjähriges Ego. Und das wusste sie auch, dieses Luder, und es scherte sie nicht.

«Ich meine, es gibt noch andere Dinge, für die man das Internet benutzen kann. Kunst, Musik, Nachrichten, Bücher …»

«Mach ich ja auch!»

«Wo denn?»

Sie scrollte durch das Verzeichnis und fand schließlich einen Sexbuchladen irgendwo in New Jersey.

«Das zählt nicht, Sam.»

«Sie verkaufen doch Bücher, oder?»

«Wie man's nimmt.»

Sie grinste. «Hoffen wir das Beste, dass es gute sind, sonst wird dein Geburtstag eine Riesenenttäuschung.»

«Du hast doch nicht etwa …!»

Ihr Kichern war so rau und unbändig, dass ich sie am liebsten angeknabbert hätte wie ein T-Bone-Steak. «Wart's ab.»

Ich war unfair. Sie hatte überall herumgestöbert und sich jede Menge unterschiedlicher Sachen angesehen. Manches davon schien reiner Zufall gewesen zu sein, wenn man die Art und Muttersprache betrachtete. «Ich wette, auf dieser Seite warst du nicht sehr lange», sagte ich, als eine Seite aus Quebec, komplett in französischer Sprache abgefasst, sich zufällig wieder einwählte.

«Au contraire! C'était très intéressant!»

«Ich wusste ja gar nicht, dass du Französisch sprichst, Samantha.»

Sie lachte leise. «Warum solltest du auch? Du kennst mich ja kaum.»

Diese spitze Zunge. Ich wusste nie so recht, ob ich sie trotzdem oder deswegen liebte. Manchmal fragte ich mich sogar fast, ob ich sie überhaupt noch besonders liebte. So aufregend und herausfordernd sie auch im Bett sein mochte, sie war doch ziemlich verwirrend und ganz und gar nicht bequem. Sicherlich war sie eine außergewöhnliche Nummer, aber als Mensch – um ehrlich zu sein, ich fing ein bisschen an, mich zu langweilen.

Schließlich feierten wir meinen Geburtstag mit einigen Wochen Verspätung. Drückende Verpflichtungen, ein schließlich einer schrecklich überkandidelten Hausparty anlässlich dieses schrecklich wichtigen Datums, hatten uns viel zu lange getrennt. Als ich es endlich an einem Mittwochnachmittag schaffte, mit ihr zu feiern, bedachte mich Sam mit einer Reihe von Geschenken, von denen ich ein paar offen vorzeigen konnte. Andere waren intimerer Natur. So wie der Tanz, den sie für mich aufführte. Ihre Interpretation des Tanzes der sieben Schleier hatte durch das breite Angebot von vorgefertigten Körperbemalungen einen modernen Dreh bekommen. Sie wirbelte vor mir herum und hielt gerade lange genug inne, um mich das unterschwellige Aroma wahrnehmen zu lassen, das von jeder Stelle ihres Körpers ausging, die in meine Reichweite gelangte.

«Ich glaube, ich werde das Puddingliebe nennen.»

Ich verstand sie nicht ganz, war aber auch nicht in der Stimmung nachzufragen, besonders als sie mir zeigte, wie sie in einer Weise von dem Erdbeergelee Gebrauch gemacht hatte, von der sich das *Edmonds*-Kochbuch nie etwas hätte träumen lassen.

Kaum war dieses Dessert beendet, ging es weiter zum Hauptgang. Splitternackt servierte sie uns ein verblüffendes kleines Nachtmahl, ein einfaches Steak mit Salat und frischem Spargel in zerlassener Butter. Sie fütterte mich mit der Beilage, eine Stange nach der anderen, und ihre langen Fingernägel zwickten mir ein bisschen in die Zunge, als ich sie ableckte. Ich konnte nie genau sagen, ob ihre Zehen oder ihre Finger die erogenere Zone waren, denn alle beide riefen bei ihr intensive Reaktionen hervor, wenn ich sie in den Mund sog und den Druck entstehen ließ, den ihre orgasmischen Kontraktionen normalerweise auf meinen Schwanz ausübten.

Nach dem Essen scheuchte sie mich auf die Couch, legte meine Füße hoch und sagte, ich solle mich ja nicht rühren. Ich war so satt, und die Lust juckte mich so, dass ich kaum stillsitzen konnte. Grundsätzlich war es aber durchaus eine gute Idee, ihre Anweisungen zu befolgen. Eine zufriedene Sam war eine Sam, die sich im Griff hatte. Sie mochte es nicht, wenn ich im Bett klein beigab, aber in jeder anderen Hinsicht war unser Beisammensein weitaus genussvoller, wenn ich tat, was man mir sagte.

«Mach die Augen zu! Vorher komme ich nicht wieder herein!»

Ich versuchte zu blinzeln, aber sie stürzte sich sofort auf mich. Eine Hand hielt mir die Augen zu, und ich merkte, wie sie sich neben mich schlängelte.

«Damit kommst du doch nicht durch. Ich dachte, das hättest du inzwischen gelernt.» Natürlich hatte sie Recht, aber es war eine Angewohnheit, die ich über Jahre hinweg geübt hatte, und ich merkte, dass ich sie nicht mit einfacher Willenskraft ablegen konnte.

«Bist du bereit für dein Geschenk?» Ihr Atem streifte warm und feucht meine Wange. Ihre Hand strich mir kurz übers Gesicht, dann versank sie in meinem Hemd. Der Kragen behinderte ihr Vorankommen.

«Ich bin bereit», sagte ich so gelassen, wie ich konnte. Sehr überzeugend klang es nicht.

«Versprichst du mir, dass du die Augen nicht aufmachst, wenn ich die Hand wegnehme?»

Ich krächzte zustimmend, räusperte mich und versuchte es noch einmal. «Jawohl, Ma'am.»

Noch nie hatte mich jemand auf diese Weise berührt. Sie fuhr so beiläufig über mich hinweg, dass mein ganzer Körper kribbelte und eine Gänsehaut bekam. Wo auch immer sie mich streichelte, schrie eine andere Stelle nach ihrer Wärme. An irgendeinem Punkt verließen mich meine Sinne. Erst nach Stunden schienen sie von dem langen Marsch zurückzukehren, den sie unternommen hatten. Als ich die Augen öffnete, lächelte sie, als hätte sie im Lotto gewonnen. Sie hatte mich auf die Erde zurückgeholt, indem sie einfach aufgehört hatte.

«War das schön?»

«Mmm!»

Ihr Lachen erregte mein Verlangen, sie zu berühren. Aber als ich nach ihr greifen wollte, schlug sie meine Hand weg. «Jetzt noch nicht. Erst mal habe ich noch das hier für dich.»

Kein Geschenkpapier hätte jemals schöner sein können als Sam, die nackt an der Couch lehnte, mit einem Ausdruck purer Lebensfreude auf ihrem makellosen Gesicht. Aber irgendjemand hatte einen heroischen Versuch unternommen, mit ihrer Perfektion zu wetteifern. Sie übergab mir eine geräumige rechteckige Schachtel in royalblauem Seidenpapier mit einer weißen Satinschleife.

«Ich hoffe, es gefällt dir.»

Sie hatte sich noch nie so unsicher angehört. Schlicht und ernsthaft wie ein Kind, ganz ungewöhnlich für meine kleine blonde Hexe. «Es ist bestimmt wunderbar.»

Wie hätte es auch anders sein können. Sie hatte an mich gedacht, war im Geiste mit mir einkaufen gegangen, hatte sich Mühe gegeben, mich glücklich zu machen. Natürlich würde ich es wunderbar finden.

Ich fand es scheußlich. «Herrje! Wo hast du das denn aufgetrieben?»

Ihre Augen wurden schmal. «Es gefällt dir nicht, oder?» Die Pause, als ich überlegte, wie ich mich herauswinden könnte, war lang genug für ihren Instinkt, um mit einem Omnibus hindurchzufahren. «Ich wusste es! Es gefällt dir nicht!»

«Doch, Sam. Es ist sehr hübsch. Es ist nur …»

«Nur *was*?»

Ich biss die Zähne zusammen. Das war immer ein heikles Thema. «Ich weiß wirklich nicht, wo ich es aufhängen könnte.»

Sam gab sich alle Mühe, ihren Zorn zu verbergen. Jedenfalls unterdrückte sie ihn wenigstens so lange, bis ich mich aufgesetzt hatte. Ich hatte festgestellt, dass ich bessere Chancen hatte, ihren Salven auszuweichen, wenn ich aufrecht dasaß.

«Aua!»

«Du bist vielleicht ein Weichei!»

«Das hat wehgetan.»

«Mach dir nichts draus!»

In der Highschool hatte sie Softball gespielt. Wenn sie gewollt hätte, hätte sie immer noch ein Profi sein können. «Nicht den Aschenbecher, Sam!»

«Wieso? Kannst du den auch nirgends unterbringen?»

Ich wich so weit aus, dass er meinen Kopf verfehlte und dafür die Schulter traf. «Du Miststück! Hör auf damit!»

Sie griff nach einem Teller. «Was fällt dir ein, mich so zu nennen!»

«Was fällt dir ein, mit Sachen nach mir zu werfen?»

«Du hast es verdient!»

Sie war eine Herausforderung, von der ich mir manchmal wünschte, ich hätte sie nie angenommen. «Sam, das reicht jetzt!»

Mein Schlüsselbein tat scheußlich weh. Das würde einen schönen Bluterguss geben. Ich hoffte nur, dass ich ihn würde verstecken können oder dass er klein genug wäre, um eine Erklärung dafür zu finden. Ich hatte das ungute Gefühl, dass die neuerdings zu Hause spürbare Unterkühltheit weniger mit Arbeitsdruck als mit Misstrauen zu tun hatte. Sam riss die Geschenkschachtel an sich und rannte damit los.

«Wo willst du mit meinem Geschenk hin?»

Sie knallte die Schlafzimmertür hinter sich zu. Das war die einzige Antwort, die ich bekam.

«Sam?»

«Hau doch ab! Geh nach Hause zu deiner Frau, na los! Wirst schon sehen, wie egal mir das ist!»

«Sam …»

Ich hatte sie noch nie zuvor weinen gesehen. Es machte sie nur noch reizvoller. Manche Frauen, Alison zum Beispiel, sind wirklich abstoßend, wenn sie sich gehen lassen, mit laufender Nase und verquollenen Augen. Samantha stand einfach nur da, während sich ihre Augen mit Tränen füllten, die ihr die Wangen hinabliefen. Kein Gejammer, kein verzerrter Mund. Sie sah aus wie eine Sechsjährige, die versucht, ihren Stolz zu wahren. Ich saß neben ihr auf dem Bett und streichelte ihren Arm. Sie stieß meine Hand grob weg und drehte mir den Rücken zu.

«Komm schon, Sam. Lass uns drüber reden.»

«Was gibt's da zu reden? Da gibt's nichts zu reden! Du sagst, du willst mich, du liebst mich, aber du hast solche Angst vor deiner blöden Frau, dass du nicht mal ein Geschenk von mir haben willst!»

«Das hat nichts mit Angst zu tun, Sam.»

«Womit dann?»

Jetzt hatte sie mich. Die Wahrheit war, dass sie Recht hatte. Sosehr ich auch nach ihr lechzte, ihren herrlichen Körper begehrte und ab und zu auch ihre exzentrische Seele, ich hätte doch nie mit ihr leben können, und das wusste sie ebenfalls. Und soweit ich konnte, liebte ich die arme Ali ja auch. Meine Beinahe-Ehe mochte dürftig sein, aber sie erfüllte meine Bedürfnisse, und ich hatte nicht vor, sie aufzugeben.

«Also, erstens ist sie nicht meine Frau.»

«Alles nur Worte. Du lebst immerhin mit ihr zusammen. Da könnte sie es genausogut sein.»

«Du weißt doch, ich liebe dich, Sam – du bist meine Auserwählte, das weißt du doch, oder?»

«Du kannst mich mal.»

Aber sie ließ meine Hand auf ihrer Schulter liegen, während ich es noch einmal versuchte.

«Und dein Geschenk gefällt mir wirklich. Und natürlich

werde ich ein Plätzchen finden, wo ich es aufbewahren kann. Ich war bloß so überrascht, das ist alles. Ich wusste gar nicht, was ich sagen sollte.»

Schweigen.

«Ich meine, ich hatte überhaupt nicht erwartet, dass du an meinen Geburtstag denkst, geschweige denn, dass du mir etwas schenken würdest.»

Sie starrte mich an. «Du hast mich ja in den letzten drei Monaten jede Woche per E-Mail daran erinnert. Wie hätte ich es da vergessen können?»

«Tatsächlich?»

Sie drehte sich zu mir um, und ich ergriff die Gelegenheit, ihr mit dem Finger über die Brust zu fahren. Ihre Brustwarze wurde augenblicklich hart. Das sagte mir, mehr oder weniger, mir war fürs Erste verziehen.

Sie holte Luft. «Das war schön.»

«Was?», fragte ich unschuldig und wiederholte die Bewegung. «Das?»

«Mmm.»

«Und das hier?»

Die andere Brustwarze richtete sich noch schneller auf als ihr Zwilling.

«Ja.»

«Und was ist damit?»

Ich liebte den Geschmack ihrer Haut. Er war leicht salzig, selbst dann, wenn sie gerade geduscht hatte. Ihre Nippel fühlten sich an wie kleine Weintrauben, die sich an meinem Gaumen in Rosinen verwandelten. Ein schönes Mädchen mit ihren getönten Kurven. Sie war so makellos braun, dass es mir fast das Herz brach.

«Das ist gut.»

«Freut mich wirklich.»

Ich hatte von Sam gelernt, dass man immer in der einen oder anderen Form beide Brüste gleichzeitig bedienen musste, sonst fühlte sich die eine übergangen und war beleidigt. Am meisten mochte sie es, wenn ich beide gleichzeitig massierte und die Nippel mit der Zunge und den Lippen abwechselnd leckte. Ein kleiner anerkennender Seufzer ließ sie viel stärker reagieren als irgendein ausgefeiltes Lob. Sie genoss es einfach, vernascht zu werden, und diese Aufgabe fand ich enorm befriedigend.

Ihr Bauch zum Beispiel. Diese herrliche Muskelkaskade, herausgestellt durch den winzigen Ring, den sie im Nabel trug. Ihre Linie war ganz außergewöhnlich. Ich wusste, da musste irgendwo Fett sein unter dieser makellosen Haut, aber ich hatte noch keins gespürt, geschweige denn gesehen. Die Außenseite ihrer Oberschenkel war wie soeben reif gewordene Pfirsiche. Nirgends eine Vertiefung oder Falte, und auf ihren prallen Arschbacken hätte man Walnüsse knacken können. Wahrhaft prächtig, Samanthas Hinterteil. Rund und knackig, und das Beste daran waren die beiden Grübchen am Ende ihrer Wirbelsäule, die einen geradezu aufforderten, sie zu lecken. Ich hatte das schon mehr als einmal getan. Zu Hause lag ich dann manchmal wach und starrte den Deckenventilator an. Er hatte perforierte Bambusflügel, und diese Löcher erinnerten mich an die kleinen Dellen an Sams verlängertem Rücken. Alison profitierte häufig von diesen Augenblicken und wusste gar nicht, warum. Sonst hätte sie mich wahrscheinlich umgebracht.

Ich habe immer Wert darauf gelegt, Sam vorher Bescheid zu sagen, wenn ich sie besuchen wollte. Sie konnte sich dann in Ruhe vorbereiten. Sie war immer vollständig rasiert, und die Stoppeln konnten unangenehm sein. Sie entfernte sie dann immer am selben Morgen, wenn sie wusste, dass ich mich am Abend über sie beugen würde. Wir mochten es alle beide so. Sie beschwerte sich auch manchmal über meinen Schnurrbart.

«Du musst zum Friseur.»

«Tut mir Leid. Kratzt es?»

«Wenn du nicht aufpasst, bin ich morgen ganz wund.»

«Dann muss ich ja ordentlich nachhelfen.»

«Wie meinst du das?»

«Ich will, dass du mindestens eine Woche lang jedes Mal an mich denkst, wenn du in den Spiegel schaust.»

Einmal, als ich ziemlich kurzfristig bei ihr ankam, war sie blutig, als ich sie wieder verließ. Sie hatte sich meiner Zunge so bereitwillig überlassen, dass ich fast eine Stunde lang über sie gebeugt blieb. Obwohl ich mich am Morgen rasiert hatte, waren die Bartstoppeln im Laufe des Tages so nachgewachsen, dass sie die Wirkung von Sandpapier hatten. Die Innenseiten ihrer Oberschenkel und ihre Vulva waren so wund gescheuert, dass sie am nächsten Tag zum Arzt gehen musste. Weiß der Himmel, wie sie ihm ihren Zustand erklärte. Aber wie ich Sam kenne, hat sie sich gar nicht erst die Mühe gemacht, sondern ihn einfach um eine Salbe gebeten und den armen Kerl dann völlig schockiert sitzen lassen.

Erst durch Sam war ich darauf gekommen, wie ungemein reizvoll eine völlig nackte Scham war. Das lag daran, dass ich einen völlig ungehinderten Blick auf sie hatte, ihre Schamlippen glänzen sah, wenn ich sie erregte, und ihre Vagina zucken sah, wenn sie kam. Ich brauchte Sam nur anzusehen, wie sie mit gespreizten Beinen dalag, und schon fing ich an zu tropfen, selbst wenn ich zu diesem Zeitpunkt noch nicht ganz steif war – was allerdings nicht oft vorkam. Allein die Tatsache, dass ich mit ihr in einer Stadt war, genügte, um peinliche Folgen zu zeitigen, wenn ich an sie dachte.

Sam war die einzige Frau, die ich kannte, die so unersättlich war wie ein Mann. Im vorigen Leben musste sie eine Gottesanbeterin oder eine Schwarze Witwe gewesen sein, die ihre Partner verschlingen. Sie konnte wieder und wieder kommen, und hatte dann immer noch nicht genug. Es wurmte mich, dass ich es noch nie geschafft hatte, ihren Hunger zu stillen. Je mehr ich ihr gab – und wenn wir zusammen waren, hatte ich immer das Gefühl, ich gab ihr eine Menge – desto mehr wollte sie haben. Sie saugte mich aus. Ich hätte es nicht geschafft, sie öfter als einmal im Monat zu sehen. Es hätte mich umgebracht.

Für eine so junge Frau hatte sie erstaunlich viel Erfahrung. Ich erinnere mich an keine einzige Sache, die sie nicht bereits kannte, als ich sie ihr zeigte. Die meisten Mädchen in ihrem Alter (irgendwo in den Zwanzigern, ich wusste es nie ganz genau) meinen, sie wären gut im Bett, obwohl es dafür keinerlei Anhaltspunkt gibt. Gäbe es eine Goldmedaille für sexuelle Meisterschaft, so stünde meine Samantha ganz oben auf dem Treppchen, um Haupteslänge über allen anderen.

Sie war die Einzige, die ich kannte, die an allem Vergnügen fand, selbst an den größten Tabus. Mit genügend Alkohol, um sie zu entspannen, dem richtigen Zeitpunkt (in der Woche direkt nach ihrer Periode war sie ein Tier) und einem guten Gleitmittel erlaubte sie mir nicht nur den Eintritt, sondern bettelte sogar darum, sie in den Arsch zu ficken. Sie war einmalig, jawohl. Ich konnte mir ein Leben ohne sie nicht vorstellen und empfand Sam als den Höhepunkt meiner Vierziger.

«Was machst du denn da?» Sie schob meine suchenden Finger von ihrem Hintern.

«Nur ein Test.»

Sie wälzte sich auf den Rücken. «Das will ich heute Abend nicht. Naja – jedenfalls nicht jetzt. Vielleicht später.»

«Was dann?»

Sie streckte die Arme nach mir aus. «Das hier. Wenn du überhaupt interessiert bist.»

Als sie meinen Schwanz umfasste, berührten sich ihre Finger gerade eben so. Ich fand ihre Hände eigentlich nicht ungewöhnlich klein, aber sie sagte, sie wären es.

«Ich schätze, ich lasse mich überzeugen.»

Heiß und verschwitzt kam sie noch vier- oder fünfmal, ehe ich endlich den Höhepunkt erreicht hatte. Ihre Fähigkeit, sich so heftig und so oft zu entladen, war unglaublich. Nie war ich einer Frau begegnet, die so kommen konnte wie Sam, mit diesen kräftigen multiplen Orgasmen. In der ganzen Zeit unseres Zusammenseins hatte es bei ihr nur ein einziges Mal nicht geklappt, und in dieser Nacht hatte sie Migräne gehabt. Sie hörte nicht auf, es zu versuchen, behauptete aber, die Tabletten, die sie eingenommen hatte, bevor ich ankam, hätten ihre Sinnesempfindungen so gedämpft, dass sie kaum etwas spürte.

«Hey – ich hätte ja einfach so tun können, als ob. Hab ich aber nicht.»

«Nein, und ich will auch nicht, dass du das jemals tust. Versprich mir das.»

«Auf keinen Fall.»

«Auf keinen Fall was? Wirst du auf keinen Fall mogeln oder es auf keinen Fall versprechen?»

«Ja.» Dieses spitzbübische Lächeln. «Und jetzt hör auf damit und lass mich ein bisschen schlafen.»

Neben Sam im Bett zu liegen war, als strecke man sich in einer Winternacht vor dem Feuer aus. Sie strahlte eine solche Körperwärme aus, dass ich das eine Mal, als ich über Nacht blieb, auf die Couch umziehen musste, bis es morgens um drei kühl wurde. Ich kann Hitze nicht vertragen. Es musste an ihrem Training im Sportstudio liegen. Sie verbrannte selbst im Schlaf noch Kalorien und verbrauchte die überschüssige Energie, indem sie riesige Mengen an Wärme abgab. Ich kam nie dahinter, warum sie kaum schwitzte, wenn wir uns liebten. Ich lag immer wie aus dem Wasser gezogen da und schnappte nach Luft, während sie für gewöhnlich höchstens eine leichte Rötung über Brust und Nacken oder einen feuchten Schimmer auf der Stirn davontrug.

«Alles in Ordnung?» Sie sah mich mit leiser Besorgnis an.

«Mir geht's gut. Ein bisschen außer Atem, das ist alles.»

«Solange du nicht den Löffel abgibst. Das könnte Erklärungen erfordern.»

«Du hast mich noch eine ganze Weile am Hals, keine Bange.»

Sie nahm sich eine Zigarette von mir, wie immer, nachdem wir uns geliebt hatten, und blies den Rauch in perfekten Ringen gegen die Zimmerdecke. Dabei schuf ihre winzige rosa Zunge Symmetrie aus dem Chaos. Als blutiger Amateur in der Rauchringbläserfraktion schaffte sie es doch immer wieder, einen alten Hasen dieser aussterbenden Kunst auszustechen. Dabei behauptete sie auch noch, nie richtig geraucht zu haben. Ich hatte da meine Zweifel.

«Wo willst du es denn nun hintun?»

«Was denn?»

«Dein Geschenk. Du hast doch gesagt, du würdest einen Platz dafür finden.»

Damit hatte sie mich wieder erwischt. «Ach so, das. Ich weiß noch nicht genau. Ich muss erst die richtige Stelle finden.»

«Lügner!»

«Was meinst du damit?»

Sie pustete einen neuen Ring in die Luft, streckte das Bein so hoch in die Luft, dass es wehtun musste, und zerstach das Dunstgebilde spielerisch mit dem großen Zeh. «Du hast gar nicht vor, einen Platz dafür zu suchen. Du willst es wegschmeißen, nicht?»

Ich wischte mir mit einem Handtuch, das sie zu diesem Zweck neben dem Bett deponiert hatte, den Schweiß vom Gesicht. Angeblich hatte sie diese Angewohnheit von einem südafrikanischen Liebhaber übernommen, als sie noch sehr jung war. «Ich werde es mit Sicherheit nicht wegwerfen. Es ist sehr hübsch. Sensationell. Es ist einfach …»

«Einfach was?»

Liebes Kind, alles Mögliche. Einfach schön, einfach herrlich, einfach den Leutchen zu Hause ein bisschen schwer zu erklären. Jaja, ich habe dieses gerahmte Foto zufällig in einem Kunstgeschäft in Christchurch gefunden. Und es war natürlich die großartige Gegenüberstellung von Licht und Schatten, die mir ins Auge fiel, nicht der phantastische Körper des Modells. Es waren die poetische Gestaltung und die elegante Komposition, die mich fasziniert haben, und nicht das, was das Mädchen auf dem Bild offensichtlich tun würde, sobald es die leuchtende Kugel aus der Hand gelegt hätte. Ihre Nacktheit war absolut nebensächlich. Tatsächlich war mir gar nicht aufgefallen, dass sie nichts anhatte. Du lieber Himmel, du hast Recht, sie hat ja nichts auf dem Leib. Vielleicht sollte ich es ins Schlafzimmer hängen und nicht in die Diele, damit es Fiona und ihre Freundinnen nicht die ganze Zeit sehen, wie dumm von mir.

«Es ist ja nur, weil ich weiß, dass du mir dann noch mehr fehlen wirst. Das ist alles.»

Sam nickte nachdenklich. «Naja, gut.»

«Gut? Herzlose Kuh.»

«Ich bin nicht herzlos. Ich will, dass ich dir fehle. Ich will die ganze Zeit in deiner Nähe sein, und bis ich in Auckland einen Job finde, ist das die einzige Möglichkeit.»

Job? Wo? «Du meinst, du suchst einen Job?»

Sie streckte sich so ausgiebig, dass ihr Kreuz knackte. «Bis jetzt hatte ich noch kein Glück, aber ich versuch's weiter. Ich meine, schließlich bin ich ja diejenige, die umziehen muss. Du bist viel stärker gebunden als ich, mit der Arbeit und der Hypothek und allem. Ist viel besser, wenn ich das mache.»

«Besser, ja.»

«Und auf diese Weise sparen wir uns die ganze Rennerei und den Stress. Wenn wir in derselben Stadt wohnen, ist alles viel einfacher.»

«Viel einfacher, genau.»

Sie drückte ihre Zigarette so energisch aus, wie sie auch alles andere tat. Kräftig. «Ich hab da keine Sorge. Nächste

Woche hab ich zwei Einstellungsgespräche. Bei einem davon wird schon was rauskommen.»

«Und wo?»

«Hier unten, was wirklich der Anschiss ist. Ich hatte gehofft, ich käme dadurch rauf nach Auckland. Dann hätten wir diesen Monat nochmal zusammen sein können.»

«Schade.»

Sie stützte sich auf den Ellbogen und sah mich forschend an, wie Frauen es tun, wenn sie feststellen wollen, was man gerade denkt. «Du klingst nicht gerade begeistert.»

«Natürlich nicht. Du hast gesagt, wir hätten nochmal zusammensein können, und jetzt klappt es doch nicht. Das ist ja auch nicht begeisternd.»

«Das meine ich nicht. Ich meine, das mit dem Job – du hörst dich nicht gerade an, als ob dich die Idee umhaut.»

«Ach so, das! Nein, nein, wirklich, ich bin begeistert.» Als ihre argwöhnische Nase immer näher kam, musste ich an meine Mutter denken, als sie meinen Bruder und mich ausfragte, wer von uns im Badezimmer die Kacke auf den Fußboden geschmiert hätte. «Vielleicht bin ich ein bisschen müde. Du hast mich total fertig gemacht.» Das war jetzt garantiert ein Volltreffer.

«Ach herrje, ich hoffe, nicht. Ich bin noch nicht fertig mit deinen Geburtstagsgeschenken!»

«Du meinst, es gibt noch mehr?»

Wie dieses Mädchen grinsen konnte. Boshaft und unschuldig zugleich. «Es gibt immer noch mehr, mein Süßer. Und ich weiß, dass du das nächste toll finden wirst.»

Diesmal brauchte ich nicht extra die Augen zu schließen. Sie liebte es, wenn ich ihr dabei zusah, wie sie nackt umherlief, solange es die gehörige Reaktion hervorrief. Ein beifälliges Brummen war das Mindeste, was ich von mir geben musste, sonst fühlte sie sich zurückgewiesen. Und es war tatsächlich ein aufregendes Erlebnis, zu beobachten, wie sich ihre Brüste hoben, als sie nach oben in den Geschirrschrank griff und noch ein Päckchen zutage förderte.

«Hier, mein Geliebter. Mal sehen, ob das mehr nach deinem Geschmack ist.»

Diesmal war es nicht so sorgfältig eingewickelt. Das Papier war sehr hübsch, aber das, was offensichtlich irgendein Bildband war, wurde nur sehr lose zusammengehalten. Bücher machen sich am besten, wenn man sie sorgfältig einwickelt, sodass die Ecken sauber geknifft sind und das Klebeband sich nur auf einer Seite befindet. Immerhin hatte sie eine glänzende Schleife draufgeklebt, ich schätze, das war schon etwas. Eifrig packte ich es aus und stählte meine Nerven.

«Ich hoffe, es gefällt dir.»

Wenn der Inhalt dem Einband entsprach, dann würde sich der Heimflug stundenlang hinziehen. *Ihr versautes Wochenende* zeigte einen drallen Rotschopf mit dunkelbraunem Schamhaar, der sich in zahlreichen Verrenkungen mit zwei gut bestückten jungen Männern tummelte, von denen einer einen Furcht erregenden Vibrator schwang. «Wo in aller Welt hast du das denn her?»

«Aus den Staaten, übers Internet. Herrlich! Hat nur zwei Wochen gedauert, bis es da war, außerdem war es viel billiger als die hier in der Stadt.»

Ich war versucht, sie zu fragen, ob sie auch den Umtauschkurs und die Portokosten mit eingerechnet habe, ließ es aber lieber bleiben. Es sei mir fern, wie ein Erbsenzähler zu klingen.

«Na los – lies ein bisschen, und sag mir, was du davon hältst.»

«Jetzt gleich? Ich hebe es mir lieber für später auf.»

Ihre Augen leuchteten sehr. «Bitte! Ich will wissen, ob es dir gefällt.»

«Ganz bestimmt.»

«Es gefällt dir nicht.»

Seufzend gab ich mich geschlagen. Das Buch war genau das, was ich erwartet hatte. Einfach grässlich. Beim ersten Durchblättern reichte der Eindruck von miserabel geschrieben bis unglaublich geschmacklos, bevor es in die Gefilde des Faden und Abgedroschenen abdriftete.

«Du meine Güte!»

«Wie weit bist du?»

«Da, wo sie den Hund hereinruft.»

«Kommt das nach der Windelgeschichte?»

«Was für eine Windelgeschichte?»

«Frag nicht, lies weiter.»

Ich legte das Buch so behutsam hin, wie ich konnte. «Sam – ich seh mir das lieber später an. Jetzt möchte ich einfach nur dich anschauen.»

Sie lächelte und tätschelte mir die Wange. «Ich freu mich, dass du das sagst, Liebling. Höchste Zeit, dir die nächste kleine Überraschung zu geben.»

«Noch mehr? Das solltest du aber nicht.»

Sie erhob sich langsam, und ihre langen, festen Schenkel schimmerten im Halbdunkel. «Ich hoffe, das sagst du nicht, wenn du es gesehen hast.» Sie griff zu dem Videoregal hinauf und fuhr mit dem Finger über die Schachteln, ungefähr so, wie ich früher immer auf dem Weg zur Grundschule mit einem Stock die Staketenzäune entlanggefahren war. «Das hab ich nicht eingepackt. Ich hoffe, es stört dich nicht.» Die Schachtel knarrte, als sie sie aufbog, dann nahm sie das Video heraus und legte es in den stumpfschwarzen Recorder, auf den es noch Garantie gab.

«Noch so ein Leckerbissen aus dem Net, nehme ich an?», sagte ich, als ich mir das Bild auf der Hülle ansah.

Sie grinste schelmisch. «Sollte man meinen, was?»

Nach dem farbigen, fotokopierten Einband zu schließen, war es ein ausgemustertes Leihvideo. Ich hoffte, dass die Qualität besser war als die der anderen, die sie sich auf diesem Wege besorgt hatte. Häufig waren sie wackelig oder zerkratzt, und ich fand es ungemein nervtötend, eine Minute lang ein einwandfreies Stück Pornographie zu sehen und sich in der nächsten überhaupt nicht mehr darauf konzentrieren zu können. Eine Szene, die wir uns ziemlich oft ansahen, war ein herrlicher Vierer. Ein zierliches junges Mädchen ließ sich von zwei großen jungen Männern gleichzeitig bedienen, während eine ungeheuer vollbusige Blondine mit dem Eifer eines Melbourne-Cup-Teilnehmers auf ihrem Mund ritt. Es musste schon unzählige Male ausgeliehen worden sein, bevor sie es gekauft hatte, so schlecht war die Qualität. In dem Moment, in dem der zweite junge Mann eindrang, leuchtete das Band hellrot auf, fing an zu zittern, und man hörte nichts mehr. Schließlich kam der Ton mit schlurfendem Glissando wieder, aber inzwischen war das Vergnügen weitgehend vorbei. Es hatte mich irgendwann so geärgert, dass wir es uns nicht mehr zusammen ansahen – Sam erzählte mir irgendwann, sie habe es weggeworfen. Hätte ich das gewusst, ich hätte mir den Titel gemerkt und versucht, irgendwo eine andere Kopie aufzutreiben. Ich bin kein ausgesprochener Fan von diesem Zeug, aber es war der beste Porno, den ich bisher gesehen hatte.

Sam ließ sich mit der Fernbedienung in der Hand neben mich aufs Bett fallen und setzte sich im Schneidersitz hin wie ein Teenager, der einen Schuss braucht. «Fertig?» Ich fragte mich, für wen dieses Geschenk eigentlich war?

«Na dann los.» Ich hoffte nur, es wäre zu Ende, bevor ich aufbrechen musste, um meinen Flug noch zu kriegen. Ein blauer Bildschirm. Der Titel flog einfach von rechts nach links darüber, ungefähr so wie bei einer PowerPoint-Präsentation. Sehr ungekünstelt, nur zwei Wörter.

«ACHTUNG, AUFNAHME!»

Keine Musik, was ich nach den stundenlangen Hammondorgel-Berieselungen sehr zu schätzen wusste. Auch kein Vorspann, es ging sofort los. Auch das fand ich ungemein erfrischend.

Ein Schwenk ins Blaue zur Rückenansicht einer Blondine mit dickem, zum Knoten aufgestecktem Haar, die hinter einem billigen Schreibtisch saß. Über ihre Schulter hinweg sah man einen Mann und eine Frau nervös auf einer Couch sitzen. Der Raum war schlicht und spärlich möbliert, Kunstgewerbe und eine Reihe von Urkunden als einziger Schmuck. Die Frau sprach geziert wie alle schlechten Schauspieler. Die Anstrengung, die es sie gekostet haben musste, den Text auswendig zu lernen, stand ihr ins Gesicht geschrieben.

«Sie müssen verstehen, Frau Doktor, ich liebe meinen Mann. Es ist nur so, dass unser Liebesleben nicht mehr so wie früher ist.» Sam beugte sich vor und starrte gespannt auf die Mattscheibe.

Die Ärztin, noch immer von hinten, nickte gewissenhaft. «Ich verstehe.» Sie schrieb etwas auf einen kleinen Zettel. «Und wie fühlen Sie sich dabei?»

«Ich bin fast die ganze Zeit über geil», antwortete der Mann langsam. «Und dann habe ich ein schlechtes Gewissen.»

«Warum haben Sie ein schlechtes Gewissen?»

Das Ehepaar sah einander an und sagte kein Wort.

«Erregung ist eine vollkommen normale Reaktion», sagte die Ärztin nachdenklich. «Wir sind Tiere, nichts weiter. Es gibt nichts, weshalb man ein schlechtes Gewissen zu haben braucht.»

Der Mann ließ den Kopf hängen. «Aber wenn ich versuche, mit meiner Frau etwas dagegen zu tun, passiert nichts.»

Die Frau nickte traurig. «Und dann fühle ich mich auch schlecht.»

Ich konnte ihren Dialekt nicht einordnen. Sie waren keine richtigen Amerikaner, aber Briten waren sie definitiv nicht. «Wo hast du das her, Sam? Aus Kanada?»

Sie schlug mir auf die Hand und machte «Psssst! – Das ist jetzt wirklich gut. Hör zu.»

Eine Nahaufnahme von der Frau. «Das hat mich so unglücklich gemacht, dass ich eine Affäre habe. Sie macht alles kaputt, zerstört meine Ehe. Ich will damit aufhören, aber ich kann es einfach nicht ertragen, keinen Sex haben zu können, wenn mir danach ist.» Zur Unterstreichung ihres Elends stieß die Frau noch einen winzigen Schluchzer aus.

Es war sterbenslangweilig. «Wann fangen sie denn endlich an zu vögeln?»

Sam verdrehte die Augen. «Lieber Himmel, sie sind doch

erst seit einer Minute da. Lass sie doch erst mal warm werden.»

Die Ärztin nickte so übertrieben, dass ich um ihr Genick fürchtete. «Also, wenn Sie zu Hause Sex bekämen – ich meine richtig guten Sex –, dann wäre Ihre Affäre vorbei?»

«Ja», flüsterte die Ehefrau.

«Und was halten Sie davon, John?»

Der Ehemann nickte eifrig. «Genau das wollen wir alle beide. Wir lieben uns doch. Es ist nur, wir – ich meine *ich* komme einfach nicht mehr hinterher.»

Die Ärztin stieß sich von ihrem Schreibtisch ab. «Wo Liebe ist, da ist auch immer eine Lösung», verkündete sie feierlich. «Und um wieder ein bisschen Schwung in Ihre Ehe zu bringen – ich will, dass Sie genau Folgendes tun.»

Die Szene schrumpfte auf Stecknadelkopfgröße zusammen, sodass der Zuschauer nicht mehr in den Genuss der guten Ratschläge kam, die die Ärztin Mr. und Mrs. Provinztheater unbedingt geben wollte.

Mir war kotzübel. Sam sah vollkommen fasziniert aus. Offensichtlich schaute sie sich diese Szene nicht zum ersten Mal an. Sie bewegte die Lippen synchron zu den Worten der Schauspielerin, die die Therapeutin spielte, und sprach jeden Satz lautlos mit.

«Es wird aber noch gevögelt, oder?»

«Du lieber Himmel!»

«Aua!»

«Memme.»

Schnitt auf ein Wohnzimmer ähnlich wie das von Sam. Mr. Schwachstrom steckte ein Video in den Recorder. Mrs. Seitensprung saß auf der Couch und kaute nervös an den Fingernägeln. «Hoffentlich funktioniert es», jammerte sie.

«Die Frau Doktor wird schon wissen, warum sie uns gesagt hat, wir sollen uns dieses Zeug anschauen», sagte der Hahnrei tröstend. «Ich bin sicher, es wird uns helfen.»

Ein schlechter Anschlussschnitt zeigte eine Nahaufnahme des Fernsehbildes, und zum ersten Mal schöpfte ich Hoffnung, dass jetzt endlich etwas passieren würde.

«Ist das nicht die Ärztin?»

«Jap.»

Sie hatte ihren weißen Kittel ausgezogen und war kaum wiederzuerkennen. Genau gesagt, hatte sie alles ausgezogen und bot uns eine herrliche Rückenansicht dar, während sie vor einem gut gebauten Mann hockte, dessen Gesicht nicht zu sehen war. Sie hatte genau solche Grübchen wie Sam. Die beiden hätten Zwillinge sein können.

Immer noch keine Musik – stattdessen gab die leicht akzentuierte Stimme der Ärztin eine Gebrauchsanweisung in Sachen Liebeskunst, wobei sie das Ganze gleichzeitig Schritt für Schritt vorführte. Die Verbindung von klinisch gefärbtem Kommentar und intensiver Chemie wirkte seltsam unerotisch.

«Um bei der Fellatio sein Vergnügen noch zu steigern, sollten Sie ein wenig schnurren, während Sie ihn im Mund haben.»

Sam nickte aufmerksam. Fast erwartete ich, dass sie sich Notizen machen würde. Aber dann fiel mir ein, wie oft sie mich genau auf diese Weise verführt hatte, und ich fragte mich, ob sie nicht bereits mitgeschrieben hatte. Vielleicht war das ihre Beschäftigung, wenn ich nicht da war. Ich stellte mir vor, wie sie mit Block und Bleistift dasaß wie ein Schulmädchen, das brav seine Hausaufgaben macht.

Aber als es zur Nahaufnahme seines Schwanzes ging und die Ärztin die Lippen schürzte und auf seine Penisspitze spuckte, ehe sie den ganzen Schaft leckte, merkte ich, dass ich mich geirrt hatte.

«Sam¿!»

«Halt doch den Mund und hör zu!»

Ich schluckte. Jetzt wurde mir mit Schrecken klar, dass mir die gute Ärztin nur allzu bekannt vorkam.

«Ihren Partner tief einzusaugen ist gar nicht so schwierig, wie Sie denken. Allerdings kann ein bisschen Übung nie schaden. Bevor sie sich daran wagen, probieren Sie es mit einem Vibrator oder irgendeiner Frucht oder einem Gemüse in Phallusform, falls Sie kein Sexspielzeug zur Hand haben.»

«Gurken sind am besten», meinte Sam ungerührt. «Bananen werden viel zu schnell matschig.»

Mir verschlug es die Sprache.

Ein Schuss auf den Beckenbereich der Ärztin, die mit angezogenen Beinen auf dem Rücken lag. Ihre vollständig rasierte Vulva glänzte, als die Fingerspitzen eines Mannes über die Schamlippen fuhren. Ernüchternderweise war sie dabei immer noch in der Lage, Vorträge zu halten.

«Die Kunst der manuellen Stimulation ist besonders wichtig. Frauen kommen für gewöhnlich nicht zum Höhepunkt ohne direkte Berührung der Klitoris. Frauen, die schwer zum Orgasmus kommen, sollten sich vollständig rasieren, um die Bemühungen ihres Partners zu unterstützen. Ich verspreche Ihnen, der Unterschied ist – überwältigend.»

Eine Reihe heftiger, deutlich sichtbarer Vaginalkontraktionen sollte das eben Gesagte unter Beweis stellen. Sam seufzte glücklich, und ihre rechte Hand verirrte sich in ihren Schoß.

Dann wurde ich in die Technik des Eindringens von hinten eingeführt. Eigentlich hatte ich gedacht, ich hätte es in dieser Kunst bereits vor Jahren zur Perfektion gebracht. Doch Frau Doktor war da anderer Meinung. Man sollte die Schamlippen zuerst mit einem sorgfältigen Cunnilingus anfeuchten und wie eine Rosenblüte entfalten, ehe man versuchte einzudringen.

Es überraschte mich, wie sehr ich mich darüber ärgerte. Ich hatte immer die heimliche Phantasie gehegt, Sam dabei zuzusehen, wie sie einen anderen Mann fertig machte, so wie sie mich so oft fertig gemacht hatte. Aber jetzt, wo es sich direkt vor meiner Nase abspielte, traf es mich in einer Weise, wie ich es nie für möglich gehalten hätte. Ich war rasend eifersüchtig.

«Eine Rosenblüte entfalten! Wer hat denn diesen Scheiß geschrieben?»

«Wieso denn Scheiß?»

Na schön, dachte ich, dann spiele ich eben dein albernes Spielchen mit. Du willst so tun, als wärst das nicht du da auf dem Bildschirm – okay. «Ach, komm schon, Sam – das ist doch fürchterlich. Ich verstehe gar nicht, warum sie nicht einfach ficken und dann ist gut.»

Sie sah mich missbilligend an. «Du hast wohl überhaupt keine künstlerische Ader, was?»

Ich hatte meine Uhr abgelegt und daher keine Ahnung, wie lange das Band noch laufen würde. Aber mich beschlich das entsetzliche Gefühl, dass es noch stundenlang so weitergehen könnte. Es kam mir jetzt schon so vor, als liefe es bereits seit Tagen. «Tut mir Leid.»

Sie schniefte. «Das will ich aber auch meinen.»

Ich muss zugeben, dass es ein winziges bisschen besser wurde. Die Ärztin redete immer noch viel zu viel mit dieser schrecklich sterilen Stimme, aber mit der Zeit wurde sie erfinderischer. Wir wurden im Gebrauch einer Vielzahl von Sexspielzeugen unterwiesen, und man zeigte uns, wie weit man gefahrlos beim Bondage gehen kann, ohne dass es einem am Ende so geht wie dem armen Michael Hutchence. Erst als die Ärztin sagte, dass sie in Lektion zwei verschiedene Partner dazuholen würde und sicher sei, noch einen weiteren bereitwilligen Teilnehmer zu finden, wenn wir uns diese Episode ansähen, wurde mir bewusst, dass ich ihr Gesicht noch nicht richtig gesehen hatte. Selbst als sie sich über ihren anonymen Assistenten gebeugt hatte, war der Bildausschnitt so eng gewesen, dass man nur ihren Mund sah, oder ihr Haar hatte die Gesichtszüge verdeckt. Abgesehen davon hatte sie meist mit dem Rücken zur Kamera gestanden.

«Ich wette, die ist furchtbar hässlich. Aber die Figur ist nicht schlecht.»

«Vielleicht ist sie bloß schüchtern», sagte Sam gelassen, als die Szene wieder zu dem Paar zurückkehrte, das sich das Video ansah. «Oder sie will nicht, dass ihr Liebhaber im wirklichen Leben erfährt, was sie in ihrer Freizeit tut.»

Die beiden hatten sich die Ratschläge der Ärztin offensichtlich zu Herzen genommen und, nach der Menge an Hilfsmitteln zu schließen, die jetzt griffbereit neben ihnen lag, anscheinend eine Menge Geld im örtlichen Sexshop gelassen.

«Sie hat einen hübschen Körper», sagte ich ungalant, denn ich wusste ja, wie sehr Sams Selbstwertgefühl von ihrer äußeren Erscheinung abhing. «Darf ich ehrlich sein? Ich glaube, er könnte sogar schöner sein als deiner.»

Zu meiner Überraschung lachte sie nur. Dann kam eine Schwarzblende, und wir waren wieder in der Praxis der Ärztin.

Die Ehefrau gab sich alle Mühe, strahlend auszusehen. «Ach, Frau Doktor, es hat wirklich geholfen. Ich bin fast über meine Affäre weg. Aber wir haben das Gefühl, wir könnten noch ein klein wenig Nachhilfe gebrauchen.»

«Das freut mich aber», sagte die Ärztin. Ich kann nicht behaupten, dass es mir ebenso ging.

Es folgten ein bisschen Wortgeplänkel und die Übergabe des zweiten Videobandes, dann ging es zurück ins Wohnzimmer, und das Ganze fing wieder von vorn an.

Diesmal klopfte ein weiteres Ehepaar zufällig genau in dem Moment an die Tür, als die Ärztin mit ihrem Vortrag über Dreier, Vierer, Bisexualität und Orgien fertig war. Die Frau tummelte sich fröhlich mit der Verabredung ihres Liebsten, während die beiden Männer zuschauten. Als die unausbleibliche Lesbenszene abgehakt war, leitete ein bisschen hübsch choreographierte Leckerei und Lutscherei zu dem üblichen finalen Entladungs-Schuss über. Der dritte Besuch in der Arztpraxis schließlich zeigte Mr. und Mrs. Unermüdlich in strahlender Glückseligkeit und völlig geheilt. «Wir mussten einfach noch einmal vorbeikommen und uns bedanken, Frau Doktor. Sie haben unsere Ehe gerettet. Wie können wir das bloß jemals wieder gutmachen?»

Ich war nicht im Geringsten überrascht, dass Frau Doktor nichts unter ihrem weißen Kittel anhatte und offensichtlich an solche Offerten gewöhnt war.

Sie holte eine Videokamera und ein Teleskopstativ aus dem Schreibtisch und baute sie in einer Zimmerecke auf. «Würden Sie mir erlauben, das hier meiner Sammlung hinzuzufügen? Ich halte meine Behandlungserfolge gern auf Video fest, um sie meinen Klienten zu zeigen, wenn sie ein bisschen Ermunterung brauchen.»

Nachdem die beiden ihr Einverständnis bekundet hatten, schaltete sie das Gerät ein, und das Kameraauge zeigte uns, wie sie sich zuerst über den Mann und dann über die Frau hermachte und ihm dann noch ein paar letzte Tipps für den Analverkehr verabreichte, etwas, das sie bis dahin nicht erwähnt hatte. Da ich Sams Vorliebe dafür kannte, war eine solche Szene unvermeidlich.

Als Frau Doktor merkte, dass er gut allein zurecht kam, lehnte sie sich zurück und sah ihnen zu. «Ich habe eine schöne Sammlung der verschiedensten Leute. Wenn Sie wollen, kann ich Ihnen welche zeigen. Vielleicht gibt Ihnen das ja ein paar zusätzliche Anregungen.»

«Ja», rief der Mann begeistert, «ach ja, bitte!»

Und die Frau keuchte: «Tun Sie das, Liebes. Am besten jetzt gleich.»

Die immer noch gesichtslose Ärztin ging zu ihrem Fernseher hinüber und schaltete ihn ein – ich dachte allmählich, dass Sony die ganze Show gesponsert haben musste – und auf etlichen Metern grobkörniger Filmchen Marke Eigenbau rammelten Dutzende von Männern und Frauen mit der Hingabe von Karnickeln auf dem Bildschirm.

«Was hältst du bis jetzt davon?», fragte Sam sachlich.

«Schrott», sagte ich. «Ich hab, glaub ich, noch nie etwas Schlimmeres gesehen.» Auf keinen Fall würde ich ihr sagen, dass es jetzt um Längen besser war als der langweilige

Anfang. Einiges von diesem Amateurzeugs war wirklich verblüffend. Ich fragte mich, wo sie all die Leute her hatte, die ihr dabei geholfen hatten.

«Ich schalte nur mal für eine Minute ab, wenn es dir nichts ausmacht», sagte Sam auf einmal. «Warte eine Sekunde, ich bin gleich wieder da. Ich hab noch eine allerletzte Kleinigkeit für dich.»

Ich wollte nichts mehr von dieser abscheulichen Kuh haben. Sie hatte mir nichts mehr zu bieten, was sie nicht schon Gott und der Welt gegeben hatte.

«Ich weiß nicht, ob ich noch so viel Zeit habe, Sammie. Du weißt doch, ich muss meinen Flieger kriegen.»

Sie runzelte die Stirn. «Ich dachte, er geht erst um neun Uhr.»

«Heute nicht, Süße. Ich muss hier spätestens um sechs weg sein.»

Sie entspannte sich. «Ach, das ist okay. Es kann erst kurz nach drei sein. Also mach die Augen zu, und ich hole es.»

Ich verzog skeptisch das Gesicht und hoffte, es würde nicht zu lange dauern, was auch immer es sein mochte. Ich wollte nicht, dass sie merkte, wie wütend ich war. Wie ich sie kannte, würde sie es als Zeichen dafür auffassen, dass mir etwas an ihr lag.

«Lass sie zu», sagte sie kurz darauf warnend. Und dann legte sich etwas Kaltes, Hartes um mein rechtes Handgelenk

«Was machst du da?»

«Zulassen!», wiederholte sie, befestigte mich an einem der Holme am Kopfende des Bettes und tat dasselbe mit meinem linken Arm.

«Ich mag das nicht, Sam.»

«Oh, das wirst du aber gleich, Liebling. Du wirst es sehr mögen.»

Sie hob meinen Kopf ein wenig an und zog mir ein Stück Stoff übers Gesicht.

«Was soll das?»

«Keine Angst, es ist nur ein Kissenbezug. Du kannst jetzt die Augen aufmachen, wenn du willst.»

Ich schüttelte den Kopf, aber das blöde Ding rührte sich nicht. «Sam – ich mag das nicht.»

«Ach, wirklich?» Ich spürte, wie ihre Hand meinen Brustkorb hinabwanderte in Richtung Schritt. «Aber das magst du doch bestimmt.»

Ihr Mund war nass, und ihre Hände waren weich. Sie umfasste meine Eier und sog mich tief ein, und mir war alles egal. Sie drückte mir die Knie in die Rippen, und ich spürte ihre Feuchtigkeit auf der Brust. Sie so nah zu wissen und sie nicht anfassen oder wenigstens sehen zu können, war eine Qual. Ich war immer noch wütend, aber ich hatte genügend Savoir-faire, um es mir nicht anmerken zu lassen, bevor ich wieder in Sicherheit war.

«Sam – nimm den Kissenbezug weg. Bitte!» Aber sie hörte gar nicht hin. Das Einzige, was ich tun konnte, war, ihr ihren Willen zu lassen. Ein Orgasmus kroch langsam an die Oberfläche. Ich begann anzuschwellen, wurde immer härter, und meine Adern pulsierten.

Sie zog ihren Mund zurück. «Na, schon fast da, was?»

«Nicht aufhören. Bitte, nicht aufhören!»

«Ich mag es, wenn du bettelst», sagte sie und stülpte den Mund wieder über mich.

Das Pulsieren nahm zu, die Säfte brachen sich Bahn, ein Stoß, dann die Entladung. Wenn ich die Hände frei gehabt hätte, hätte ich mich davon überzeugt, dass mir nicht die Schädeldecke weggeflogen war.

«Großer Gott, Sam – das war ja unglaublich.»

Der Druck auf meiner Brust ließ nach, und der Kissenbezug hob sich langsam von meinem Gesicht. Als Kinn und Mund freilagen, küsste sie mich und gab mir meinen Saft zurück. Für gewöhnlich mache ich mir nichts aus diesem Geschmack. Ich konnte mir nicht vorstellen, warum sie so scharf darauf war. Denn das musste sie ja wohl sein.

«War's schön?»

«Es war unbeschreiblich, Sam. Du bist einfach toll.»

Der Stoff rutschte höher, und ich öffnete die Augen.

«Danke schön», sagte sie liebenswürdig.

Ich schrie auf. Sam schmiegte ihre Wange an die einer dunkelhaarigen Frau, deren Gesicht mir entsetzlich bekannt vorkam.

«Patrick – ich möchte dich gern mit Nicola bekannt machen.»

«Sehr erfreut», sagte meine Verflossene höflich. «Sam hat mir schon so viel von Ihnen erzählt.»

Die dunkelhaarige Nicola wischte sich den Mund ab. Ich zog den Kopf ein, und mir wurde klar, dass Sam vielleicht herzlich wenig an dem Orgasmus beteiligt gewesen war, der mich eben fast zerrissen hatte. Ungefähr zum zweiten Mal im Leben verschlug es mir völlig die Sprache.

«Was hast du denn, Liebling?», fragte Sam und tätschelte mir die Wange.

«Wie – was – wer hat denn …»

Wieder dieses kapriziöse Lachen, das mich normalerweise so entzückte.

«Spiel bloß nicht den Unschuldsengel. Das musst du

doch gewusst haben.» Wieder tätschelte sie mich, und ich zuckte zusammen. «Oder kannst du eine Frau nicht von der andern unterscheiden? Wie sagt man so schön in Deutschland? ‹Nachts sind alle Katzen grau.›?»

Nicola stemmte sich vom Bett hoch und verschwand. Wir schauten ihr beide nach.

Endlich fand ich meine Sprache wieder. «Wo hast du sie aufgetrieben?»

Sam seufzte zufrieden. «Sie ist entzückend, nicht? Sagen wir einfach mal, wir haben eine Menge gemeinsam.»

«Aber, Sam …»

Sie gab mir einen leichten Klaps auf den Oberschenkel. «Aber, aber. Genug davon. Ich hab dir ein besonderes Geburtstagsgeschenk versprochen, und ich halte meine Versprechen.»

Ich hatte gedacht, das hätte ich bereits bekommen. «Sam …»

Nicola kam zurück ins Schlafzimmer. Sie roch nach Zahnpasta. Offensichtlich teilte sie Sams Vorliebe für meinen Geschmack nicht.

«Genug jetzt, Sam, bitte. Ich muss wirklich los!»

Doch mein Flehen stieß auf taube Ohren. Sam schien es überhaupt nicht mehr zu interessieren, was ich wollte. Ich fragte mich schon, ob sie überhaupt merkte, dass ich noch da war.

Nicola setzte sich mit gespreizten Beinen aufs Bett, und ein schmaler Streifen zurechtgestutzter Härchen glänzte, als Sams magische Hände sie zum Strahlen brachten. Meine Reaktion war vollkommen ungewollt, aber vermutlich ganz normal. Trotz des Zeitdrucks und des Schreckens über die Enthüllung machte es mich ungemein an, zu sehen, wie Sam eine andere Frau erregte. Dass sie sich gleichzeitig auch noch selbst streichelte, war beinahe unerträglich. Ich zerrte an den Handschellen, verlangte, dass sie mich losmachen sollte, und erntete keinerlei Reaktion. Stattdessen widmete Sam sich Nicolas flehenden Rufen und leckte ihre geschwollenen Labien und die aufgerichtete Klitoris, bis Nickys Oberschenkel zuckten, wie sie es bei mir noch nie getan hatten.

Dann holte Sam ihr Lieblingsspielzeug aus einer Schublade unter ihrem Bett und führte es Zentimeter für Zentimeter in eine so pralle und orgasmusbereite Muschi ein, dass ich es am liebsten aus dem Weg geräumt hätte, um mich selbst hineinzustürzen. Sam sah mich einen Moment lang an und zog ihre herrlichen Augenbrauen hoch in der Annahme, es würde mich anmachen.

«Oh, das gefällt ihm wohl, was? Sieh mal, Nicky – ich habe Konkurrenz bekommen. Er ist ganz steif. Was hättest du denn lieber, Schätzchen?»

Schätzchen, soso. Ich war erstaunt, festzustellen, dass sich meine Eifersucht verdoppelt hatte. Weniger überraschend war die Erkenntnis, dass ich Nicola unter allen Umständen wiederhaben wollte, selbst zu Sams Bedingungen. Nicola beugte sich zu Sam hinüber und flüsterte ihr etwas ins Ohr.

Sams Augen leuchteten auf. «Ganz wie Mylady wünschen – Euer Wunsch ist mir Befehl.»

Als Sam hinausging, erhob sich Nicola. Sie trat ans Kopfende des Bettes und fuhr mit den Fingernägeln quälend langsam über die Innenseite meiner Handgelenke. Meine Eier begannen zu schmerzen. Ich drückte die Oberschenkel dagegen, aber das half nur vorübergehend.

«Du bist ein gottverdammter Schuft, Patrick.»

«Nicola – nein! Ich kann's dir erklären!»

Jetzt ließ sie die Brust an der Innenseite meines Unterarmes entlanggleiten und stoppte gerade noch außerhalb meiner Reichweite. Mit einer sanften Bewegung wiederholte sie das Ganze so zart, dass ich kaum noch ihre Haut spürte. Es war eine erlesene Folter. Ich betete, sie möge nie damit aufhören – dann befahl ich es ihr. Sie ignorierte mich völlig, stellte sich vor mich hin und zwirbelte ihre harten braunen Nippel zwischen den Fingern.

«Ich kann mir nicht vorstellen, dass du irgendetwas zu bieten hättest, um all den Kummer wieder gutzumachen, den du verursacht hast. Du kannst dich aus dieser Sache nicht mehr herauswinden, Patrick.»

«Weiß Sam Bescheid? Über uns, meine ich.»

Sie starrte mich an. «Das wirst du schon sehen, oder?»

«Was habt ihr beiden denn vor?» Sam legte jetzt eine große Plastiktüte ans Fußende des Bettes und winkte meine verlorene Geliebte zu sich heran.

Es war, als würde ich den letzten Akt eines Balletts anschauen, die Art, wie Nicolas Schenkel und Hintern sich über meinem Gesicht wölbten. Unendlich langsam ließ sie sich über meinen Mund herab und hielt inne, kurz bevor ich sie hätte erreichen können, wie sehr ich auch den Hals reckte. Und dann beugte sie sich über mich, und Sam auch, und irgendjemand nahm mich in den Mund.

Ich schloss kurz die Augen, öffnete sie aber wieder, als ich die Tüte rascheln hörte. Die beiden hoben die Köpfe und kicherten leise. Ich bekam fast die Genickstarre, aber ich musste unbedingt sehen, was Sam da vorhatte. Sie benutzte Nickys Körper als Abschirmung, sodass ich ihre

Hände nicht sehen konnte. Ihr Arm bewegte sich schnell auf und nieder. Offenbar schüttelte sie etwas, aber ich hatte keine Ahnung, was. Ich hörte etwas ploppen und zischen, und dann umhüllte etwas Kaltes meinen Schwanz.

«Scheiße!»

«Magst du das nicht?», fragte mein Folterknecht liebenswürdig. «Vielleicht gefällt dir das hier besser.» Sie machte eine schnelle Bewegung und besprühte Nicolas glänzenden Hintern mit Schlagsahne. Ein weißer Spritzer traf meine Lippen. Er war ein bisschen süß, kühl und frisch. Sam schob ihr Gesicht zwischen Nicola und mich. Als sie die Sahne mit der Zungenspitze ableckte, war wieder das makellose dunkle Fell zu sehen. Es war nass und verklebt wie eine Katze, die man draußen im Regen gelassen hatte. Als ich meine Geliebte zuletzt gesehen hatte, war sie blond und unbehaart gewesen wie Sam. In den paar Monaten, seit ich sie abgeschoben hatte, war sie zu ihrer normalen Haartracht zurückgekehrt. Als Kontrast zu Samantha gefiel es mir ganz gut. Als Sam sich wieder ans Fußende zurückzog, bewegte sich Nicola behutsam zu ihrem Handballen hin, bis ich dachte, ich würde explodieren. Dann beugten sich beide wieder über mich, und eine einzige feuchte Zunge wusch mich sauber.

Sie küssten sich innig. Als sie sich wieder trennten, sah mich Nicola über die Schulter an und zwinkerte. Ein Klecks Schlagsahne klebte noch an ihrer Oberlippe. Aus irgendeinem seltsamen Grund war mir nach Weinen zumute, und ich fragte mich, ob ich langsam im Begriff war, mich wieder in sie zu verlieben.

«So, das war das Horsd'œuvre. Sollen wir jetzt gleich zum Dessert übergehen?» Die Tüte raschelte wieder, und eine dickere Masse zierte die ganze Länge dessen, was inzwischen eine ganz ansehnliche Erektion war. Sam sprühte eine großzügige Menge Mousse au Chocolat auf meinen zuckenden Steifen und verschmierte sie mit einem prüfenden Finger.

«Das magst du bestimmt.»

Diesmal sprühte sie mir eine Ladung von dem klebrigen Zeug überall ins Gesicht und schmierte es auf meine Lippen und mein Kinn, um sicherzugehen, dass ich es auch schmeckte. Ehrlich gesagt, Mousse aus der Sprühdose ist nicht mein Fall. Bei all ihren Fehlern, und sie hat eine Menge davon, kann meine brave Alison eine Mokkatorte backen, die kaum eine andere Frau überbietet. Sie ist überhaupt eine ausgezeichnete Hausfrau. Hat in zwei vorhergehenden Ehen den Haushalt geführt. Ich sage immer, es gibt nichts Besseres als einen guten Versorger, und Alison hat uns in den letzten beiden Jahren ausgezeichnet versorgt. Ich habe das Sam oder Nicola nie erzählt. Meine Gespielinnen wissen immer, wie die anderen heißen, mit denen ich mein Heim teile, aber darüber hinaus bin ich sehr vorsichtig und erzähle ihnen so wenig wie möglich.

Zum Beispiel hatte ich Sam viel zu lange verschwiegen, dass ich die Absicht hatte, Alison zu heiraten, aber dafür gab es einen triftigen Grund. Ich wollte erst Alisons bedingungslose Einwilligung, bevor ich Sam sagen würde, dass sie es sich aus dem Kopf schlagen solle, nach Auckland zu ziehen. Aber diesmal hatte meine derzeitige südlichste Mätresse so dick aufgetragen, dass ich mich schon gefragt hatte, ob ich nicht alles auf eine Karte setzen und Sam klarmachen sollte, wo sie stand, damit die Sache ein für allemal erledigt wäre.

Alison hatte mir echte Mousse au Chocolat versprochen, wenn ich heute Abend zurückkehrte. Und sosehr mein kleiner Kopf auch die Doppelnummer genoss, die Sam zu meinem verspäteten Geburtstag organisiert hatte, mein großer wurde langsam ein bisschen missmutig. Ich finde, es ist eine Gemeinheit der Schöpfung, dass sie den Frauen die Möglichkeit gegeben hat, jederzeit einen Orgasmus vorzutäuschen, während Männer das nicht können.

«Gleich so weit?», fragte Sam.

Nicola gab ein Geräusch von sich, das ich für Bestätigung hielt. Um die Dinge zu beschleunigen, machte ich eine ähnliche Bemerkung. «Oh Gott, ja», war es, glaube ich.

«Na fabelhaft», sagte Sam fröhlich. «Noch zwei Geburtstagsgeschenke für Patrick, dann können wir alle kommen.»

Ich konnte nichts sehen, aber es fühlte sich an, als verteilte sie jetzt Rahmkäse über meinen Schwanz, die Eier, die Oberschenkel und den Bauch.

Während Sam unten beschäftigt war, griff Nicola nach einer Flasche, die Feuchtigkeitsmilch mit tropischem Duft zu enthalten schien, und spritzte sich etwas davon in die Hand. Mit einem feuchten Finger zog sie Kreise und Linien auf meiner Stirn, meinem Gesicht und Oberkörper, dann drückte sie mir ihre Handflächen fest auf die Brust.

«Sam? Tu mir auch ein bisschen davon drauf», bettelte sie, aber Sam schüttelte den Kopf.

«Nichts da, Liebling. Diesmal ist es nur für Patrick.» Und sie packte Nicolas Kinn, zog sie von mir weg und küsste sie wieder leidenschaftlich.

Nicola stand über mir, und ihre geöffnete Vagina schwebte über meinem Gesicht, während meine blonde

Geliebte ihr die Brüste leckte. Dann ließ Sam die Hand nach unten gleiten und griff in das feuchte Schamhaar, das so viel anziehender war als ein völlig kahler Venushügel. Was Sam dazu trieb, sich so zu verstümmeln, ging über mein Vorstellungsvermögen. Frauen sollten immer ein kleines Geheimnis haben, und ein fein säuberlich gestriegelter Streifen weichen, lockigen Fells verfehlte bei mir nie seine Wirkung.

Sam schob die Hand zwischen Nicolas Lippen, dann steckte sie mir die Fingerspitzen in den Mund. Sie rieb den Mittelfinger an meinem Gaumen, damit ich Nicolas Nass kosten konnte. Allmählich verspürte ich wieder gesteigertes Verlangen nach der süßen Nicky. Es war Zeit für eine Veränderung, daran bestand kein Zweifel, und Nicolas fortgeschrittene Fähigkeiten im Oralverkehr waren der Beweis dafür, dass es sich lohnte, mich weiter mit ihr zu beschäftigen. Ich fragte mich, ob es nicht ein bisschen voreilig gewesen war, sie einfach so fallen zu lassen.

Der Finger glitt wieder in Nicky hinein, und Sams Gesicht senkte sich auf den Grund ihres Bauches herab. Sie drückte sie nieder, sodass Nicola über mir kniete. Nun umgaben wir die dunkelhaarige Frau von beiden Seiten, meine vergeblich flatternde Zunge verfehlte nur knapp die Rückseite ihrer Muschi, Sams Zunge berührte fast die meine, als sie Nickys Klit suchte. Es dauerte nicht lange, bis Nicola uns beide nass machte, indem sie so heftig ejakulierte, wie ich es noch nie bei einer Frau erlebt hatte. Kein Zweifel, damit hatte Sam eine Siegerin herangezogen. Tautropfen sickerten an Nickys Schenkeln herab und fielen auf meine Brust. In meinem Schwanz hämmerte es. Sam konnte jetzt auf keinen Fall die Hand um ihn geschlossen haben, dessen war ich mir sicher.

Dann fing es an zu brennen, und meine Erektion brach zusammen.

«Sam – mach das Zeug ab! Es fängt an wehzutun!»

Nicola hüpfte augenblicklich von mir herunter und griff hinter die Tür nach einem weißen Bademantel, an den ich mich dunkel erinnerte. Ich fragte mich, wie oft sie wohl schon hier gewesen war.

«Tut weh? Das sollte es eigentlich nicht. Vielleicht bist du bloß ein bisschen – überreizt.»

«ICH BIN NICHT ÜBERREIZT! ES TUT HÖLLISCH WEH!»

«Soll ich einen Waschlappen holen?», fragte Nicola mit leicht besorgtem Unterton. «Das geht vielleicht am schnellsten.»

Sam schürzte die Lippen. «Warum nicht? Aber nimm kaltes Wasser, kein heißes. Das würde es nur noch schlimmer machen.»

Ich hob den Kopf, und eine Hautfalte (die absolut kein Doppelkinn war) klemmte sich ein, als ich mich vorbeugte, um nachzusehen. «Was ist das für ein Mist, mit dem du mich beschmiert hast? Um Himmels willen, Samantha, jetzt reicht mir's aber! Wie kann man nur so blöd sein?»

Sams Augen blitzten, aber sie sagte nichts – drehte nur den Kopf weg, während im Bad das Wasser lief.

Mein Schwanz brannte wie Feuer. «Beeil dich gefälligst, und mach mir diesen Scheißdreck ab! Und schließ endlich diese blöden Dinger auf, du dummes Luder! Lass mich raus! Ich muss mich fertig machen.»

«Oh, keine Bange, mein Herzallerliebster», sagte Sam mit honigsüßer Stimme. «Du wirst noch früh genug ‹fertig› sein. Dafür sorge ich schon.»

«Hier.» Nicola, jetzt vollständig bekleidet, hielt ihr den Lappen hin. Er war mehr als kalt, und ich fragte mich, wie sie es angestellt hatte, Eiswürfel zu finden, ohne den Kühlschrank aufzumachen.

«SCHEISSE!»

«Bisschen kalt, was?», fragte Sam scheinheilig, während sie nicht gerade sanft meine Genitalien bearbeitete.

«SCHEISSE, SCHEISSE, SCHEISSE!», schimpfte ich statt näherer Erklärungen.

«Hör auf, dich zu benehmen wie ein großes Baby. Das reicht jetzt. Ich bin gleich fertig, und in einer Minute ist alles vorbei.» Sie griff nach einem kleinen Napf auf ihrem Frisiertisch.

«Was ist das denn?»

«Feuchtigkeitsmilch. Davon wird es besser.»

Stellen Sie sich einmal vor (oder erinnern Sie sich, ganz, wie Sie wollen), wie sich Aftershave auf abgeschürfter Haut anfühlt. «Jessssses Mariiiiiiiiiaaaaa!!!»

Nicola schüttelte nachsichtig den Kopf und verzog sich in die dunkelste Zimmerecke. «Ich muss doch bitten!», sagte sie tadelnd.

«SAM, HÖR AUF!» Da war wieder dieser betäubende Jasminduft, der ebenso zu Sam gehörte wie ihr Atem. Sie hatte mich in parfümierte Körperlotion eingehüllt, dieses Miststück. Den Geruch würde ich wochenlang mit mir herumschleppen. Alison würde mich umbringen.

Jetzt zog Nicola den Vorhang zurück, der das kleine Seitenfenster verdeckt hatte. Ich hörte ein Klicken, ein Surren und ein Geräusch, das mir ungemütlich bekannt vorkam.

«Was ist das?», fragte ich unter Tränen.

«Das?» Es war eine Videokamera. Eine Sony natürlich.

Sam griff unters Bett und holte einen weißen Kittel hervor. Mein Magen revoltierte.

«Sprechstunde», gurrte sie mit diesem fürchterlichen Akzent, den ich nur zu gut kannte. Und als Nicola die Kamera in die Hand nahm und sich über meinen Schwanz beugte, um eine Nahaufnahme zu machen, wünschte ich mir, ernsthaft krank zu sein.

«Sam, du hast kein Recht, mir so etwas anzutun!»

Unwirsch schüttelte sie den Kopf. «Sei still», sagte sie. «Ich muss mich auf meine Rolle konzentrieren.»

Ich weiß nicht, wie lange die beiden gebraucht hatten, um diesen kleinen Racheakt vorzubereiten, aber Sam kam mir so vor, als hätte sie das Drehbuch aus *Wie schreibe ich ein Buch?*. Es war eine Schande, dass sie dafür nicht jemanden angeheuert hatten, der talentierter war.

«Manche Männer sind zwanghafte Hallodris», dozierte die Frau Doktor. Wenn sie es nicht ausschließlich auf Sex abgesehen hätten, sondern auf Geld oder Macht oder Gewalt, dann würden wir sie als Soziopathen bezeichnen und für immer einsperren. Dem notorischen Verführer, dem Schürzenjäger und Casanova aber verzeihen wir immer wieder. Wir lassen zu, dass er das Leben all der Frauen zerstört, die er mit seinen billigen Lügen und Täuschungsmanövern hereinlegt. Häufig begreift er seinen Drang, jede verletzliche Frau zu ficken, die ihm über den Weg läuft, erst dann als Krankheit, wenn er mehr als einem seiner Opfer gleichzeitig gegenübersteht. Erst dann wird er seiner erbarmungslosen Grausamkeit ins Auge sehen, die genauso unreif ist wie die irgendeines verzogenen Göres, das Schmetterlingen die Flügel ausreißt.»

Frau Doktor schaute in die Kamera und sprach direkt ins

Objektiv. Ich fragte mich, über wen in aller Welt sie eigentlich redete. Ich war ganz und gar nicht so.

«Sollten Sie einmal einem dieser raffinierten Manipulatoren in die Hände fallen, dann tun Sie Folgendes. Erstens: Machen Sie sich selbst keine Vorwürfe. Akzeptieren Sie, dass Ihre Unschuld das Werkzeug ist, auf das er sich stützen konnte – und dass sie das Kostbarste ist, was Sie besitzen. Bewahren Sie sich dieses Gut, und halten Sie sich von ihm fern. Aber stellen Sie zuerst sicher, dass er nicht länger sein Unwesen treiben kann. Sorgen Sie dafür, dass Sie die letzte Frau sind, die er emotional durch den Wolf gedreht hat.»

Frau Doktor griff in ihre Einkaufstüte und hielt eine riesige Schere hoch. «Ich empfehle rostfreien Stahl für die Entmannung. Kann man leicht im Geschirrspüler sterilisieren und reduziert das Risiko einer Infektion. Schließlich wollen Sie den Halunken ja nicht umbringen, oder? Sie wollen lediglich sicherstellen, dass er nie wieder in der Gegend herumvögelt.»

Gerade zur rechten Zeit drehte sie sich zu mir um und sah, wie ich das Bett nass machte.

«Sam, nein, bitte, bitte, bitte, bitte, bitte nicht, Sam. Sam, ich liebe dich. Es hat nie eine andere gegeben als dich, ich will dich heiraten, Sam, zieh nach Auckland, Schätzchen, oder ich ziehe hierher, ich will Kinder mit dir haben, ich will immer mit dir zusammen sein, mit dir alt werden und irgendwo im Schaukelstuhl auf der Terrasse sitzen, Sam, oh, Sam, bitte nicht …»

Sie bremste mein Gebrabbel mit einem scharfen Klappen der Schere. Das Knirschen, als die Klingen sich öffneten und dann wieder aufeinander prallten, genügte, um meine Eingeweide erschlaffen zu lassen. Mein Schließmuskel tat sein Möglichstes zur Wahrung meiner Menschenwürde. Ein Jahr weniger im Internat, und es hätte zum Schlimmsten kommen können. Ich fing an, laut zu weinen und zu beten, der liebe Gott möge mich retten.

«Du mieser Dreckskerl!», zischte Nicola mich an.

Ich drehte mich flehend zu ihr um und versuchte es verzweifelt bei ihr. «Nicky! So hab ich es nicht gemeint! Natürlich liebe ich dich auch, das weißt du doch!»

Es surrte, und das Kameraobjektiv wurde ausgefahren. Nicola konzentrierte sich auf ihr Vorhaben und fokussierte auf meine Leistengegend. Frau Doktor Sam duckte sich, damit ihr Gesicht mit im Bild war.

«Solche Männer sind manchmal schwer zu entlarven. Sie sind Meister der Verstellung. Sie spielen den Seelengefährten, den besten Freund, die fehlende andere Hälfte. Und das kann ewig so gehen, wenn nicht per Zufall ihr wahres Gesicht ans Tageslicht kommt.»

Meine Stimme klang theatralisch schrill. «Ich bin nicht so, Sam, ich weiß gar nicht, wovon du redest, ich bin nicht bösartig, Sam, ich liebe dich – ich schwöre bei Gott, du bist die Einzige für mich!»

Doch sie hörten beide gar nicht hin. Nicola übergab Sam die Kamera, dann griff sie in die Tasche ihrer unifarbenen Khakihose und zog ein knittriges Blatt Papier heraus, das offenbar viele Male auseinander gefaltet, gelesen und wieder zusammengefaltet worden war. Sie beugte sich herab, sodass ihr Atem meinen Schenkel streifte, faltete das Blatt auseinander und strich es glatt, ehe sie anfing zu lesen:

Ich weiß nicht, wer Sie sind, Nicola, aber ich will, dass Sie meine Mutter in Ruhe lassen. Oder eigentlich Patrick. Er lebt mit

Mum zusammen, und sie liebt ihn sehr. Ich heiße Fiona und habe Kopien von all Ihren E-Mails an ihn. Wenn Sie jemals wieder eine Mail an ihn schicken, erzähle ich Mum alles. Und dann schicke ich eine Kopie Ihrer Briefe an Ihren Mann, denn ich weiß auch alles über ihn. Ich weiß, dass Patrick sich heute mit Ihnen trifft. Er hat gesagt, er fährt beruflich nach Palmerstown North, aber ich habe im Reisebüro angerufen und nachgefragt, und man hat mir gesagt, dass er nach Christchurch fährt. Also hoffe ich, dass Sie einen richtig schönen Tag hatten, Nicola, denn es war das letzte Mal. Auf Wiedersehen.

Ein hässliches kleines Wimmern zirpte in meinem Kopf. «Wo hast du das her?», brachte ich schließlich mühsam hervor.

«Ich habe es schon seit Monaten», sagte Nicola bestimmt. «Es wartete an dem Abend zu Hause auf mich, an dem ich gesehen hatte, wie Sam dich vom Flughafen abholte. Eine Ironie des Schicksals, was? Beinahe prophetisch.»

Herrje, dachte ich, Fiona. Gott sei Dank hatte sie den Mund gehalten. «Aber warum hast du mir nichts gesagt?»

Sie lachte bitter. «Warum, zum Teufel, hätte ich das tun sollen? Was, zum Teufel, gehst du mich noch an?»

Ich spürte ihre abgrundtiefe Verletztheit, die Worte nicht heilen konnten. «Aber ich liebe dich, Nicola», sagte ich dümmlich. «Unter anderen Umständen wäre das – wunderbar gewesen.»

Sie schlug so kräftig zu, dass ich mit den Schultern gegen die Handschellen stieß. «Und wenn es bis zu meinem letzten Tag dauert, ich lass dich büßen für das, was du mir angetan hast. Du hast mein Leben ruiniert!»

«Keine Sorge, Schätzchen», sagte Sam zärtlich und streichelte ihr über die Schulter. «So weit, wie wir bis jetzt gekommen sind, glaube ich nicht, dass es auch nur annähernd so lange dauert. Los, bringen wir's zu Ende.»

Nicola steckte das Blatt Papier wieder in die Hosentasche und schnappte sich erneut die Videokamera. Sam straffte die Schultern und schlüpfte wieder in ihre Frau-Doktor-Rolle. «Sitz gerade», befahl sie. Gehorsam rutschte ich rückwärts das Bett hinauf und stemmte die Fersen gegen das verunreinigte Laken. Die Schere blitzte bedrohlich.

«Wie jeder Süchtige hat auch der zwanghafte Verführer nur eine Möglichkeit, wenn er ernsthaft vorhat, sich zu ändern. Als Erstes muss er sich eingestehen, dass er ein Problem hat, und um Hilfe bitten. Sie klappte die Schere so weit auseinander, dass die Schneiden meinen Penis leicht berührten. Augenblicklich schrumpfte er auf die Größe einer Süßkartoffel zusammen.

«Ist er dazu nicht bereit», fuhr sie achselzuckend fort, «bleibt Ihnen keine andere Wahl mehr. Wie Sie sehen, liegt es ganz an ihm.»

Sie sah mich mit leuchtenden Augen an. «Also, Patrick, mein Süßer – worauf läuft es hinaus?»

Die Schere zwickte mich gerade genug, um mir die Entscheidung leicht zu machen. «Ich brauche Hilfe. Ich wollte nie jemandem wehtun! Ich kann doch nichts dafür, dass ich mich so leicht verliebe! Autsch!» Offensichtlich beeindruckte sie meine Aufrichtigkeit bis jetzt nicht besonders.

«Ich meine, ich war meiner Partnerin Alison nicht treu. Ich habe meine Geliebte, Samantha, betrogen. Ich habe meine Lady Nicola verletzt. Und es tut mir schrecklich Leid. Ich werde so etwas nie wieder tun, nie nie mehr, so lange ich lebe.»

Ich weinte hemmungslos und meinte jedes einzelne Wort ernst. Ich konnte dieses Versprechen halten, wenn ich nur meinen Schwanz behalten könnte. Und im Laufe der Jahre hatte ich ihn ziemlich lieb gewonnen. Wir hatten schon eine Menge zusammen erlebt.

«Du hast die Wahl», sagte Nicola ungeduldig. «Entscheide dich, aber jetzt gleich!»

«Was meinst du mit entscheiden?»

Sie holte erneut aus, wieder so ein gemeiner Schlag mit dem Handrücken. «Hast du denn überhaupt nichts verstanden? Man kann nicht auf mehreren Hochzeiten gleichzeitig tanzen. Irgendwann im Leben muss man sich entscheiden. Also, wer ist es?»

Gott im Himmel, nein! Alison, Samantha, Nicola – ganz zu schweigen von der reizenden Anya und der entzückenden kleinen Georgia. So viele verschiedene Frauen, so viele Bedürfnisse und Geschmacksrichtungen. Das war, als würde man sagen, ich esse für den Rest meines Lebens nur noch Mousse au Chocolat und bleibe dabei in Topform – das wäre entsetzlich!

Noch eine einfache Entscheidung. Ich log. «Sam – du bist meine Auserwählte. Du warst immer die Einzige – immer. Tut mir Leid, Nicola, aber mit Sam – ist es einfach – einfach unbeschreiblich.» Ich vergoss wieder Tränen, diesmal allerdings mit größerer Mühe. Die Schere piekte mir leicht in die Hoden, als sie weggenommen wurde. Offensichtlich hatte ich das Richtige gesagt.

«Ach, Liebling!», rief Sam, fiel völlig aus ihrer Rolle und bedeckte mein Gesicht mit Küssen. «Ich bin ja so glücklich! Ich wusste, dass du die richtige Entscheidung treffen würdest! Wir sind wie füreinander geschaffen!»

Ich verbarg meinen Ekel gut, dachte ich. Je eher ich diese beiden neurotischen Frauenzimmer los wäre, desto besser. «Ich liebe dich auch», sagte ich pathetisch und meinte kein Wort ernst. «Und wenn du mich von diesen Handschellen befreist und unter die Dusche gehen lässt, dann beweise ich dir auch, wie sehr.»

Natürlich hatte ich nicht die Absicht, ihr noch einmal zu nahe zu kommen – das Einzige, was ich wollte, war, nach Hause zu Alison und die goldene Stadt, die ich mehr liebte als irgendetwas anderes, nie wieder verlassen. Sams naive Einfalt war einer der Gründe gewesen, weshalb ich mich in sie verliebt hatte. Sie war nicht direkt dumm, aber auch kein Raketenforscher. Sie ging mir voll auf den Leim, das dusslige kleine Luder.

«Mein armer Liebling», sagte sie. «Aber natürlich mach ich das.» Bevor sie ans Werk ging, scheuchte sie Nicola aus dem Schlafzimmer.

«Ich wollte dich gar nicht wirklich verletzen, weißt du?», gurrte sie, während sie die Handschellen aufschloss. «Ich brauchte bloß einen richtig guten Schluss für das Band. Ich hatte Angst, du würdest nicht echt genug agieren, wenn ich es dir vorher gesagt hätte.»

«Natürlich», sagte ich ruhig und rieb mir die Handgelenke. Ich verabscheute sie. Eine Frau, die mich dazu brachte, am Ende in meiner eigenen Scheiße zu sitzen, verdiente den Tod. Ich fragte mich, wo sie die Schere gelassen hatte.

«Soll ich dir Wasser einlassen, mein Schatz?»

«Wenn du so lieb sein willst.»

Sie hatte sogar die Frechheit, im Bad vor sich hin zu trällern. Ich fragte mich, was sie eigentlich für eine Irre war.

Erst als im Flur die Tür ins Schloss fiel, wurde mir bewusst, dass ich Nicola aus dem Blickfeld verloren hatte. «Sam?»

«Ja, Liebling?» Sie hatte sich ein großes dickes Handtuch über den Arm drapiert wie die schlechte Imitation eines schwulen Weinkellners. Ihre großen Augen glänzten vor Gefühl.

«Ich dachte, ich hätte die Tür klappen gehört. Ist Nicola gegangen? Ich wollte ihr noch sagen, dass ich hoffe, es geht ihr bald wieder gut, und dass sie mir nicht böse ist.»

Sams Lächeln war so ungerührt wie das eines Politikers, der ein fremdes Kind küsst. «Ach, Patrick, du bist köstlich. Ich bin sicher, sie hat heute genug von dir gesehen, um zu wissen, was du wirklich empfindest.» Ihre Muskeln wölbten sich, als sie mich aus dem Schlafzimmer zerrte und in das winzige, dampfende Bad schubste. «Es wird Zeit, dass du unter die Dusche hüpfst, Zuckerschnäuzchen. Du müffelst ein bisschen, wenn ich so sagen darf.»

Ich knirschte mit den Zähnen. «Wie lange hast du schon von Nicola gewusst?»

Sam lachte heiser. «Schon seit Monaten, mein Schatz. Weibliche Intuition und nach dem Training ein paar Drinks zu viel mit einer meiner aufgeknöpfteren Klientinnen. Ich wusste, dass du mich betrügst, Patrick, aber nächstes Mal solltest du lieber darauf achten, dass wir nicht dieselbe Dusche benutzen, okay?»

«Ihr duscht zusammen?»

Wieder dieses Lachen. «Und saunen. Sie mag es heiß und verschwitzt. Also, ehrlich, Patrick, ich weiß wirklich nicht, was du an dieser Frau finden konntest. Sie hat einen schrecklichen Bauch. Und sie ist so alt!»

Oh, dieses Luder, dieses Luder, dieses Luder. Dieses

hundsgemeine Ex-Luder. Wenn ich erst mal sauber war, würde sie für immer aus meinem Leben verschwinden. Solange ich in einem Stück verschwinden konnte, würde ich sie nie mehr sehen müssen.

«Aber keine schlechte Nummer», sinnierte sie. «So lernbegierig.»

«Du hast es schon vorher mit Nicola getrieben?»

Samantha sah mich entrüstet an. «Natürlich! Na und? Du doch auch!»

«Du bist wirklich krank, Samantha.»

Sie lächelte unverfroren. «Aus deinem Munde ist das ein großes Lob, Patrick.»

Sie riss den Duschvorhang auf und schob mich hinein. «Na los. Du stinkst fürchterlich. Du hast dich vollgeschissen, weißt du das?»

Ich betete, dass Alison mir verzeihen würde. Ich schwor mir, sie nie wieder zu betrügen. Ihr nie einen Grund zum Argwohn zu geben. Ich wollte meinen Frieden mit Fiona machen und sogar aufhören, andere Frauen überhaupt anzusehen. Ab sofort, sagte ich mir, war ich ein anderer Mensch. Ich konnte es gar nicht erwarten, nach Hause zu kommen und meine Familie mit meiner Läuterung zu beglücken.

Die flüssige Seife fühlte sich klebrig an, dann glitschig. Braune Blasen bedeckten den Boden der Dusche und liefen erst ab, als ich sie mit den Füßen zertrat. Im Schlafzimmer dröhnte Queen, so laut, dass ich die stampfenden Bässe sogar durch die Tür hörte. Sobald ich fertig wäre, würde ich mir das Video schnappen und dann dieser Schlangengrube für immer entfliehen.

«Sam?»

«Ja, Liebling?»

«Würdest du mir einen Gefallen tun?»

«Alles, was du willst, Liebling.»

«Kann ich das Video mitnehmen? Schließlich ist es mein Geburtstagsgeschenk.»

«Nichts zu machen, Zuckerschnäuzchen.»

«Ich brauche es wirklich, Sam. Ich kann nicht riskieren, dass es in die falschen Hände gerät. Das könnte mich ruinieren.»

«Du verstehst mich nicht, Patrick. Du kannst es heute nicht mitnehmen. Es ist nicht mehr hier.»

«Was?»

Sie lugte um den Duschvorhang herum. «Ich hab dir doch gesagt, ich brauche noch den Schluss, Patrick. Das war kein Scherz. Nicky hat schon von Anfang an mit mir an diesem Projekt gearbeitet. Sie hat zu Hause dieses praktische kleine Gerät, mit dem sie alles bearbeiten kann. Sie wird das Video heute Nacht schneiden. Danach kannst du es haben.»

«Schneiden?»

Ihre Finger machten hässliche Scherenbewegungen. «Ja, Schatz. Schneiden. Ich dachte, du wüsstest inzwischen, was das heißt.»

Miststück. «Wann kriege ich es denn dann?»

«Morgen vielleicht, oder übermorgen.»

«Wie stellst du dir das vor? Willst du es mir per Post schicken?»

Sie sah mich schockiert an. «Was meinst du damit? Wo willst du denn hin?»

«Zurück nach Auckland natürlich. Das hab ich dir schon den ganzen Nachmittag lang erzählt. Ich muss noch heute nach Hause, sonst macht Alison – sonst macht mein Chef mir die Hölle heiß.»

Ihr Grinsen ging mir durch Mark und Bein. «Oh, ich glaube nicht, dass das eine gute Idee wäre, Patrick.» Sie zeigte auf meinen Schritt. «Außerdem, was würde Alison wohl denken, wenn sie dich so sehen würde?»

Mein Blick folgte ihrem Finger, und ich schrie erschrocken auf. Meine Scham war so glatt und unbehaart wie ihre.

«Enthaarungscreme», meinte sie fröhlich, ohne dass ich sie gefragt hätte. «Es brennt manchmal ein bisschen, aber es funktioniert ausgezeichnet. Du wirst wahrscheinlich tagelang so aussehen.»

Nicht genug, dass ich nach Jasmin-Körperlotion roch, jetzt war ich obendrein verunstaltet. Jetzt ergab diese Zeile in *Die Glasglocke* auf einmal einen Sinn – *Truthahnhals und Truthahnmagen* war die beste Beschreibung, die ich hätte finden können.

«Du bist vollkommen verrückt, weißt du das eigentlich?»

«Aber, Liebling – du hast es bei mir doch auch gemocht. Funktioniert das nicht auch andersrum?»

«Mach, dass du wegkommst.»

Ich überdachte meine Möglichkeiten. Wenn es aufflog, würde Alison mir eventuell verzeihen. Sie wusste ja, dass ich kein Heiliger bin. Noch besser, es müsste doch möglich sein, die Sache zu verbergen, indem ich behauptete, ich hätte furchtbaren Durchfall oder etwas Ähnliches, damit ich einen Grund hatte, im Gästezimmer zu schlafen oder im Bett Unterhosen zu tragen.

Ich riss den Duschvorhang so energisch auf, dass Sams putzige kleine Delphinringe von der Befestigungsstange flogen.

«Was machst du denn da?»

«Ich ziehe mich an. Ich habe genug.»

Sie folgte mir, machte aber keine Anstalten, mich anzufassen. Auch recht. Wahrscheinlich hätte ich sie sonst geschlagen. «Und dann?»

«Dann rufe ich mir ein Taxi, fahre zum Flughafen und fliege nach Hause.»

Sie verzog das Gesicht. «Das glaube ich aber nicht.»

«Halt den Mund.»

«Jedenfalls nicht mit dem Flug, den du gebucht hast.» Ihr Lächeln war jetzt ganz besonders boshaft.

«Wie meinst du das?»

«Er ging schon vor Stunden. Tut mir Leid. Ich dachte, du wüsstest das.»

«Wie spät ist es denn?»

Sie zuckte mit den Schultern und spielte ungerührt mit einigen Blättern Papier. «Keine Ahnung. Aber wir haben ein Drei-Stunden-Band durchgesehen, und wir haben erst kurz vor vier angefangen zu drehen.»

Ich hielt inne und überlegte einen Moment, dann zog ich grimmig die Hosen an. «Es wird schon noch einen späteren Flug geben.»

«Ich glaube nicht.»

Ich schloss den Gürtel. «Oh doch.»

«Der Flughafen ist geschlossen. Wegen Nebel. Du wirst wohl hierbleiben müssen.»

«Von wegen. Lieber schlafe ich in der Gosse.»

«Das könnte dir in der Tat passieren. Ich glaube, deine Kreditkarte ist nicht mehr viel wert.»

«Red nicht solchen Mist.»

Sie hockte sich aufs Bett. «Aber Liebling – das ist kein

Mist. Und es sind auch nicht meine Worte. Vielleicht solltest du mal einen Blick auf das hier werfen.» Sie hielt mir eines der beiden Blätter hin, mit denen sie die ganze Zeit herumgespielt hatte. Heute war anscheinend der Tag der E-Mails. Diese war angeblich von Alison:

Er gehört Ihnen, Sie Schlampe. Sie können ihn haben. Ich hoffe, er macht Sie genauso unglücklich wie mich. Und sagen Sie dem kleinen Dreckskerl, ich habe die Kreditkarten sperren lassen und unser gemeinsames Konto aufgelöst. Ich hoffe, er wird in der Hölle schmoren.»

«Es kam kurz vor dir an.» Sam beobachtete mich scharf, während ich mich fertig ankleidete und mir vor Wut auf die Lippe biss. «Du sagst ja gar nichts», meinte sie schließlich.

Ich kochte vor Wut. «Ich glaube, das hat nicht viel Zweck», sagte ich mit zusammengebissenen Zähnen. «Das sagt wohl alles.»

«Soll ich dann Kaffee aufsetzen? Ich nehme an, du bleibst jetzt.»

«Muss ich ja wohl. Sieht aus, als bliebe mir gar nichts anderes übrig.»

Als sie mich allein ließ, griff ich mir die Reste meiner Habe und flüchtete, so leise ich konnte.

Die Friseure unten, die sie auch nicht ausstehen konnten, waren so nett, mir ein Taxi zu rufen und mich im Maniküreraum zu verstecken, als sie ein paar Minuten später herunterkam und nach mir suchte. Sie müssen das Ganze für einen Jux gehalten haben. Jedenfalls hörte ich sie die ganze Zeit über hysterisch kichern, während ich im Dunkeln in dem muffigen kleinen Kabuff saß.

Der Flughafen war natürlich geöffnet. Das mit dem Nebel war gelogen. Und es gelang mir problemlos, das Ticket für den verpassten Flug in eins für die Acht-Uhr-Maschine nach Auckland umzutauschen. Brauchte nicht einmal meine Kreditkarte zu benutzen. Ich war aber sicher, dass ich es ohne Schwierigkeiten hätte tun können.

Die Frau hinter dem Tresen im *Koru*-Club war völlig entgeistert. Ich musste sie dreimal fragen, ob ich das Telefon benutzen könne. Sie starrte mich nur an wie einen Idioten, bis ich es ihr schließlich aus der Hand nahm und meine Anrufe tätigte, ohne auf ihre Erlaubnis zu warten.

Ich rief meine entzückende Nicola an. Sie war nicht zu Hause, jedenfalls war ihr Anrufbeantworter an, aber ich war sicher, dass alles in Ordnung war. Ich hinterließ ihr eine kleine Halbwahrheit (nur um ihre Gefühle zu schonen, versteht sich), sagte ihr, ich müsse leider zu einer dringenden Besprechung zurück, sonst wäre ich natürlich geblieben und hätte alles wieder in Ordnung gebracht. Manchmal braucht man eben eine Notlüge, damit alles läuft wie geschmiert.

Alisons Anrufbeantworter war ebenfalls eingeschaltet – ich entschuldigte mich gehörig für meine Verspätung und erzählte ihr, ich brächte ihr eine hübsche kleine Überraschung mit, sie werde schon sehen. Es dauerte ewig, bis ich aufhörte, ein schlechtes Gewissen zu haben, weil ich mich so ungeniert ausgedrückt hatte, aber sie bestand immer darauf, dass ich mir deswegen keine Sorgen machen solle. Außerdem sagte sie immer, scharfsichtige Menschen hätten ein Recht auf freie Meinungsäußerung.

Bei der äußerst wortkargen Verkäuferin im Geschenkeladen, die ein Kichern unterdrücken musste, als ich sie fragte, welche Pralinenauswahl am billigsten wäre, kaufte ich eine riesige Pralinenschachtel für meine Beinahe-Braut und einen großen Strauß duftender Freesien. Ali stellte immer gern duftende Blumen ins Wohnzimmer. Sie saß dort gern nachts vor dem Fernseher und lauschte den Dialogen, während ich in den Chatrooms herumspielte und all meinen reizenden Ladys E-Mails schickte.

Alison konnte den Umriss des Computers zwar gerade noch deutlich genug erkennen, um nicht mit dem Staubsauger dagegenzustoßen, aber dass sie auch nur ein Wort von dem hätte lesen können, was ich gerade machte – ausgeschlossen. Jemandem eine E-Mail zu schicken ging so meilenweit über ihre Fähigkeiten hinaus, dass ich all meine Willenskraft hatte aufbieten müssen, um nicht schallend zu lachen, als Samantha mir das Blatt Papier unter die Nase hielt.

Fiona – vielleicht. Wäre sie in Auckland gewesen, so hätte ich mir mehr Sorgen gemacht. Aber ich hatte Samantha gegenüber wohlweislich erst etwas von der Existenz dieses reizenden Kindes erwähnt, als Fi als Austauschschülerin in Tahiti in Sicherheit war. Sie war weggefahren, kurz nachdem ich mit Nicola Schluss gemacht hatte. Fiona konnte meine sorgsam gehüteten Botschaften genausowenig gefunden haben, wie sie übers große Wasser hätte nach Hause laufen können.

Als das Flugzeug abhob, machte ich mich gemächlich daran, die E-Mail zusammenzustellen, die ich Samantha schicken wollte, sobald ich wieder in der Stadt der Segel wäre:

Liebe Samantha – es interessiert dich vielleicht, dass Sony, ein hervorragendes Unternehmen auf seinem Gebiet, immer noch kein Drei-Stunden-Videoband für den Hausgebrauch anbietet.

Vielleicht solltest du das bedenken, bevor du deinen nächsten «Drehtag» veranstaltest. Sonst könntest du hinterher feststellen, dass du vergessen hast, überhaupt eine Kassette einzulegen. Das wäre doch jammerschade.

Das Lächeln, das bei dem Gedanken an ihre Dummheit auf meinem Gesicht gelegen haben muss, schien ansteckend zu sein, denn die Stewardess fing jedesmal affektiert an zu kichern, wenn sie an mir vorbeikam.

Als das Taxi mich vor meiner Haustür absetzte, war es schon nach zehn und stockfinster. Im Haus brannte Licht, deshalb wusste ich, dass Ali meine Nachricht erhalten hatte. Wenn sie nicht auf meine Rückkehr wartete, machte sie sich nie die Mühe, es einzuschalten.

Aus dem Wohnzimmer dröhnte der Soundtrack von *Stadt der Engel*, und ich hoffte, dass alles in Ordnung war. Alison spielte diese CD, die Fiona dagelassen hatte, normalerweise sowieso nie, und schon gar nicht so laut.

«Alison?» Ich schaltete das Licht im Flur ein. «Ich bin wieder da, Schätzchen. Komm her und hol dir deine Geschenke.»

Die Musik erstarb, und ich hörte Schritte in meine Richtung schlurfen.

Ich hatte den Spiegel in unserem Flur immer gemocht. Irgendetwas an seiner Position im Verhältnis zur Beleuchtung ließ jeden ein paar Jährchen jünger aussehen. Es war ungewöhnlich, dass ich in seine Richtung schaute, genau in dem Moment, als Alison in der Tür erschien.

«Guten Abend, Patrick.»

«Ha-ha–hallo, Liebling. Wie geht's dir?» Ich küsste sie rasch und übergab ihr die Blumen und das Konfekt.

«Ist irgendwas?»

«Nein! Nein, was sollte denn sein, Schätzchen? Mir geht es ausgezeichnet. Ganz ausgezeichnet. Habe mich nie besser gefühlt.»

«Du klingst ein bisschen – angespannt würdest du es wohl nennen. Vielleicht solltest du einfach ins Wohnzimmer kommen und mir alles erzählen, was dich bedrückt.»

Ihre Stimme hatte einen Unterton, der mir ganz und gar nicht gefiel. Und sie sah auch nicht gerade so aus, als würde sie sich freuen. Ich dankte Gott wieder und wieder, dass er ihr die Sehkraft genommen hatte, sonst hätte sie mich wohl auf der Stelle umgebracht.

«Ich bin gleich da, Liebling. Mache mich nur mal schnell ein bisschen frisch.»

«Wie du willst, Patrick. Aber mach nicht zu lange, ich muss mit dir reden.»

Sie ließ mich vor dem Spiegel stehen. Mir war inzwischen mit Schrecken klar geworden, warum die Friseure, die Stewardess und die Taxifahrer mich allesamt ausgelacht hatten. Auf meiner Stirn prangte – vermutlich mit Selbstbräuner geschrieben – das Wort:

MISTKERL!

Nicola hatte schon immer eine schöne Handschrift gehabt.

Ich hastete ins Badezimmer. Da musste sich doch irgendetwas finden lassen, womit ich das Zeug abbekommen oder zumindest überdecken konnte, damit ich am nächsten Tag auf die Straße gehen konnte, ohne mich zum Gespött der Leute zu machen. Und eine Dusche würde helfen, den Rest des Jasminparfüms loszuwerden, den auch der schwere Duft der Freesien im Bett nicht würde verbergen können. Als ich mich aus meinem Hemd schälte, stellte ich fest, dass auch das Sportstudio für einen oder zwei Tage ausfallen musste.

DÖDEL! RAMMLER! SCHLAPPSCHWANZ!

Sie hatte sich mit der dauerhaften braunen Schmiere überall auf meiner Brust verewigt und obendrein noch zwei perfekte Handabdrücke hinterlassen. «Ach du Scheiße!»

Als ich geduscht hatte, waren die Wörter sogar noch einen Ton dunkler geworden, aber wenigstens überdeckte mein Eau de Cologne das Schlimmste von Sams Geruch. Ich beschloss, etwas von Alis Make-up zu nehmen, falls ich am nächsten Tag aus dem Haus gehen musste, und ich musste mich eben so lange zurückziehen, bis der andere Müll wieder verblasst wäre. Leider würde das meinem Liebesleben einen gehörigen Dämpfer versetzen. Ali wäre die Einzige, die ich hätte haben können, ohne große Erklärungen abgeben zu müssen, aber meine fehlende Schambehaarung ließ auch sie ausfallen. Mir wurde klar, dass es gut zwei Wochen dauern würde, bis ich wieder in Aktion treten konnte, und diese Vorstellung war entsetzlich. So lange hatte ich seit der Zeit vor dem Internat nicht mehr ohne Sex auskommen müssen. Das waren wahrhaftig trübe Aussichten.

Es sollte sich erst noch herausstellen, dass das mein geringstes Problem war.

«Du hast lange gebraucht, Patrick.»

Alison stand mit einem Brandy in der Hand vor dem Kamin.

«Tut mir Leid, Liebling, es war ein höllischer Tag.»

Sie schniefte. «Zu dumm. Wie schrecklich für dich.»

Ich sitze in der Scheiße, dachte ich. Ich kenne diesen Tonfall.

«Und wie war's in Christchurch? Schön wie immer?» Ihre Stimme war scharf wie eine Rasierklinge.

«Sei nicht albern, Liebling. Das ist noch zur besten Zeit ein ödes kleines Kaff. Da unten zieht mich nichts hin.»

«Seltsam», sagte eine Stimme hinter mir. «Da hab ich aber ganz was anderes gehört.»

Fiona sah nach ihrer Abwesenheit bemerkenswert gut aus. Komisch, wie die Wochen an einem vorbeifliegen. Ich hatte völlig vergessen, dass sie jeden Augenblick zurückkommen musste.

«Fiona! Du bist ja schon wieder da! Hast richtig Farbe bekommen.»

Sie starrte mich eine Minute lang mit offenem Mund an. «Dasselbe könnte ich auch von dir behaupten», erwiderte sie und schwenkte ein Bündel Papier, von dem mir das Kneifen in meinen Eingeweiden sagte, dass es Ausdrucke aus meiner Mailbox sein mussten.

«Alison – Fiona – lasst mich erklären.»

Aber Fiona lachte mich nur aus und zeigte auf mein Gesicht. «Scheinbar bin ich nicht die Einzige, die es schriftlich bekommen hat.»

Alison war so nett, meine Post an das winzige Wohnklo weiterzuleiten, das ich mir kaum leisten konnte. Sie war allerdings nicht so nett, mich den Computer mitnehmen zu lassen.

Eines verregneten Freitags stand ein Paketbote bei mir vor der Tür. Hätte ich einen Videorecorder gehabt, dann hätte ich mir das Band ansehen können, das sich in dem rotweißen Päckchen befand. Aber das war gar nicht nötig.

Das schlecht kopierte Titelblatt war mir nur zu bekannt – «ACHTUNG, AUFNAHME!»

Liebster Patrick,
Fiona hat mir erzählt, dass du nicht mehr online bist, also muss ich dir jetzt auf altmodische Weise schreiben. Was für ein hübsches Mädchen sie ist. Wir haben eine faszinierende Brieffreundschaft geschlossen.
Du hattest übrigens Recht, dass Sony keine Drei-Stunden-Bänder für Videokameras herstellt. Stattdessen stellen sie fabelhafte Überspielkabel her, die direkt an den Videorecorder angeschlossen werden, das funktioniert ausgezeichnet. Ein Drei-Stunden-Band ist also überhaupt kein Problem.
Es gibt massenhaft Neuigkeiten – ich fange am Montag bei Body-Trim in Remuera an. Ich komme am Wochenende an und kann es gar nicht erwarten, dich wiederzusehen. Es ist schon viel zu lange her.
Nicky hat ihren miesepetrigen Ehemann verlassen und freut sich ihres Lebens. Ihre Bauchmuskulatur hat enorme Fortschritte gemacht. Ich glaube, sie wird mir fehlen.
Aber das Tolle ist: Eine amerikanische Gesellschaft hat sich die Rechte an meinem kleinen Film gesichert. Sie zahlen zwar kein Vermögen, aber sie garantieren massenhafte Verbreitung. Wir werden also in der ganzen Welt gesehen! Sie stellen sogar einen Clip ins Internet! Ist das nicht fabelhaft? Das Stück, wo du ins Bett machst, hat ihnen am besten gefallen. Sie fanden, dass es verblüffend echt wirkt.
Muss jetzt Schluss machen. Kofferpacken – würg. Findest du Umziehen nicht auch grässlich?

Alles Liebe
Samantha

P.S. Ich hoffe, Georgia und Anya und Alison gefällt der Film auch. Nicky und ich haben ihnen mit freundlichen Grüßen Kopien zugeschickt. Wir fanden, nach allem, was du für uns getan hast, war es das Mindeste, was wir tun konnten.

;-)

Schwesterherz, du brauchst unbedingt einen Liebhaber. Wenn alle Stricke reißen, tut es wahrscheinlich auch irgendein Ehemann, die sind leichter einzufangen, aber er muss etwas ganz Besonderes sein. Einer, der schon lange verheiratet ist und sich tödlich langweilt, kein junges Glück. Frisch gebackene Ehemänner (und du erinnerst dich sicher, dass ich einige gekannt habe) haben es einfach nicht drauf. Sie sind so ausgefüllt mit den profanen Dingen des täglichen Lebens, dass sie vergessen haben, wie man atmet. Ihr Potenzial als Mann ist für immer verloren in der Impotenz des nackten Überlebens.

Als Nächstes musst du dich jetzt wieder verlieben, aber ganz vorsichtig. Verlier dich mit Kopf und Herz und Körper in der Umarmung eines Mannes, bei dem du deine Seele dafür verkaufen würdest, ihm zu einer Zeit begegnet zu sein, bevor Kinder, Hypotheken und erste Fältchen deine Pfirsichhaut in einen Bratapfel verwandelt hatten. Sie ist immer noch wunderschön, das muss ich schnell betonen – viel schöner als meine.

Nachdem diese beiden Punkte erledigt sind, musst du es in vollen Zügen genießen. Stürz dich in deine neue Liebe, und lass ihn in dir schwelgen, wie du es noch keinem zuvor erlaubt hast. Lade ihn in die Welt ein, die wir sonst vor den

Männern verbergen, und zeig ihm die erhabene Göttin, die in uns tobt, während wir mit nassen Händen in der Küche am Spültisch stehen, und die uns heiße Küsse ins Genick haucht, wenn wir an der Wäscheleine herumfummeln.

Achte darauf, dass er weit weg wohnt, deine einzige wahre Liebe. Achte darauf, dass er nicht zu nah ist, damit verhinderst du, dass halbherzige Treffen dich seiner überdrüssig werden lassen. Lass ihn um deine Zeit, dein Interesse und deine Liebe kämpfen. Lass ihn vor dir niederknien, sich dir unterwerfen. Sei mit allen Mitteln seine Schlampe, sein Flittchen und seine Sklavin, aber nur in seiner eigenen Welt und nie in deiner. In deiner Welt musst du deinen Wert im Auge behalten, deine Raserei und deine Beherrschung. Nimm ihn mit auf die Reise, führe ihn zum Höhepunkt, lass dich von ihm zu den Sternen entführen, aber denk immer daran, dass er dich irgendwann verlassen wird. Das tun sie immer.

In der Zwischenzeit wird dein Blut in Wallung geraten, und deine Säfte werden fließen wie in deiner süßen Jugend, als die Musik im Radio eigens für dich geschrieben und jeder Popstar deine Zukunft war. Deine Haut wird rosiger und deine Augen werden wissend funkeln, und alle Männer, die dich kennen, werden vor deiner Tür Schlange stehen und sich hilflos fragen, warum sie das tun. Dein Geliebter wird während dieser Zwischenzeit immer auf deiner Schulter sitzen. Er wird das andere Gesicht sein, das du nicht im Rückspiegel siehst. Jede deiner Handlungen und jeder Bissen wird von zwei Gehirnen gleichzeitig verarbeitet und beurteilt. Wenn du irgendwo seinen Namen hörst, wird es dir durch Mark und Bein gehen, und du wirst dich danach sehnen, seine Stimme zu hören. Das Feuer in deinem Bauch (und vergiss das ja nicht, sonst muss ich dir wieder wie damals, als wir noch klein waren, eine verpassen) kommt nicht nur von deiner Verzückung über die einzigartige, allumfassende Seelenverwandtschaft, die du natürlich bei ihm verspüren wirst, sondern auch von der Freude über die noch einmal erwachte Liebe. Merk dir das gut, Schwesterherz – du wirst verloren sein.

Du wirst morgens zur Arbeit fahren und über die Unfähigkeit des Fahrers vor dir nur lächeln. Du wirst aufspringen, wenn das Telefon klingelt, obwohl du weißt, dass er übers Wochenende mit seiner Frau weggefahren ist, und dein Herz wird nicht aufhören zu klopfen, selbst wenn du nur die Stimme unserer Mutter hörst, die nach ihren heißgeliebten Enkelkindern fragt. Auch die Kinder werden dir auf die Nerven gehen, einfach, weil es nicht seine sind, weil sie nicht er sind. Sie werden etwas von dir wollen, während du in Gedanken bei ihm bist, und du wirst sie am liebsten umbringen wollen, weil sie dich gestört haben. Sie werden hereinplatzen, wenn du dich, feucht zwischen den Beinen, über die Balkonbrüstung lehnst, und dich nach Chips oder etwas zu trinken fragen, und du wirst sie anschnauzen, obwohl du dir geschworen hattest, das niemals zu tun. Dann wirst du ein schlechtes Gewissen haben, Schwesterherz, und ganz zu Recht. Das ist der Preis für die Liebe.

Dein Ehemann, dieser arme unfähige Kerl, wird von Tag zu Tag vertrottelter werden, bis er nur noch ein Gespenst in deinem Schlafzimmer ist, dessen ausgeprägtester Zug seine Unsichtbarkeit ist. Manchmal wird er dich berühren, manchmal wirst du es vielleicht geschehen lassen, aber wenn du erst einmal deinen Liebhaber hast, Schwesterherz, wird er nie wieder in dir sein. Es wird nicht sein

Schwanz sein, der dich zum Tanzen und dazu bringt, die Laken zu zerknüllen, und nicht seine Zunge, die dich in den siebten Himmel versetzt. Vielleicht denkt er, dass es seine Arme wären, nach denen du dich verzehrst, dass sein weicher breiter Hintern dein größtes Vergnügen wäre, aber solange du vorsichtig bist, wird er nicht wissen, dass der Mann in deiner Vorstellung nicht der in deinem Körper ist. Und Vorsicht ist jetzt dein Motto. Von jetzt an befindest du dich im Krieg. Wenn er dich erwischt, ist es aus, aber mal ehrlich, Liebes, hast du da so viel zu verlieren?

Wie lange ist es her, seit er dich das letzte Mal angesehen und dir gesagt hat, du bist schön, was du doch unübersehbar bist? Wie lange, seit er oder irgendein anderer Mann deine Brüste gestreichelt und sie ehrfürchtig betrachtet hat? Wann hat das Streicheln deiner Hand über seine Flanke zum letzten Mal ein Dankgebet ausgelöst? Zweifellos zu lange, Schwesterherz, denn ich kenne deinen Mann, und er ist nicht anders als alle anderen. Deshalb sehe ich, wenn ich dich anschaue, den Hunger in deinen Augen und das Entbehren auf deiner bleichen Haut. Dein Gesicht geistert nachts in meinem Kopf herum, liebste Freundin, und ich fürchte um dein Lebenslicht. Ich kann es nicht ertragen, dich im Schneckenhaus deiner Ehe gefangen zu sehen, mit diesem blöden Kerl, der dich gar nicht verdient hat. Befrei dich, meine Schwester, tu es jetzt, und fühle wieder etwas, selbst wenn es nur Schmerz ist.

Davon wird es eine Menge geben, auf verschiedenste Weise. Wenn du dich erst mal verliebt hast (und ich kenne dich, du wirst dich rasch und unsterblich verlieben), dann wirst du nicht mehr atmen können, wenn dein Geliebter nicht bei dir und die Welt ausgesperrt ist. Jeder Bissen, den du in den Mund nimmst, wird dich an irgendeinen Augenblick erinnern, den du mit ihm oder ohne ihn verbracht hast, denn diese beiden Möglichkeiten werden dir seltsamerweise das gleiche Vergnügen bereiten.

Du wirst so viel Zeit damit verbringen, auf ihn zu warten, dass es sich anfühlen wird wie eine Enttäuschung, wenn es endlich so weit ist. Aber ihm wird es genauso gehen, meine Beste. Eine Möglichkeit ist, ihr verbringt die ersten fünfzehn Minuten damit, euch zu streiten, die nächsten dreißig mit Vögeln, und hinterher eine knappe Stunde damit, dass du in seinen Armen weinst und dich über die Ungerechtigkeit des Ganzen beklagst. Und doch, wenn du wieder zurückkehrst in das Gefängnis, das dein Mann alle fünf Jahre neu streicht, werden all diese Augenblicke zu einem einzigen langen lüsternen Zwischenspiel verschwimmen, das dich immer und immer wieder kommen lassen wird, ohne dass du auch nur Hand an dich legen müsstest.

Dann kommt schließlich der Schmerz des Abflauens eurer Leidenschaft, der unausbleiblichen Debatten über wollen wir und können wir und was wird aus den Kindern, und eines Tages wird dir klar werden, dass du das Leben inzwischen mehr liebst als den Mann. Dir wird klar werden, dass du eigentlich in die Liebe verliebt warst, in das Gefühl, dass jemand auf diesem Planeten die gleiche Luft geatmet hat wie du, die gleichen Gedanken gedacht und über die gleichen Witze gelacht hat wie du und dich verehrt hat, weil du großartig bist. Danach ist der Trennungsschmerz nicht mehr groß – ein paar Tage, eine Flasche Brandy, ein neuer Haarschnitt, und schon geht's weiter. Mit der Übung wird es immer einfacher. Ich kann es inzwischen im Kopfstand (obwohl das eine Position ist, die ich erst noch ausprobieren muss. Muss noch daran arbeiten!).

Und keine schwachen Ausreden mehr. Ich kenne dich nur zu gut, Schwesterherz. Ich kenne die Leere in dir, die niemand ausfüllen kann, nicht einmal dein lieber Gott. Das ist eine lausige Ausrede, der Kirche zuliebe bleibe ich verheiratet, bis ich sterbe – Blödsinn! Wenn der liebe Gott so eine gute, liebende Seele wäre, du Dummerchen, glaubst du ernsthaft, er würde dich jetzt zu so einem Leben verdammen, wo er weiß, dass der Teufel bereits auf deine Seele lauert? Sieh's endlich ein, Mädchen – das ist nur ein weiterer Vorwand. Du hast nicht mehr allzu viel Zeit, noch ein bisschen Spass zu haben, bevor du die Rezepte für die Pille gegen Rezepte für Hormonpflaster eintauschen musst. Tu's jetzt, Schwesterherz, solange du noch schön und knackig bist. Jetzt ist die beste Zeit, dir einen Mann zu suchen.

Und übrigens, falls du ein bisschen Hilfe bei der Auswahl brauchst, wäre ich nur zu glücklich, dir diesen Gefallen zu tun, aus reiner Schwesterlichkeit, versteht sich. Das ist doch das Mindeste, was ich tun kann, nachdem du so nett warst, mich meinem letzten Ex-Ehemann vorzustellen. Ich finde, das ist nur fair. Und ich verspreche dir, meine Beste, dass ich dich nicht einfach nur als Köder benutzen würde, ehrlich nicht. Ich weiß, früher habe ich das getan, aber ehrlich, ich habe mich verändert. Wirklich! Ehrenwort.

Wenn er allerdings zufällig einen älteren Bruder hätte – War nur so eine Idee.

Ich werde dich auch so ewig lieb haben.
Deine Schwester

Foto: The Image Bank / Marc Grimberg

rororo Erotik

Literatur für alle Sinne

Erotische Lesebücher
Hg. von Bettina Hesse
All die schönen Sünden
3-499-23358-4

Heiß und innig 3-499-26327-0

Feuer und Flamme 3-499-26371-8

Von Sinnen 3-499-26430-7

Mehr Sex 3-499-26413-7

Josefine Mutzenbacher
Die Lebensgeschichte einer wienerischen Dirne, von ihr selbst erzählt 3-499-14290-2

Emmanuelle Arsan
Von Kopf bis Fuß Emmanuelle
3-499-26394-7

Tony Andrews
Enthüllungen
Roman. 3-499-26423-4

Antoine S.
Im Rausch der Sinne
3-499-26383-1

Carsten Sebastian Henn
Julia, angeklickt
Ein erotischer Internet-Roman
3-499-26394-7

Sophie Andresky
Feucht *Erotische Verführungen*
3-499-26394-7

Tiefer *Erotische Verführungen*

3-499-23366-5

B 31/1